KB134353

방패용사 성공담 6
아네코 유사기
Aneko Yusagi

방패 용사 성공담
인물소개
키타무라 모토야스
카와스미 이츠키
에클레르
리시아

이와타니 나오후미
아마키 렌
라프타리아
필로

「……정말로……, 제가 강해질 수 있을까요?」
「네가 강해질 방법을 찾을 때까지 도와줄게. 아니, 강하게 만들어줄게!」
이것은 의지다.
누명을 뒤집어쓰고, 약하다는 이유로 업신여김을 받던 과거의 자신과 같은 리시아를
기필코 강하게 만들어서 이츠키에게 기필코 복수해 주리라.
「내 곁으로 와!」
리시아는 내가 내민 손을, 망설이며 붙잡았다.

목차

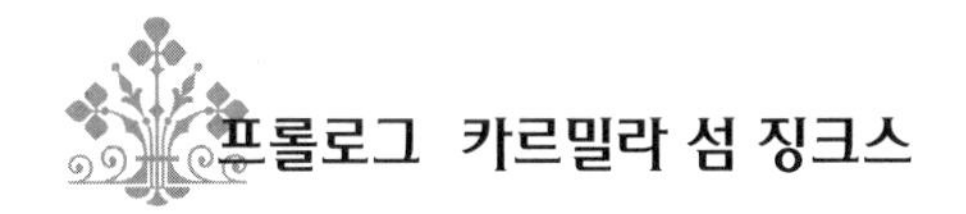

프롤로그 카르밀라 섬 징크스

쇄아 하는 파도 소리에 귀를 기울이며 파란 바다와 하늘을 바라본다.

"이 섬에 있으니까 바다 상태가 거칠다는 게 거짓말처럼 느껴지는군."

"나오후미 님, 먼 바다에서는 오늘도 폭풍우가 몰아치고 있다고 하던걸요."

우리는 지금, 카르밀라 섬이라는 휴양지…… 아니, 활성화 현상이 일어나고 있는 섬에서 지내고 있다.

카르밀라 섬에서 일어나고 있는 활성화 현상이라는 것은, 온라인 게임 식으로 말하자면 경험치 증가 이벤트 같은 것이다.

이 카르밀라 제도에서 마물을 물리치면 경험치가 다른 곳보다 많이 들어오는 것이다.

경험치……. 이제 완전히 익숙해지고 말았지만, 여기는 이세계다.

"보세요. 수평선에 시선을 집중하면 검은 구름이 보이잖아요?"

"으응……."

시선을 집중해서 민 곳을 응시한다. 그 말을 듣고 보니까 검은 구름이 어렴풋이 보이는 것 같기도 하다.

파도도 높게 일고 있고, 바람은 습하다.

"라프타리아는 바다에 대해 잘 아네."

"어촌 출신이니까, 어렴풋이나마 알 수 있는 거예요."

"그러고 보니 그랬었지."

왜 지금 우리가 멍하니 바다를 쳐다보고 있는가 하면, 다음 예정까지…… 꽤 한가한 상태이기 때문이다.

내가 왜 이세계에 있는가, 그걸 설명하자면 처음부터 얘기를 시작해야 한다.

내 이름은 이와타니 나오후미. 원래는 현대의 일본에서 오타쿠 생활을 하던 대학생이다.

무료함을 달래려고 들렀던 도서관에서 발견한 서적인 사성무기서(四聖武器書)라는 책을 읽고 있다 보니, 나도 모르게 책 속의 등장인물인 방패 용사가 되어 이세계에 소환되어 있었다.

사성무기서의 내용은, 파도라는 이름의 재앙에 의해 멸망의 위기에 직면해 있던 세계에, 각각의 무기를 지닌 네 명의 용사가 이세계로부터 소환되어 파도에 맞선다는 이야기다.

네 사람의 무기는 각각, 검, 창, 활, 그리고 방패…….

방패는 무기가 아니라 방어구가 아닌가 싶지만, 어쨌거나 나는 그 방패의 용사로서 소환되었다.

사성무기서는 중간까지만 기록되어 있었던 데다가, 방패 용사에 대한 기술이 시작되는 지점부터 공백으로 남아 있었다.

뭐, 내가 이세계에 소환된 경위는 대충 이랬다.

그리고 이 이세계는, 이렇게 표현하긴 좀 그렇지만, 게임처럼 레벨이니 경험치니 하는 것들이 존재하는 세계다.

마물을 물리치면 레벨이 오르고, 능력이 향상된다.

스테이터스 마법이라고 했던가. 마음속으로 의식하면 자신의 스테이터스를 수치로 확인할 수 있다.

노력한 만큼 성과를 얻을 수 있으니, 재미있는 세계이긴 하다.

하지만 방패라는 것 자체가 방어를 전문으로 하는 성질을 갖고 있기 때문에, 방패 용사는 적을 물리치려면 간접적인 방법을 이용해야만 한다.

애초부터 동료의 존재를 전제로 한 용사인 것이다.

방패 용사 본인의 힘만 가지고 마물을 물리치는 건 여간 어려운 일이 아니다.

그러나 그 대신, 전설의 방패는 다양한 능력을 나에게 부여해 준다.

전설의 용사가 가진 무기는 마물이며 소재, 그 외의 다양한 물건들을 흡수함으로써 성장해서 강력한 무기로 변한다.

그런 식으로 파도에 대비해서 점점 강해져 갈 예정이었

다……. 처음에는.

용사 네 명이 힘을 합쳐 파도에 맞설 수 있었다면 좋았겠지만, 나를 소환한 국가인 메르로마르크는 방패 용사를 박해했다.

때문에 동료를 얻을 수가 없었고, 간신히 얻은 동료는 내게 누명을 뒤집어씌워서 무일푼 신세로 쫓아냈다.

나는 그런 고된 상황을 극복하고, 동료……라고 부를 수 있을지 어떨지 모르겠지만, 노예를 구입해서 첫 번째 파도를 이겨냈다.

……표현이 좀 그렇지만 사실이다.

나는 당시 갖고 있던 돈을 탈탈 털어서 노예인 라프타리아라는 소녀를 구입했고, 마물과 싸울 것을 강요했다.

"이제 어떻게 하시겠어요?"

"폭풍우가 지나갈 때까지는 먼 바다에 못 나가잖아? 섬에서 시간이나 죽이는 수밖에."

눈앞에 있는, 나를 잘 따르는 소녀가 바로 라프타리아다.

외모상의 연령은 열여덟 살, 하지만 실제 연령은 훨씬 어리다.

그녀는 이세계에 존재하는, 아인이라 불리는 인종이다. 인종명은 라쿤 종이라고 했던가.

너구리 같은 귀와 꼬리가 난 소녀를 연상한다면 대충 비슷할 것이다.

가지런한 이목구비, 찰랑찰랑한 홍차색 머리칼, 피부는 뽀얗고 매끄럽다.

열 명이 보면 열 명 모두 예쁘다고 평가할 것이다.

아인은 어린아이라도 급격한 레벨업을 거치면 전투에 적합한 육체로 급성장하게 된다. 그래서 라프타리아는 본래 연령과는 한참 다른 외모를 하고 있는 것이다.

라프타리아는 이 세계에서 첫 번째로 일어난 파도에 의해 고향 마을과 부모를 잃고, 노예 사냥꾼에게 걸려들어서 노예 신세가 되었고, 끔찍한 고생을 했다고 한다.

최종적으로 내가 구입해서, 지금에 이르렀다.

당시의 나는, 누명을 뒤집어썼던 기억 때문에 사람을 믿지 못하게 된 상태였었다.

그러니까 주인을 배신하지 못하는 노예밖에 믿을 수 없었던 것이다.

라프타리아는 어처구니없는 경위로 한 번 자유의 몸이 되었었지만, 내 신뢰를 얻기 위해 자진해서 다시 노예가 되어 주었다.

나도 그렇게까지 해 준 아이를 믿지 못할 정도로 타락한 놈은 아니다.

지금은 믿음직한 파트너로서 함께하고 있다.

성격은 성실하다는 표현이 딱 들어맞는다.

사명감을 가장 우선시해서, 내가 이상한 소리를 하면 주의를 주곤 한다.

라프타리아는 파도 때 가족을 잃었기 때문에, 파도에 맞서고자 하는 의식이 아주 강하다.

자신과 같은 처지의 사람들이 더 늘어나는 것을 막고자 하는 의지가 있는 것이다.

솔직히 존경스럽다.

"필로."

"왜애~?"

바다에서 헤엄치고 있던 필로에게 말을 건다.

"우리는 시장 쪽에 갈 건데 넌 어떻게 할 거지?"

"조금 더 헤엄치고 싶어~."

"알았어. 그럼 마음껏 놀다 와."

"네~에!"

필로라는 아이는 라프타리아 다음으로 동료가 된…… 마물 소녀다.

원래는 첫 번째 파도를 막아내고 받은 보상금으로 구입했던, 알 뽑기의 경품으로 뽑은 마물의 알—그것이 부화한 마물이었지만, 어째선지 천사 같은 날개가 돋아난 여자아이로 변신할 수 있게 되었다.

인간형일 때는 금발벽안의 여자아이.

광택이 돌 만큼 윤기 있는 금발, 바다 같은 투명한 눈, 눈처럼 하얀 피부 등, 해외의 아역 아이돌도 맨발로 줄행랑을

칠 만큼 완성된 미모의 어린아이다.

그 천진난만한 성격은 표정만 봐도 충분히 짐작할 수 있으리라.

천진난만한 얼굴과 어린애다운 말투, 얼빠진 행동으로 내 마음에 위안을 주곤 한다.

때때로 울컥 짜증이 몰려오게 만드는 때도 있지만, 그것도 보는 사람에 따라서는 애교로 느껴질 것이다.

그 정체는 필로리알 퀸. 마차 끌기를 좋아하는 습성을 지닌 조류형 마물인 필로리알 가운데, 특별한 성장 과정을 거친 마물이다.

본래 모습은 나보다 더 크고, 부엉이와 펭귄을 섞어 놓은 것 같은 생김새를 갖고 있다.

조류 마물이지만 하반신이 튼튼한 대신 날지는 못하는 모양이다. 타조로 비유하는 게 적절할지도 모르겠다.

깃털 색깔은 기본적으로 흰색이지만, 일부 연분홍색이 섞여 있다.

그리고 또 하나 눈에 띄는 특징은, 다른 필로리알에게는 없는 장식깃이 머리에 달려 있다는 점이다.

인간형일 때는 이른바 바보털이라는 형태로 강력하게 존재감을 뽐내고 있으니, 그야말로 필로의 트레이드마크라 해도 과언이 아니겠지.

외모로만 보면 열 살 전후로 보이지만, 그 외모만 보고 얕

봤다가는 큰코다치기 십상이다.

움직임도 재빠른 데다 생김새와는 딴판으로 괴력까지 갖고 있는, 엄청나게 강한 녀석이다. 그런 믿음직한 동료다.

나를 비롯한 각각의 레벨은 내가 73, 라프타리아가 75, 필로가 76이다.

내 동료는 이 둘밖에 없다.

솔직히 말하자면 이제 일손이 부족한 상태다.

게임 속이라면 스스로의 레벨만 올리면 동료와의 연대가 불필요해질 수도 있지만, 여기는 이세계라는 현실인 것이다. 아무리 레벨이 높아도 머릿수가 부족하면 불리해진다.

"다음 파도에 대비해서 뭘 하면 될까요?"

"가능하다면 동료를 모으고 싶은데."

"메르티가 같이 다녀 준다면 든든할 텐데요."

"그 녀석이? 생각보다는 강했지만, 아무리 그래도 그 녀석을 끌어들이기는 힘들 텐데."

메르티는 필로의 친구이자, 메르로마르크의 왕녀님이다.

모종의 경위 때문에 동료가 되어 우리를 지원해 준 적이 있긴 했지만, 아무리 그래도 위험한 파도와의 싸움에 왕녀님을 데려갈 수는 없는 노릇이다.

아, 그렇지……. 내 누명 사건에 대해서인데, 이 메르티가 깊게 관련되어 있다.

그걸 설명하자면, 먼저 나를 소환한 메르로마르크라는 나라에 대한 설명부터 해야 한다.

메르로마르크는 종교적인 이유 때문에 방패 용사를 박해하던 나라였다.

삼용교(三勇敎), 즉 방패를 제외한 나머지 세 용사들을 숭배하는 종교를 국교로 삼고 있었기에 국민들은 방패 용사를 악인이라 여기고 있었다.

왜 그런 종교가 존재했는가?

그건 메르로마르크라는 나라가 아인을 차별하는, 인간 우대 국가이기 때문이다.

물론 그와 반대로 인간을 차별하는 아인 우대 국가도 존재한다.

메르로마르크는 그런 국가들과 오랜 세월에 걸쳐…… 전쟁을 벌여 왔었다고 한다.

그리고 그런 적대국인 아인의 국가에서 신봉하는 종교에서는 방패 용사를 신으로서 숭배하고 있다는 것이다.

나를 소환했을 때 입회했던 왕은 나를 차별하고 누명을 뒤집어씌운 데다가, 무일푼 신세로 쫓아내기까지 했다.

이것이 메르로마르크의 방침……이었던 건 아니었다.

재앙의 파도가 세계에 나타난 마당이니, 시시껄렁한 싸움이나 벌이고 있을 때가 아닌 것이다.

메르로마르크의 진정한 통치자인 여왕이, 방패 용사인 나와, 그녀의 남편이기도 한 왕의 관계를 중재하려고 파견한 사람이 바로 메르티였다.

메르로마르크는 원래 여왕이 국가를 계승하는 여왕제 국가다.

여왕 쪽은 당시, 세계에서 일어나고 있는 파도에 대한 대처 때문에 외국에서 교섭을 벌이느라 정신이 없었다고 한다.

용사 소환도 본래는 외국에서 할 예정이었지만, 삼용교와 본국에 남아있던 왕이 폭주해서 제멋대로 소환해 버리는 바람에 자칫하면 전쟁이 벌어질 뻔했다가, 여왕의 교섭 덕분에 간신히 전쟁만은 회피했다는 것이다.

여왕이 없었더라면 메르로마르크는 지금쯤 이미 사라져 버렸을지도 모르겠다.

그런 사정을 알 리가 없는 우리는, 파도를 이겨낸 후 행상으로 번 돈과 턱없이 부족한 장비로 버티고 있었다. 이 행상 일이 은근히 이런저런 면에서 플러스 요인으로 작용해서, 나는 방패 용사가 아닌, 필로가 끄는 마차를 타고 다니는 '신조(神鳥)의 성인' 으로서 존경을 얻을 수 있었다.

그 덕분에 각종 도구며 소재, 새로운 방패를 손에 넣을 수 있었고, 최종적으로는 다른 용사들 못지않은 힘을 가질 만큼 성장할 수 있었던 것이다.

하지만 신조의 성인이 사실 방패 용사라는 사실은, 삼용교로서는 달갑지 않은 일이었다.

게다가 다른 용사들이 일으킨 소란 때문에 신앙이 흔들리던 시점이기도 했기에, 삼용교는 극단적인 수단을 동원하기에 이르렀다.

나와 왕 사이를 중재하기 위해 파견되었던, 국가의 제1계승권을 갖고 있던 메르티를 내가 유괴했다는 식으로, 터무니없는 죄를 날조한 것이다.

국가는 물론, 다른 모든 용사들에게까지 쫓기는 신세가 된 우리는, 결백을 증명하기 위해 도주.

그 과정에서도, 예전에 라프타리아를 고문했었던 귀족과의 싸움이나, 봉인되어 있다 풀려난 마물과의 싸움을 겪었다.

심지어 필로리알의 여왕과 조우하는 등의 파란만장한 경험을 하다 보니, 이윽고 삼용교가 성전이라는 명목으로 직접 우리를 죽이러 찾아왔다.

최종적으로는 내 비장의 카드이자 방패의 음성적 일면인 저주받은 방패를 이용해서 삼용교의 우두머리인 교황을 물리치고, 내 결백을 증명해 냈다.

여왕도 나라로 돌아와서, 남편인 왕, 그리고 메르티의 언니이자 나를 함정에 빠트렸던 주범인 음탕한 왕녀에게 중형을 내렸다. 이제 그 두 사람은 각각 쓰레기와 빗치라는 이름으로 개명당한 상태다.

그리고 이를 계기로 나는 다른 용사들과 동등한 입장이 되어, 이렇게 국가의 지원을 받으며 파도와 맞설 수 있게 된 것이다.

여기까지는 좋았지만…… 그 후에 또다시 문제가 발발했다.

“아—……. 왜 그 녀석들이 적인 거야? 같은 편으로 끌어들이려고 했는데.”

“맞아요……. 그분들은 정말 믿음직해 보이는 분들이었는데……. 안타깝네요.”

“그러게 말이야…….”

이 카르밀라 섬에 오는 배에서 같은 방을 쓰게 되었던 라르크베르크, 통칭 라르크와 테리스라는 모험가들.

라르크는, 뭐랄까, 믿음직한 형님 같은 느낌을 주는 녀석이었다.

전투 경험도 풍부하고 배려심도 있고 재미있는 녀석이라, 솔직히 싫지는 않았다.

테리스는 마법이 주특기라, 후방 지원 화력이 부족한 우리에게는 유용한 인원이었다.

두 사람 모두 모험가들 중에서는 눈에 띄게 강한 힘을 갖고 있었다.

하지만…… 그 정체는 두 번째 파도가 도래했을 때 싸웠던 글래스라는 적의 동료였던 것이다.

얼마 전에 우리는 카르밀라 섬의 바닷속에 있는 수중 궁전에서 파도 도래 시각을 알려주는 조형물인 용각(龍刻)의 모래시계를 발견하고 파도에 참가했는데, 그 파도의 보스였던 차원의 고래를 물리친 후에 우리에게 적대해서 싸움을 벌였다.

결과는…… 녀석들이 도망쳤으니 무승부라고 해야겠지.

하지만 그 결과, 파도라는 현상의 정체에 관한 수수께끼가 한층 더 커지게 되었다.

라르크와 글래스는 파도의 균열 속으로 도망쳐 버렸고, 균열은 우리가 미처 추격하기도 전에 닫히고 말았다.

파도라는 건 대체 뭐지?

처음 이 세계에 왔을 당초에는 단순히 대량의 마물들이 출현하는 현상이라고만 생각했으나, 글래스와 라르크의 말을 듣고 나니 아무래도 그게 전부는 아닌 것처럼 느껴졌다.

어째선지 녀석들은 용사 살해를 목적으로 하고 있는 것 같았다.

"괜히 신경 써 봤자 소용없는 일이겠지. 시간도 죽일 겸 시장 구경이나 할까."

"그렇게 해요."

현재 우리는 카르밀라 섬에서 오도 가도 못하는 신세가 되어 있다.

조금만 더 기다리면 폭풍우도 잠잠해질 거라고 했지만.

카르밀라 섬 근해에서 일어난 파도 때 물리쳤던 보스는, 이미 섬으로 수송을 마친 상태다.

차원의 고래라는 마물이다.

덩치가 워낙 커서, 소재로 쓰려면 먼저 섬 녀석들이 해체를 마치기를 기다려야 하니 아직 더 기다려야 하리라.

"아, 나오후미 님, 액세서리를 파는 곳이 있어요."

"응?"

라프타리아가 손짓하는 대로 액세서리 가게를 봤더니…… 판매되고 있는 액세서리의 가격 때문에 정신이 날아가 버릴 지경이다.

"뭐야 이거?!"

비싸도 너무 비싸잖아. 장사를 우습게 보지 말라고 고함이라도 치고 싶을 정도의 가격에 상인을 쏘아본다.

평균 시세의 두 배 정도라면 관광지 특유의 바가지 정도로 이해할 수 있다. 하지만 네 배라니, 이건 말도 안 되잖아.

"어이."

"네, 네, 왜 그러십니까요?"

"이거 비싸도 너무 비싼 거 아냐?"

나는 선반에 있는 목걸이를 가리킨다.

더미 사파이어 목걸이(마력+)

품질 나쁨→(은폐)→보통

메르로마르크국의 평균 시세로 보면, 내다 버리는 수준의 조악한 품질이다.

게다가 꼼꼼하게 은폐 공작까지 해 두어서, 얼핏 보면 품질이 좋아 보이게 만들어 놓기까지 했다.

그런데도 최상급품을 사고도 남을 만큼의 금액의 네 배. 소비자를 깔보는 데도 정도가 있지.

다른 상품을 살펴보니, 다들 비슷한 물건들이었다.

사기를 친다고 해도 좀 더 그럴싸한 방법이 있을 것 아닌가.

"아무래도 여기는 대륙에서 한참 떨어진 제도라서 말입죠. 게다가 지금은 대륙으로 건너가기도 힘든 상황이라 어느 정도는 비쌀 수밖에 없습니다."

"어느 정도? 은폐까지 해 놓은 주제에?"

"저도 다 먹고살자고 하는 짓이라서 말입니다. 운송비를 생각하면 비싸질 수밖에 없다니까요."

눈매가 마음에 안 든다. 이 상인 녀석, 시치미를 뗄 꿍꿍이군.

단순한 진상 고객이라고 생각하는 건지, 빨리 가라는 듯 손을 휘휘 젓고 있다.

여왕을 부르거나 용사로서 설교를 하거나 할 수도 있겠지만, 이번에는 장사꾼으로서의 권력을 사용해야겠다.

"내가 아는 사람 중에 이런 녀석이 있는데……."

액세서리 상인에게 받은 증서를 펼쳐서 상인에게 내보인다.

신조의 성인으로 지내던 시절에 알게 된 연줄로, 본인에게서 직접 받은 증표다.

그 액세서리 상인은 이 바닥에선 제법 유명인인 모양이니 효과가 있을지도 모른다.

상인 녀석은 증서를 슬쩍 훑어보기만 하고 묵살해 버리려 했지만, 이내 증서를 뚫어져라 응시하며 읽기 시작했고, 순식간에 안색이 창백해진다.

“어디 한번 이번 일을 얘깃거리로 삼아 볼까. 너에 대해선 똑똑히 기억해 두지.”

“자, 잠깐만 기다려 주십시오!”

무시무시한 기세로 테이블을 넘어오더니, 내 발에 대고 애원이라도 하듯 고개를 조아리며 부탁한다.

“왜 이래? 난 바쁜 몸이라고.”

“자세히 보니 제가 가격표를 잘못 걸었었습니다! 정상적인 가격으로 제공해 드릴 테니 잠시만 기다려 주십시오!”

“아니, 아니, 굳이 안 고쳐도 돼. 난 그냥 그 녀석한테 얘기만 하면 되니까.”

“기, 기다려 주십시오! 30% 할인된 가격으로 제공해 드리겠습니다.”

“그 가격의 3할이라고 해 봤자…….”

“물론, 정상 금액에서 30%를 깎아 드리겠습니다!”

“아니……. 필요 없어.”

“기, 기다려 주십시오! 50…… 60% 할인해 드리죠!”

“그 액세서리 상인, 어디 갔으려나—.”

“치, 70%—.”

“국가의 상인 조합이라고 그랬었지, 아마?”

"파, 80%—."

"시세의 4배 가격에 은폐까지 해서 서실 불건을 팔았단 말이지—."

"에에잇! 90% 할인된 가격으로 드리겠습니다!"

뭐, 이 정도면 되겠지.

"사지."

협박과 권력, 그리고 무엇보다 목숨의 위험을 미끼로 하는 장사만큼 구린 것은 없다. 이런 식으로 장사를 하고 있다는 게 그 액세서리 상인의 귀에 들어갔다가는, 모종의 제재가 가해질 게 틀림없다.

장사를 지나치게 안이하게 생각하는 이 상인에 대한 제재는 이 정도가 딱 좋다.

"딱히 박리다매로 팔라고 강요하는 건 아냐. 이렇게 폭리를 취하면 피해를 보는 건 같은 직종 사람들, 그리고 바로 너야."

그건 시세보다 훨씬 싼 값에 파는 녀석에게도 해당하는 말이다.

그들은 선량한 척을 하겠지만, 그런 짓을 하면 디플레이션이 일어난다. 무작정 가격을 내린다고 좋은 게 아니다.

시세를 무시하고 고가에 물건을 팔려면, 그럴 만한 상황 근거가 있어야만 한다.

여기는 관광지이고 본토와 꽤 멀리 떨어져 있으니, 어느 정도 가격을 올려 받는 건 타당하다고 할 수 있다.

하지만 주위를 아무리 살펴봐도, 이 가게 이외에 액세서리를 본격적으로 판매하는 가게는 보이지 않는다. 이 녀석이 쫓아낸 건지, 아니면 짓뭉개 버린 건지는 모르지만.

액세서리를 취급하는 가게가 여기밖에 없으니, 아무리 바가지를 쓰더라도 여기서 사는 수밖에 없다.

그리고 결과적으로, 이 상인이 소속돼 있는 조합의 신용도가 떨어지게 된다.

"돈을 벌고 싶으면 상대가 웃으면서 돈을 내게 만들어."

"무슨 말씀이신지?"

"생각을 해 봐. 여기는 활성화가 진행 중이잖아?"

"그, 그야 뭐……."

"이런 소문을 퍼뜨리는 거야. '이 섬에서 난 광석으로 만든 액세서리를 착용하면 레벨업이 순조로워진다는 모양이다.' ……라는 식으로."

"네?"

"이해가 안 되나? 어디까지나 소문이야. 실제 효과가 아니라 징크스를 도입하는 거지. 그럼 어떻게 되겠어? 레벨업을 목적으로 온 녀석들이 길한 기운을 얻겠다면서 기꺼이 사 가게 될 거 아냐?"

신사에서 파는 부적과 같은 원리다.

실제로 효과가 없다 해도, 왠지 모르게 가호를 받고 있는 것 같은 기분이 들게 만든다.

"그, 그런 방법이 있었군요!"

적어도, 나는 그런 식으로 돈을 벌어 왔다.

약이 필요하다는 소식을 들으면 가서 팔고, 제초제가 필요하다는 소식을 들으면 가서 팔고, 식료품이 필요하다는 소식을 들으면 가서 팔았다. 마진을 많이 남기고 팔았는데도, 손님들 대다수는 웃으면서 내게 돈을 건네주었다.

다시 말해 가격이 싼가 비싼가 하는 것보다, 손님의 만족도가 중요한 것이다.

내 제안을 들은 상인은 주먹을 불끈 움켜쥐고, 납득하며 일어선다.

"그다음은…… 말 안 해도 알겠지? 소문이 사실인지 어떤지는 믿기 나름이라고 주의를 줘 가면서 비싼 값에 팔면 돼. 그렇게만 해도 상대는 기꺼이 돈을 내지. 그리고 기꺼이 사 간 녀석들 중에 몇 할 정도가 정말 효과가 있었다고 떠들어주기만 하면 손님은 더 많이 오게 돼 있어."

뭐, 이렇게까지 순조롭게 풀릴 확률은 낮지만, 처음 한 번 정도는 성공하겠지.

활성화 기간 동안에는 경험치가 많이 들어온다. 평소보다 레벨업 속도가 빨라진다면, 그건 단지 활성화의 영향일 뿐인데도, 액세서리에 대한 소문이 진짜일지도 모른다는 생각에 기분이 좋아지게 마련이다.

그렇게 되면 찾아온 모험가의 수와 역량에 따라 수입이 결정되니, 희망적인 관측을 해 볼 수도 있겠지.

"지금 바로 작업에 들어갑지요!"

상인은 나에게 목걸이를 건네고는, 가게 문을 닫고 작업에 들어갔다.

"후우."

만족스러운 성과다. 결과적으로 목걸이도 값싸게 손에 넣었고.

"나오후미 님……."

라프타리아가 황당해하는 표정으로 이마에 손을 짚은 채 탄식하고 있다.

뭐, 관점에 따라서는 생트집을 잡아 상품을 갈취한 것처럼 보일 수도 있겠지.

"어쩔 수 없잖아? 장사를 우습게 보면 곤란하다 이거야."

"그야 저도 알지만……. 엄청나게 수상쩍은 상품이 탄생하게 된 것 같은데요?"

"그야 그렇지만, 징크스라는 게 다 그런 거잖아."

그때 여왕이 나타나서 말을 걸었다.

"여기 계셨군요, 이와타니 님."

"무슨 일이야?"

"다른 용사분들과의 회의 준비를 마쳤습니다."

"그래?"

쓸데없는 애기를 하느라 생각보다 많은 시간을 잡아먹은 모양이다.

우리는 여왕의 안내에 따라, 숙박하고 있는 성…… 같은 숙소로 발걸음을 옮긴다.

숙소에 도착한 우리는, 여왕의 뒤를 따라 곧바로 계단을 올라간다.

"용사님들의 동료들은 별실에서 대기하게 되어 있습니다……. 라프타리아 양은 어떻게 하실 거죠?"

"으음……."

메르로마르크 성에서 교류의 자리가 마련되었을 때, 라프타리아는 다른 용사의 동료들과 말다툼을 벌였었다.

그것도 다 자기주장 강한 몇몇 녀석들의 차별 때문이다.

국가의 우두머리가 그만두자고 했다고 해서 차별이 순식간에 사라질 수는 없는 노릇이다. 여전히 방패 용사의 부하라는 이유만으로 못마땅한 눈길을 받기 십상인 데다, 라프타리아는 아인이기까지 하다. 차별주의자들이 표적으로 삼기에는 안성맞춤이다.

"현재, 용사님들의 동료들 중 태반은 자유행동을 하고 있습니다. 그래도 별실로 가시겠어요?"

이건, 라프타리아도 자유행동을 하는 편이 불필요한 분쟁을 피하는 길이라고 은연중에 암시를 주는 것이리라.

라프타리아도 그걸 눈치채고 고개를 끄덕인다.

"알았어요. 저도 자유행동을 하고 있을게요."

"무슨 일 생기면 부를게. 그때까지 마음대로 지내다가 와."

"네."

라프타리아와 작별하고, 나와 여왕은 곧바로 용사들이 기다리는 회의장으로 향했다.

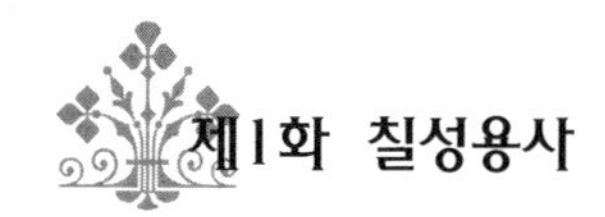

제1화 칠성용사

여왕은 메르로마르크 성에 있었던 것과 같은 나선계단을 올라가서, 전망 좋은 탑 위의 방으로 나를 안내한다.

거기에는 나를 제외한 용사들이 이미 모여 있었다.

"이제야 왔군."

우선 검의 용사인 아마키 렌.

검은 옷을 좋아하는, 검사 같은 풍모의 소년이다. 연령은 16세.

짤막한 머리에, 얼굴 생김…… 아니, 전체적으로 풍기는 아우라가 지적이고 쿨한 인상을 주고 있다.

하지만 내가 보기에는, 실제로는 쿨한 척을 좋아하는 허세쟁이일 뿐인 것 같다.

최근에 판명된 사실이지만, 맥주병이라 물이라면 질색하는 한심한 면도 있다.

듣자 하니 나와는 다른 일본으로부터 소환된 모양이다.

렌의 세계는 내 세계와는 달리 VRMMO라는, 네트워크 세계로 들어갈 수 있게 만들어 주는 기계가 존재한다. 간단히 말해 근미래의 일본에서 소환되어 온 것 같다.

일단 어느 정도 말이 통할 만큼의 지식은 갖고 있다. 어디까지나 용사들치고는 그렇다는 얘기지만.

"어딜 나돌아 다니고 계셨던 거예요?"

다음은 활의 용사 카와스미 이츠키.

곱슬거리는 머리칼에 어딘가 소심해 보이는, 여리여리한 소년 같은 풍모를 갖고 있다.

뭐랄까…… 연하의 매력을 발산하는…… 그런 느낌이랄까.

실제로는 한없이 투철한 정의감을 지닌 열혈한……이라고 해야 할까?

취미는 자신의 정체를 감춘 채 악인을 찾아내서 벌하는 것.

용사의 권한을 세상 바로잡는 일에 활용하고 있다.

요컨대 이츠키는 사극 속에 나오는 암행어사 같은 활동을 하고 있는 것이다.

내 눈에는 거만하기 짝이 없는 짓으로만 보이나, 그 덕분에 도움을 받는 사람들이 있다는 것 또한 사실이다.

문제는 동료들이 이츠키를 종교처럼 숭배해서, 오만한 태도로 소란을 일으키고 있다는 점이다.

본인도 그걸 말리지 않으니 성가시기 짝이 없는 일이다.

용사들 중에서 가장 어려 보이지만 실제 나이는 열일곱, 렌보다 한 살 위다.

"여자라도 꼬시고 있던 거 아냐? 이번에 제일 맹활약했으니까."

"흥……. 네놈이 할 소리냐?"

"모토야스 씨, 당신이 하실 말씀이 아니에요."

"그래. 네가 할 소리는 아냐."

그리고 마지막이 창의 용사인 키타무라 모토야스.

우리 용사들 가운데 제일 잘생겼고, 헤어스타일은…… 저건 포니테일이라고 불러야 하는 건가?

남자인 내가 보기에도 잘생긴 얼굴인 건 사실이다. 가지런한, 강인하다기보다는 부드러운 인상을 주는 이목구비.

일상생활에서 대할 때는 꽤 괜찮은 느낌을 주는 녀석이라고 생각하긴 한다.

성격은 저돌 맹진. 자신이 믿고자 하는 것을 끝까지 믿고 돌진한다.

동료를 아끼는 용사라는 모양이지만, 내가 보기에는 동료를 의심할 줄 모르는 멍청한 놈이다.

게다가 여자라면 사족을 못 쓰고, 틈만 나면 여자를 꼬시려고 들이대는 것 같은 이미지다.

라프타리아를 만났을 때나 필로를 만났을 때나, 다짜고짜 꼬시려고 들기부터 했다.

게다가 카르밀라 섬에서도 여자를 꼬시고 다녔다는 소문까지 들리는 마당이니, 의심의 여지 없는 난봉꾼인 셈이다.

이 녀석은 나에게 누명을 뒤집어씌웠던 빗치를 동료로 삼고 있는 용사로, 내가 빗치를 강간하려 했었다고 지금까지도 믿고 있다. 다만 여왕이 이따금 빗치의 본성을 보여주곤 한 덕분에, 서서히 태도가 바뀌어 가고 있는 것 같은…… 느낌도 든다.

그리고 이 세 녀석들은 공통적으로, 각각 원래 살고 있던 세계에서 이 세계의 구조와 비슷한 구조를 가진 게임을 즐기고 있었다는 경력을 갖고 있다.

렌은 VRMMO 브레이브스타 온라인.

이츠키는 콘솔 게임인 디멘션 웨이브.

모토야스는 MMORPG 에메랄드 온라인이라고 했던가.

그와는 달리 나는 사성무기라는 책이 계기가 됐었다. 이 차이가 어떤 영향을 미치는지는 완전히 수수께끼다.

"해안에서 바다를 보다 온 거야."

나는 그렇게 말하며 자리에 앉는다.

"하긴……. 아직 풍랑이 거세서 섬에서 못 나가니까 그럴 만도 하지.”

“레벨업이나 드롭 아이템 수확이나 하면서 시간을 죽이는 수밖에 없잖아.”

“그러게 말이에요.”

일단, 섬에서 오도 가도 못하게 된 상황이라는 건 이해하고 있는 모양이군.

“그래서? 이번에는 무슨 회의를 하는 거지?”

“몰라서 묻는 게 아닐 텐데?”

우리가 소집된 이유는 명확하다.

이렇게 말하긴 좀 그렇지만, 이 용사들이 약해도 너무 약한 것이다.

라르크 일당과의 전투에 들어갔을 때, 라르크가 방해를 막기 위해 내쏜 견제 공격만 맞고도 세 용사들과 그 동료들까지 모조리 마비돼서 꼼짝도 못하는 지경이 됐을 정도니까.

번개를 이용한 합성 스킬 같은 공격이었던 걸로 기억한다.

그 공격을 받은 자들은 몸이 저려서 한동안 꼼짝도 못하게 됐었다.

물론 라르크 일당의 공격은 전력을 다한 게 아닌, 애니메이션이나 만화에 나오는 것처럼 상대가 죽지 않도록 힘을 뺀 공격이었다.

이 정도 공격을 받고 전투 불능 상태에 빠지는 마당이니 승부가 될 리가 없다.

그 후에, 내가 앞장서서 라르크 일당과 싸웠는데…… 솔직히 내가 생각해도 대활약이었다.

라르크와 테리스는 엄청나게 강해서, 전보다 훨씬 강해진 나조차도 죽음의 위기를 느낄 정도의 공격을 날려 왔다.

나는 방어력이 향상된 방패를 만들어내는 스킬을 구사해서 라르크 일당의 공격과 회피를 저지하고, 라프타리아 및 필로와 협력해서 라르크 일당을 밀어붙였다.

하지만 라르크 일당도 비장의 카드를 여럿 보유하고 있었다.

우선, 내가 그들을 충분히 궁지로 몰아넣었다고 생각한 바로 그때, 라르크가 갖고 있던 낫이 빛을 뿜으며 내 어깨를 가볍게 스쳤다.

그때의 나는 방어력이 높은 상태였으므로, 라르크의 공격 정도는 충분히 버텨낼 수 있을 거라고 생각했었다.

하지만, 결과는 부상이었다.

다행히 중상을 입지는 않았지만, 라르크는 나에게 더없이 효과적인 공격 수단…… 약점을 찔러 온 것이었다.

그것은 높은 방어력이 해가 되는 방어 비례 공격이다.

방어력이 높으면 높을수록 받는 대미지가 더 늘어나는, 게임에 이따금 등장하는 공격 수단.

게임과 비슷한 세계이니 그런 게 존재할지도 모른다고 생각은 했었지만, 설마 이런 상황에서 얻어맞을 줄은 생각 못 했었다.

높은 방어력이 무기인 나에게 치명상을 주는 공격이다.

받는 대미지를 낮추기 위해 약한 방패로 바꾸어서 방어력을 낮추면, 라르크 일당의 공격을 버텨낼 수 없다.

그야말로 방패 용사의 약점을 찌르는 성가신 공격이다.

다행히 에어스트 실드나 유성방패처럼 스킬로 만들어낸 방어수단을 사용하면, 나에게 공격이 도달하기 전에 무효화할 수 있었다. 하지만 비장의 카드가 있느냐 없느냐 하는 건 전장에서 목숨을 좌우하는 차이를 만들어낸다.

1대1 맞대결이라면 몸을 보호할 수 있을지도 모르지만, 그렇게 되면 내 공격 수단이 전무한 거나 다름없다.

동료와 연대해서 맞설 수도 있지만, 라르크에게도 테리스라는 동료가 있다. 게다가 한창 싸우고 있는 도중에, 지난번 파도 때 조우했던 글래스까지 나타나는 판국이었다.

글래스도 나에게 유효한 공격 방법인 방어 무시 공격 능력을 갖고 있다.

방어 무시 공격은 방어력 자체를 무시하고 대미지를 부여하는 효과를 갖고 있으니, 방어 비례 공격과 마찬가지로 방패 용사의 필요성을 부정하는 공격이라 할 수 있다.

그럼에도 나는 선전을 펼쳐서, 글래스와 라르크, 테리스를 궁지에 몰아넣었다.

하지만 궁지에 몰린 그때, 라르크는 지쳐서 기운이 다 빠져 있던 글래스에게 혼유약이라는 SP 회복약을 대량으로 뿌렸다.

그 후에 벌어진 일은, 솔직히 떠올리고 싶지도 않다.

방어 비례 공격과 방어 무시 공격을 제외한 공격을 모조리 막아낸 나에게 정면으로 덤벼든 글래스는, 내 방어력을 웃도는 공격을 퍼부었다.

그때 글래스가 퍼부은 공격의 위력과 속도는, 그야말로 경이적이었다.

전보다 훨씬 강해진 라프타리아나 필로조차도 대처하지 못할 만큼의 속도였으니까.

그 후에는…… 뭐가 어떻게 된 건지는 잘 모르겠지만, 글래스 일당이 어째선지 후퇴하는 바람에 싸움은 보류로 남게 되었다.

무승부라고 하면 그럴싸하게 들리겠지만, 결국은 내 힘으로 물리칠 수 없는 상대를 놓치고 만 것이다.

다음에 조우했을 때는 패배할지도 모른다.

문제는 바로 이 점이다……. 만약에 말이다. 만약에 전력을 다하지 않은 라르크에게도 맥없이 패배한 용사 놈들이, 그때와 같은 상대의 글래스와 싸우면 어떻게 되겠는가?

결과는 쉽게 상상할 수 있다. 순식간에 죽을 게 뻔하니까.

사성용사가 하나라도 빠지면 파도가 더 거세진다는 얘기를 들은 바 있다. 그런 사태는 가능한 한 피하고 싶다.

애당초 용사 놈들이 강했다면 나 혼자서 글래스 패거리와 싸울 필요도 없었을 것 아닌가.

내가 여왕에게 시선을 돌리자 여왕은 꾸벅 고개를 끄덕인다.

"그럼 지금부터 사성용사에 의한 두 번째 정보교환을 시작하겠습니다. 사회와 진행은 저, 밀레리아. Q. 메르로마르크가 맡겠습니다."

여왕의 선언을 듣고 세 용사 모두 등받이에 등을 기댄다.

"정보교환이라니."

"얘기는 할 만큼 했잖아."

"맞아요……. 나오후미 씨만 빼고."

또 이 소리냐……. 저도 모르게 한숨이 나온다.

"도대체 몇 번을 말해야 알아듣는 거냐. 너희 각자가 얘기한 강화 방법은 다 옳았어. 그 강화 방법을 전부 다 실천한 덕분에, 난 카르밀라 섬에서 제대로 싸울 수 있었던 거라고."

그렇다. 우리는 카르밀라 섬에 오기 전에 정보를 교환했고, 강해지는 방법에 대해 용사들끼리 얘기를 나눴다.

각 무기에는 강화 방법이 존재하며, 용사들은 그 강화를 통해서 보통 전사들보다 압도적으로 강해질 수 있는 것이다.

그런데, 이 세 용사들의 강화 방법은 완벽하게 서로 딴판이었다.

결국 서로 말싸움을 벌이고, 자신의 강화 방법이 옳다느니, 네놈들은 거짓말을 하고 있다느니 하는 욕지거리를 주고받은 끝에, 지난번 회의는 중단되고 말았다.

하지만 사실 세 사람이 얘기한 강화 방법은 전부 다 사실이었다는 것이, 내 방패를 통해 실증된 상태다.

메르로마르크에서 전령으로 부리는 그림자를 보내서 강화를 재촉하기도 하고, 내가 직접 얘기하기도 했건만, 이 녀석들은 그 말을 믿지 않고 강화를 하지 않았다가, 지난번 파도 때도 아무 보탬이 되지 못했다.

다만, 이 강화 방법을 실천하려면 진심 어린 믿음이 필요한 모양이다.

'어쩌면…….'이라느니, '그럴지도 몰라…….'라느니 하는 회의적인 생각을 갖고 있으면 전혀 반응하지 않는 것이다.

용사의 무기는 감정까지도 힘으로 바꾼다. 믿지 않으면, 다른 용사가 얘기한 강화 방법을 표시하는 아이콘 자체가 나타나지 않는다.

"또 거짓말을 하시네요. 어딘가에서 치트 능력을 얻으셨다는 거 다 알아요! 빨리 자백하세요."

"그래, 부정한 자식! 그건 용서받을 수 없는 짓이야!"

"자기 강화 방법을 말 안 하고 있는 거겠지! 비겁한 놈! 걸레를 함정에 빠트리는 게 뭐가 그렇게 재미있는 거냐?!"

나 원 참……. 이 정도면 분노를 넘어 황당할 지경이다.

"내 얘기는 눈곱만큼도 안 믿고……. 그러면서, 내가 치팅…… 부정한 방법으로 네놈들을 앞지른 거라고 믿는 거냐?"

내 대답에 세 사람 모두 고개를 끄덕인다.

"게다가…… 당신 동료들은 예전보다도 훨씬 더 강해졌잖아요! 그것도 방패의 힘이라고요? 말도 안 되는 소리!"

"예전에도 얘기했잖아. 라프타리아와 필로는 모두, 전설의 무기에 있는 성장 보정의 영향을 받고 있는 거라고. 클래스 업 때는 필로의 바보털이 반응해서 특별한 클래스 업이 되기도 했고."

"네. 그건 여왕인 저도 확인했습니다. 제 눈앞에서, 이와타니 님의 동료인 라프타리아 양과 필로 양이 특별한 클래스 업을 일으켜서, 능력이 대폭 향상된 것 같았습니다."

여왕이 내 말을 뒷받침해 주지만, 세 용사들은 회의적인 눈길로 나를 노려볼 뿐이다.

왜 내가 질책당하는 입장이 된 건데?

"이봐……. 너희, 내 입장에서 생각해 본 적은 있냐?"

"뭐?"

"왜 우리가 나오후미 입장에서 생각해 줘야 하는 건데?"

"맞아요. 우리가 알아야 하는 건, 치트 능력을 얻는 방법이에요."

말이 안 통하는 녀석들이지만, 이 녀석들이 강해지지 않으면 내가 곤란해진다.

어린애 다루듯 이 녀석들을 어르고 달랠 생각은 없지만, 나는 방패 용사라는 존재가 지닌 근본적인 문제를 지난번 싸움 때 통감한 바 있었다.

"생각을 좀 해 봐. 공격을 못하는, 방어력밖에 없는 용사가 혼자 다른 용사들을 앞질러 봤자 무슨 이득이 있을 것 같아?"

"그건……."

셋 다 대답이 궁한 듯 서로의 얼굴을 본다. 뭔가 이유를 찾고 있군.

"있잖아요! 공격 수단이!"

이츠키가 자리를 박차고 일어나 나에게 삿대질했다.

이 녀석의 정의감에 불이라도 붙은 건가? 정의를 주장하는 녀석이 이렇게 소란을 피울 만한 일이 있기는 하지.

"그거 혹시 아이언 메이든이랑 블러드 새크리파이스를 두고 하는 말이냐?"

"맞아요! 그런 강력한 공격 수단이 있으니까, 혼자 앞서 나가는 건 충분히 의미가 있어요!"

내가 직접 상대를 공격할 수 있는 방법은 얼마 없다.

하나는 카운터 효과. 적의 공격을 맞으면 반격하는 방패다.

스파이크 실드처럼 바늘이 돋아 있는 방패를 주먹으로 후려치면, 그냥 좀 아픈 정도로 끝날 수는 없지 않겠는가?

그런 식의, 어디까지나 수동적인 반격.

또 하나는, 아이언 메이든과 블러드 새크리파이스……. 저주받은 방패인 라스 실드 상태일 때만 사용 가능한 스킬이다.

다만, 이 두 개의 스킬은 모두 다 문제를 안고 있다.

나는 한숨 섞인 말투로 이츠키의 말에 대꾸한다.

"아이언 메이든은 실드 프리즌으로 상대를 포위하고, 체인지 실드(공)이라는 스킬로 공격한 다음, SP를 모조리 쏟아부어서 사용하는 스킬이야. 아이언 메이든을 한 번 격파한 적이 있는 너희라면, 문제점이 있다는 것 정도는 알 수 있을 거 아냐?"

"그게 뭔데요?!"

너무 열이 뻗친 나머지 생각하기를 포기한 모양이군.

반대로 렌은 검지를 굽혀 입가에 댄 채 생각에 잠겨 있다. 모토야스는 잡아먹을 듯 나를 노려보고 있다.

이윽고 결론에 다다른 렌이 중얼거렸다.

"전제가 복잡하군."

"바로 그거야. 실드 프리즌이 파괴되면 체인지 실드를 쓸 수 없어. 물론 재빨리 쓰면 될지도 모르지만, 전제가 너무 까다롭단 말이지."

그렇다. 아이언 메이든은 사용할 때까지의 전제조건이 너무 많은 데다가, 방해받을 위험성도 많다.

"게다가 너희는 아이언 메이든을 파괴한 적도 있잖아."

나아가 간신히 아이언 메이든을 소환하더라도, 프리즌이 파괴당하면 상대가 도망쳐 버리고, 아이언 메이든 자체가 파괴당하면 모든 게 말짱 도루묵이다.

아이언 메이든은 움직임이 둔해서, 공격당하면 손쉽게 파괴되는 것이다.

"그럼 블러드 새크리파이스는요?!"

"벌써 잊어버린 거냐? 그건 한 번 쓰면 나까지 치명상을 입는 건 물론이고, 저주 때문에 스테이터스가 30%까지 깎여 나간다고."

카르밀라 섬의 파도와 맞설 때는 어느 정도 회복돼 있었지만, 그렇다 해도 매번 빈사 상태가 되는 걸 감수할 수는 없는 노릇이다.

"내가 가진 공격 수단이라고는, 그렇게 엄청난 대가를 치러야 하는 스킬들밖에 없다고. 라스 실드도 쓰고 싶다고 언제든 쓸 수 있는 편리한 물건이 아냐."

저주받은 방패이기에 정신을 갉아먹는다.

"그것 말고도, 그, 검은 불꽃을 흩뿌리는 공격도 있잖아요!"

"그건 반격할 때만 쓸 수 있는 거야. 게다가 라스 실드일 때만 사용할 수 있는 거니까 평상시에는 못 써."

사사건건 라스 실드로 변형해대면 분노에 정신이 잠식당해 버린다고.

결국 내 공격 방법은 저주받은 방패를 쓰는 것들뿐, 정규적인 방법이 아니다.

그런 의미에서 치트라고 부르는 거라면 고분고분 인정할 수 있다.

하지만 이 녀석들이 하는 얘기는 그것 이전의 문제란 말이지.

게임을 새로 사 놓고는 설명서나 튜토리얼 따위는 건너뛰어 버린 채, 자기가 알고 있는 게임의 강화방법이 우연히 들어맞았다는 이유로 줄곧 그 방법만 사용하는 삼류 게이머 같은 사고방식이다.

제대로 된 강화 방법을 안 쓰니까 도중에서 막히는 거다.

"게다가 라스 실드에는 너희의 강화 방법이 적용되지 않는 강화도 있어서, 스킬 해방도 안 된다고."

아이언 메이든도 그렇고 블러드 새크리파이스도 그렇고, 공격 스킬을 습득하기 위한 능력 해방은 불가능한 게 아닌가 싶을 만큼, 좀처럼 해방이 되지 않는다.

"이제 좀 이해하겠어? 나한테는 어디까지나 최소한의 공격 수단밖에 없단 얘기야."

"거짓말 마!"

모토야스가 나를 삿대질하며 고함쳤으므로, 다짜고짜 안면을 후려친다.

그리고 천천히 주먹을 빼고, 다시 자리에 앉는다.

모토야스 녀석은 도무지 믿기지가 않는다는 표정으로, 자기 얼굴을 어루만진다.

얻어맞았는데도 간지럽지도 않을 테니까. 이게 내 문제점이다.

"이제 좀 알겠어? 네놈들은 내가 끝없는 힘이라도 얻은 거라고 생각하고 있는 것 같지만, 아무리 방어력이 올랐다고 해도, 공격력까지 같이 오른 건 아니라는 얘기야."

여전히 대미지가 전혀 안 들어가니까 말이지.

"네놈들 쪽에서 돌격해 오면 대미지를 입힐 수 있을지도 모르지만 말이지. 한번 시험해 볼 테냐?"

세 사람은 그제야 입을 다문다.

그런데도 납득이 안 가는지, 나를 보는 표정이 험악하다.

"내가 너희를 제쳐 두고 혼자 앞서가 봤자 아무런 이득도 없어. 지난번 싸움 때…… 나와 비슷한 정도의 전력을 가진 녀석이 한 명이라도 있었다면 결과가 어떻게 됐을 것 같아?"

아까도 설명했지만, 이 녀석들은 라르크와 테리스가 쓴 합성 스킬에 얻어맞고는, 주위에 있던 모험가나 기사단 녀석들과 함께 실신하거나 감전돼서 바다 위를 떠다니고 있었다.

"너희 식으로 말하자면…… 패배 이벤트가 이렇게 많이 있는 거냐?"

"크윽……."

렌이 분한 듯 신음했다.

그건 이츠키와 모토야스도 마찬가지인 듯, 주먹을 불끈 움켜쥐고 있다.

"이제 제발 정신 좀 차려. 그 라르크…… 라르크베르크와 테리스, 그리고 글래스는 용사를 죽이려 하고 있다고. 녀석들은 나만 용사로 인정해서 나만 죽이려 하고 있는 것 같더군. 너희가 용사라는 게 알려지면, 다음번에는 진짜로 죽을 거야."

그러면 어떻게 될까? 해답은 이미 들은 바 있다.

필로리알의 여왕인 피트리아의 입을 통해서.

"사성용사가 한 명이라도 빠지면 파도가 그만큼 거세진다고 들었어."

용사가 한 명이라도 전사하면 내 부담이 그만큼 커지게 돼 있다.

그런 사태만은 무슨 일이 있어도 회피하고 싶은 상황이다.

"그런 상황에서, 내가 너희를 제치고 앞서 나가 봤자 무슨 이득이 있다는 거야?"

"자기가 진짜 용사라고, 히어로라고 주장하기 위해서 그런 거겠죠!"

"너 말이야……."

이츠키가 도무지 믿기 힘든 말을 지껄였다.

"그렇게 자기만족만을 위해 움직이는 사람은 절대로 못 믿어요!"

"멋대로 단정 짓지 마!"

이건 나 자신에게도 해당하는 거지만, 자기 멋대로 단정을 짓는 행동은 결국 자기 목을 조르게 되어 있다.

그래서 나는…… 최대한 상대방을 믿기로 마음먹었다.

안 그러면 앞으로 살아남을 수가 없다.

물론 의심하는 것도 잊지 않지만, 의심만 해서는 앞으로 나아갈 수 없다.

"'너는 주인공이 아니다'. 내가 빗치에게 누명을 뒤집어썼을 때 들었던 말이지. 안 그래, 모토야스?"

이츠키의 말에 동의하고 있던 모토야스를 향해 말한다.

"이 상황에서…… 누가 주인공으로 보이지? 렌도 생각해 봐. 적극적으로 파도에 맞서자고 얘기하고 있는 사람한테, 치트라느니 거짓말이라느니 하면서 상대방을 탄핵하기에만 바쁜 녀석이…… 주인공일 것 같아?"

내 말에, 렌도 이츠키도 모토야스도 민망한 듯 시선을 외면한다.

딱히 주인공이 되고 싶다는 건 아니지만, 좀 더 현실적으로 문제에 맞서고 싶은 것뿐이다.

"내가 얘기해 줄 수 있는 치팅 방법은, 너희한테서 들은 강화 방법을 전부 다 실행하는 거다! 그 이상은 없어!"

"……."

그럼에도 뭔가 말대꾸를 하려다가, 차마 말문이 열리지 않는 듯 세 사람 모두 입을 다문다.

"오히려 내 입장에서는 지금 당장에라도 전력이 필요해. 라프타리아나 필로가 강한 건 사실이지만, 아무리 강해 봤자 결국은 둘이야. 전력으로서 제일 이상적인 건, 용사인 너희 셋이란 말이야."

나 참, 기분 더러운 건 나도 마찬가지라고.

"흥. 어차피 넌 강해지려고 노력하는 우리를 비웃으려고 하는 거잖아?"

"맞아요. 노력하는 사람들을 내심 비웃는 악역들도 꽤 있으니까요."

"하아……."

기가 막혀서 말문이 막힐 지경이다.

"렌, 아까 나한테 '용서받지 못할 일'이라고 그랬지? 그건…… 그 용서라는 건 도대체 누구한테 받아야 하는 거지?"

"……."

나 원 참…… 자기가 더 우위에 있다는 걸 전제로 얘기하고 있다는 거군.

용서받지 못한다니……. 민폐 플레이어를 운영팀에 신고라도 할 것 같은 말투다.

"이봐……. 너, 진심으로 누군가가 용서하지 않을 거라 생각하고 한 말이야?"

렌 녀석은 우물쭈물하며 나에게서 시선을 돌린다.

그냥 울컥해서 저도 모르게 튀어나온 말이었나?

"그게 아니면 혹시 네가 그럴 만한 권력을 갖고 있는 거냐? 내가 납득할 수 있도록 이유를 설명해 줘. 네가 아직 뭔가를 숨기고 있는 거라고 봐도 되는 거냐?"

"크윽!"

보아하니, 그저 충동적으로 입에서 튀어나온 말이었던 모양이다.

꼭 이런 녀석들이 있단 말이지.

게임에서 일반 플레이어가 입수하기 어려운 무기 같은 걸 들고 마물…… 보스 몬스터 같은 걸 사냥하고 있자면, 너무 강한 걸 보면 치트일 게 분명하다느니 운영팀에 신고하겠다느니 하면서 시비를 걸어 대는 녀석.

나도 한때는 대형 길드의 마스터 노릇을 하고 있었고, 동맹 내에서 그런 아이템을 보유하고 있었기에 잘 알고 있다.

"지금은 현실에 눈을 돌려야 할 때야. 나는 분명하게 진실을 얘기했어. 사기처럼 들리겠지만, 믿음이 곧 힘이 되는 것 같았다고."

"우리한테 설교하는 게 재미있냐?"

"하아……."

나는 세 사람을 싸늘한 시선으로 쳐다본다.

"설교를 들을 정도로 약하니까 그런 거 아냐? 이 잡몹들아, 게임은 이미 끝났어."

지금은 상대의 도발에 응해야 할 타이밍이라 판단하고, 나는 세 사람에게 대꾸한다.

"이 자식이!"

"상대할 가치도 없네요!"

"이 비겁한 놈!"

세 사람은 격노해서 벌떡 일어서고는, 나를 삿대질하며 고함을 질러댄다.

그때 여왕이 쾅! 하는 요란한 소리와 함께 테이블 한가운데에 얼음 덩어리를 떨어뜨렸다.

"모두 진정하십시오! 지금은 싸우고 계실 때가 아니지 않습니까!"

"흥. 치터 녀석과 손잡은 녀석의 얘기 따위, 들어 봤자 아무 의미도 없어."

불쾌하다는 듯 고개를 돌리고 쏘아붙이는 렌의 태도에, 여왕도 황당하다는 표정이다.

"용사님들이 강해지실 수 있도록 우리 나라는 최대한 협조하도록 하겠습니다. 그러니 부디 좀 냉정하게 생각하십시오."

나 원 참……. 얼마나 더 철딱서니 없이 굴어야 직성이 풀리는 거냐.

솔직히 여왕이 가엾게 느껴진다.

"용사님들의 강화에 대한 얘기는 일단 나중으로 미뤄 두도록 하겠습니다. 지금은 일단 이번에 싸웠던 상대에 대해 얘기해 보죠."

"그래. 어쩌면 너희가 했던 게임 중에 비슷한 녀석이 있었을지도 모르니까."

내가 읽고 있던 사성무기서에는, 파도의 정체에 대해서는 아무런 언급도 없었다.

그렇기에 정보로서의 의미는 없는 거나 다름없다.

다만, 나머지 세 명은 다를지도 모른다.

"너희, 짐작 가는 게임 속 등장인물 없어?"

"……없는데."

"저도 없네요. 그분은 낫을 무기로 썼는데, 그런 캐릭터는 없었던 것 같아요."

"그래. 무기로서는 마이너한 장비지."

라르크는 낫을 사용했었다. 상당히 특수한 장비인 건 사실이다.

"그분에 대해서는 오히려 나오후미 씨가 더 잘 아시는 것 같던데…… 무슨 관계죠?"

"네놈들이 카르밀라 섬으로 오는 배의 선실을 독차지했을 때, 그 불똥이 튀는 바람에 그 녀석들이랑 같은 방을 쓰게 됐었어. 그 인연으로, 섬에서도 한 번 같이 사냥을 했었지."

"안면이 있는 사이였군요."

"그래."

"함께 싸우면서 뭔가 이상한 점 같은 건 없었어요?"

"글쎄……. 우선 라르크베르크……. 라르크의 낫은 용사의 무기처럼 마물을 흡수할 수 있는 능력을 갖고 있던데."

"그걸 보고도 이상하다는 생각을 안 했단 말이냐?"

얘기만 들으면 간단해 보이지만, 사실 나는 이 세계에 대해 그다지 잘 알지 못한다.

완전히 이해하고 있다고 자신만만해하던 이 녀석들조차 모르고 있는 게 많은 것이다.

의문을 느끼더라도 문제가 일어날 때까지는 보류해 두는 게 당연하지 않은가.

"나는 이 세계에 대한 지식도 별로 없는 데다, 특이한 무기라고 물어봤더니 당연하다는 듯이 '흔히 있는 거 아냐?' 라는 대답이 돌아왔어."

"그런가요?"

이츠키는 여왕에게 묻는다. 이츠키 역시 이 점에 대해서는 잘 모르는 모양이군.

나 역시 여왕에게로 시선을 돌리니, 여왕은 고개를 가로 저었다.

"그런 무기는 용사의 무기 이외에는 존재하지 않습니다."

"비슷한 성질을 가진 무기 같은 것도 없는 거야?"

"네. 마물을 흡수하고, 아이템을 드롭시키는 무기를 재현했다는 얘기는 들은 적이 없습니다."

흠, 그렇다면 라르크 일당에게는 흔한 거지만, 이 세계에 있어서는 존재하지 않는 물건이라는 얘긴가…….

"이상한 무기네요."

"그러게 말이야. 용사는 사성용사밖에 존재하지 않을 텐데, 그 이외의 무기가……."

"용사님들은 모르고 계신 모양이군요. 사성무기 외에도 전설의 무기가 일곱 개 더 존재합니다."

"""하?"""

"보아하니 사성용사 이외의 용사가 존재한다는 걸 모르고 계셨던 건가요?"

왜 이렇게 처음 듣는 정보가 툭툭 튀어나오는 거지? 지긋지긋하다.

알고 있기는 개뿔, 들어 본 적도 없단 말이다!

"그럼 설명해 드리지요."

여왕의 눈이 초롱초롱 빛난다. 필로리알 여왕에 대해 얘기해 줬을 때의 반응이나, 각지를 돌아다니며 전설에 대한 답사를 하곤 했다는 메르티의 얘기로 미루어 보아, 여왕은 어지간히 전설을 좋아하는 모양이다.

"가장 유명한 건 사성용사(四聖勇者) 전설이지만, 다음으로 유명한 것으로 칠성용사(七星勇者) 전설이 있습니다."

"칠성용사?"

"네. 사성용사와 마찬가지로 일곱 개의 무기로부터 선택받은 용사에 대한 전설이지요."

일곱 개나 있는 거냐…….

전부 다 다른 계열의 무기라고 상정하면, 게임 같은 느낌이 한층 더 증가하는군.

RPG 같은 게임이라면 그런 무기는 훗날 동료가 되는 녀석이 갖고 있거나, 진행 과정에서 필수적으로 손에 넣게 되거나 하는 식이 될 것이다.

하지만…… 이 세계에서 전설의 무기를 소유한 녀석이라면 경계심을 품을 수밖에 없다.

내가 알고 있는 전설 무기 보유자 중에는 제대로 돼먹은 놈이 없으니까.

"우리 나라가 쓰레기와 삼용교 때문에 말썽을 일으켰는데도 다른 나라의 묵인을 받은 건, 칠성용사에 대한 전권을 포기한 덕분이기도 했답니다."

"호오……."

"칠성용사는 사성용사와 깊은 관련이 있다거나, 외전의 용사라거나 하는 얘기도 전해져 오고 있습니다만……."

여왕은 전설에 대해서 장황하게 얘기를 이어갔다.

"그럼 우리처럼 소환된 용사가 일곱 명이나 있는 거야?"

"이 세계에는 이세계인이 그렇게 많이 와 있는 건가요?"

"용사 바겐세일이군."

"이 넓은 세계를 넷이서 구하는 것보다는 훨씬 낫잖아."

내 말에 용사들이 시선을 외면했다.

"아뇨."

"아니라고?"

"칠성용사는 오히려 모험가들이 선망하는 직종으로 유명하기도 합니다. 칠성용사 중에는 소환돼서 용사가 되는 자도 있지만, 원래부터 이 세계에 사는 사람도 될 수 있으니까요."

소환된 자뿐만이 아니라, 이 세계 사람도 될 수 있는 용사라…….

이 세계에 대한 상식을 갖고 있으니 그래도 좀 나으려나?

용사라고 불리는 이상 이상한 녀석은 선발되지 않을 테고.

"일단은 해당되는 전설의 무기를 이용해서 소환을 실시합니다만, 용사 소환이 실패했을 경우에는, 선택받은 자가 출현할 때까지 일반인이 무기를 소지할 수 있도록 해방되지요."

"땅에 박혀 있는 전설의 검 같은 느낌인가?"

"검은 사성용사의 무기이니 해당되지 않지만, 땅에 박혀 있다는 건 사실입니다."

그랬군. 실력에 자신이 있는 녀석이라면 한 번쯤은 도전하고 싶어 할 만도 하겠는데.

만약 무기의 선택을 받으면 훨씬 더 강해질 수 있고, 국가의 협조도 받을 수 있다. 선망하지 않을 이유가 없다.

"무용담의 수 자체는 칠성용사가 사성용사보다 더 많답니다. 조금이라도 전란이 일어나면 칠성용사가 출현할 가능성이 있으니까요."

"호오……."

"파도가 출현한 후로, 칠성용사도 이미 태반이 확정됐습니다."

"그만큼 중대한 위기라는 거군."

"네."

이 세계 고위층들은 세계 단위의 문제를 중대시하고 있다고 얘기했었다.

"그래서? 그 칠성용사 중에 낫의 용사가 있는 거야?"

"애석하게도 존재하지 않습니다."

"그랬군."

"그러니 그자들에 대한 수수께끼는 한층 더 늘어난 셈이지요."

흐음……. 라르크가 얘기한 용사의 무기 같은 기능은, 이 세계에는 용사에게만 존재한다.

그런 것이 라르크 일당에게는 당연한 일이었다니…….

"그러고 보니 라르크 패거리는 '우리 세계를 위해서 죽어 줘.' 라고 얘기했었어. 라르크 패거리가 사는 세계도 이세계인 모양이더군."

"무슨 말씀이신지?"

"유력한 가능성은…… 파도 너머에 녀석들의 세계가 있고, 모종의 이유 때문에 우리 세계를 침공하려 하고 있는…… 걸까?"

"그렇게 생각하면 아귀가 들어맞네요."

"돌이켜 보면 글래스의 무기에도 우리 무기에 있는 것 같은 보석이 박혀 있었으니까……. 그럴 가능성은 충분해."

"그건…… 부채였던가요? 그것도 우리 세계에는 존재하

지 않는 무기입니다."

"칠성용사의 무기는 각각 어떤 것들인가요?"

"그럼 설명해 드리죠."

여왕은 자리에서 일어서서 칠성무기에 대한 자세한 설명을 시작했다.

"먼저 지팡이."

지팡이라……. 전설의 무기로서 존재하는 거라면 마법 계열이겠군.

혹시 마법소녀가 갖고 다니는 것 같은 화려한 마법봉 같은 건 아닐까? 소유자가 어떤 자일지 궁금하다.

"이와타니 님?"

"아, 그래. 계속해 봐."

"그다음은 망치, 투척구(投擲具), 건틀릿, 손톱, 도끼, 채찍입니다."

"으음……."

"투척구라는 건 너무 추상적이네요."

이츠키가 손을 들고 질문한다.

"그런가요?"

"어떤 무기인지 아세요?"

"네. 전승에 따르면 투척용 나이프, 수리검, *쿠나이, **차

*쿠나이(くない) : 닌자들이 사용하는, 표창처럼 생긴 수리검의 일종.

**차크람(chakram) : 시크족의 전통 투척무기. 고리 모양으로, 바깥쪽이 날로 이루어져 있다.

크람, 투척용 도끼 등, 던지는 무기 전반으로 변화할 수 있다고 하더군요."

편리해 보이는 무기군. 아, 그치만 던지는 무기만 된단 말이지.

활의 용사인 이츠키와 비슷한 카테고리에 속하는 셈이군.

원거리 무기라면 근거리에서는 사용하지 못할 가능성도 있겠는데. 내 방패가 방어용으로밖에 쓸 수 없는 것처럼.

"건틀릿과 손톱의 차이는 뭐지? 같은 무기 아냐?"

"맞아. 내 생각에도 그런 것 같은데."

렌과 모토야스가 이 둘의 차이를 물어본다.

너무 꼬치꼬치 따지는 것 같지만, 같은 무기처럼 느껴지는 것도 사실이긴 하다.

"그것까지는…… 저도 잘 모릅니다."

'왜 비슷한 무기가 둘이나 있는 건가?' 라는 질문에는 여왕도 대답이 궁한 모양이군.

그나저나…… 뭔가 확 꽂히는 게 없는 라인업인데.

뭐, 사성무기가 워낙 판타지의 정석 같은 느낌이니까, 다소 들러리 같은 느낌이 드는 건 어쩔 수 없을지도 모른다.

특히 마지막.

"채찍이라—."

뭔가 별난 무기로군.

보석 같은 건 어디 달려 있는 거지? 손잡이 쪽인가?

방패 용사인 내가 할 소리는 아니지만, 좀 약해 보이는걸.

뭐, 내가 알고 있는 어떤 유명한 게임에서는 최강 장비 중 하나로 등장하지만.

"전승에 따르면 사슬로 변형할 수도 있는 무기라고 합니다. 플레일로 변형할 수 있다는 얘기도 들은 적이 있군요."

"그건 망치랑 별로 다를 게 없는 거 같은데……."

둔기라는 의미에서.

칠성무기는 경계가 애매모호한 모양이다. 방패밖에 못 쓰는 내 입장에선 약간 부럽다.

"창과 모(矛)가 한 무기에 속해 있는 걸 생각해 보면, 겹치는 게 있을지도 모르지."

"하긴 그래. 나한테서도 투척용 나이프가 나온 적이 있으니까."

렌이 그렇게 덧붙인다.

단검은 분명히 검의 카테고리에 들어가니까. 칠성무기와 사성무기는 서로 겹치는 경우도 있는 모양이군.

그중에서 유독 이질적인 건 역시 방패인가…….

"채찍의 큰 차이점은, 마물의 힘을 이끌어내는 게 가능하다는 점이라더군요."

"나오후미가 얘기한 마물 방패 같은 건가?"

"특화계에 해당하는 거 아닐까? 내가 보유한 성장 보정보다 더 상위의 힘을 갖고 있다거나."

여왕님이 채찍을 휘둘러서 마물을 길들이는 장면이 뇌리에 떠오른다.

그런 느낌일까? 바로 눈앞에 진짜로 여왕이 있긴 하지만, 그런 짓은…… 아니, 쓰레기를 상대로 하긴 했군.

내가 생각해도 시시껄렁하기 짝이 없는 상념이다.

"망치와 도끼도 비슷한 무기 아닌가?"

차이점이 없는 건 아니지만.

"그런가요?"

아아, 문제시하지 않는 모양이군. 처음부터 그렇게 배웠다면 이상하다고 생각지 않는 게 당연한 건지도 모르지.

일단은, 손톱과 건틀릿의 차이점을 생각하자. 만약에 내 동료가 장비할 수 있다면 어떨까?

그렇게 생각하다가, 필로를 떠올리고 깨달았다.

그렇다. 건틀릿은 팔에만 찰 수 있지만, 손톱은 발에도 장착할 수 있는 것이다.

뭐, 필로가 용사로 선정된다면 상대하기가 난감해지겠지만, 어쩐지 납득이 가는 것 같기도 하다.

비슷한 이치로 생각해 보면, 망치와 도끼도 똑같이 휘두르는 무기지만 역할에 차이가 있는 것이리라.

"그 칠성용사는 만나 본 적이 없는데."

"사성용사 여러분과는 다른 곳에서 싸우고 있습니다. 그리고 아직 소유자가 밝혀지지 않은 무기도 있으니까요."

"그런 거야?"

"네."

"그 녀석들한테 파도를 맡기면 되는 거 아냐?"

그딴 짓을 했다가는 필로리알의 여왕이 우리를 죽이러 올 거라고!

"이 넓은 세계를 칠성용사들의 힘만으로 지켜낼 수는 없으니까요."

그야 그렇겠지. 왜 남의 힘이나 빌리려고 드는 거냐.

"그래서? 본론으로 돌아가자면, 라르크나 글래스가 갖고 있던 것 같은 무기는 존재하지 않는다는 거야?"

"네."

안이하게 해답을 생각해 보자면, 글래스 일당이 살고 있는 세계에도 전설의 무기가 있다는 것.

하지만…… 그 답에는 커다란 문제가 하나 있다.

"문제는, 글래스 일당은 그게 아주 흔한 거라는 듯이 얘기했었단 말이지."

"무슨 말씀이신지?"

"만약에 그 무기가 전설의 무기와 유사한 거고, 그런 게 녀석들의 세계에서는 흔해 빠진 기술이라면…… 어떻게 될 것 같아?"

세 용사들과 여왕이 숨을 죽인다.

그렇다. 가장 무서운 건 그 세계 녀석들이 용사 수준의 무기를 개나 소나 소지한 채 이 세계에 대규모로 쳐들어오는 경우다.

이제 꽤 강해진 나조차도 고전을 면치 못했었는데, 그런 글래스에 필적하는 실력을 기본적으로 갖춘 자들이 쳐들어온다면…… 승산이 전혀 보이지 않는다.

"그렇군요……. 그렇다면 가급적 빨리 사태에 대한 대응을 생각해 봐야겠네요."

"바로 그 말이야."

"그럼 벼락치기가 되긴 하겠지만, 용사님들께 전투 훈련을 경험하게 하는 편이…… 좋을지도 모르겠네요."

응? 세 용사들이 저마다 꺼림칙한 표정을 짓는다.

하긴, 이 녀석들의 본심은 편하게 강해지고 칭송받고 싶다는 거니까.

훈련을 싫어할 만도 하지.

"지금은 다음 파도에 대비해서 최대한의 준비를 해 두도록 하죠. 이와타니 님, 모쪼록 다른 용사님들과의 조율을 부탁드리겠습니다."

"……."

해낼 자신은 없지만, 다음 파도가 올 때까지 훈련 정도는 시켜 두는 게 좋겠지.

끈질기게 설득하면…… 가능성은 낮지만 가능하게 될지도 모른다.

이 녀석들이 죽으면 내가 고생을 하게 되니, 가능한 한 강하게 만들어 두고 싶단 말이지.

"저희도 기사단과 모험가들 중에서 강자들을 모집하겠습니다."

"그래. 글래스와 싸울 때도, 여왕의 지원 덕분에 유리한 방향으로 움직일 수 있었으니까."

나와 글래스가 한창 대치하고 있을 때, 루코르 폭탄이라는 알코올 덩어리 같은 폭탄을 투척해서 글래스를 당황하게 만들어 주었었다.

"카와스미 님의 동료인 리시아 양 덕분에 떠오른 방안이었습니다. 그분이 없었다면 지금쯤 상황이 어떻게 돼 있었을지……. 숨은 공로자는 그분이셨습니다."

"……그랬군요."

이츠키가 뭔가 마음에 걸리는 듯한 눈으로 고개를 끄덕이고 있다.

"리시아 양이…… 그랬단 말이죠……."

"카와스미 님도 리시아 양을 칭찬해 주십시오. 그녀 덕분에 이번 파도를 극복할 수 있는 방안이 떠올랐으니까요."

"네……. 그렇게 할게요."

이츠키의 동료들 사이에는 서열이 있다. 그중에서 리시아는 최하위에 해당한다는 모양이다.

활약을 한 모양이군. 그럼 이제부턴 노예보다 못한 환경에서 한 발짝 벗어날 수 있겠지.

"그럼, 메르로마르크에 돌아갈 때까지 용사님들은 자유행동을 하도록 하십시오. 이렇게 모여 주셔서 감사합니다."

아직 문제가 산적해 있지만, 일단은 정리가 된 것 같군.

용사들의 기술적, 정신적 성장 없이는 앞으로 나아갈 수 없다.

경험치나 레벨은 나중 문제다. 레벨은 이미 카르밀라 섬에서 충분히 올렸으니까.

"아, 드릴 말씀이 있으니 이와타니 님은 잠시 남아 주세요."

"응? 알았어."

세 사람이 떠나기 직전에 여왕이 나를 불러 세웠으므로, 나는 회의장에 남았다.

다른 용사들에게는 못 할 얘기라도 있는 건가?

"왜 그러지?"

"이건 다른 용사님들에게는 말씀드리기 곤란한 얘기입니다만, 사실 원래는 이와타니 님 이외의 다른 용사분들을 인근 국가의 파도에 보낼 예정이었는데……."

"저 약해빠진 놈들을 보내면 위험할 거 아냐?"

"옳으신 말씀입니다. 그래서 아까 말씀드렸던 칠성용사분들의 협조를 요청해 보려고 생각하고 있지요."

"그 칠성용사라는 녀석들이 어느 정도 강한지가 문제겠군."

별반 다를 게 없는 놈들이라면 의미가 없다.

"하지만 이와타니 님만 보내게 된다면 휴식을 취하실 틈이 없을 테니까요."

"으응……."

그건 좀 버겁긴 하다. 많이 나아지긴 했지만, 나는 아직 블러드 새크리파이스를 썼을 때 입었던 능력 저하 저주가 완전히 치료되지 않은 상태다. 약간 불안하지만 다른 용사 놈들에게 맡겨 보는 수밖에 없다.

"칠성용사보다 약하다면 사성용사의 위엄이 곤두박질칩니다. 무엇보다…… 메르로마르크가 가짜 사성용사를 파견했다……. 그런 식의 오해를 받을 수도 있지요."

"그야…… 그렇기는 하지."

"저희는 칠성용사를 뵌 적이 있습니다. 지난번 싸움만을 보자면, 사성용사 세 분보다는 확실히 강해 보였습니다."

"그거 확실해?"

"네."

메르로마르크가 어찌 되느냐 하는 건 솔직히 관심 없지만, 용사들이 죽었을 경우 최종적으로 내가 짊어지게 될 부담을 생각하면 절대로 보낼 수 없다.

나는 참가해도 좋고 참가하지 않아도 좋지만…… 그럴 여유가 있을지가 의문이다.

물론, 파도의 균열 너머에 뭐가 있는지 궁금하기는 하다.

"제일 근시일 내에 일어날 파도는 언제지?"

"1주일 후로 확정되어 있습니다. 지도로 위치를 보여드리죠."

여왕이 용각의 모래시계가 표시된 세계지도를 가져온다.

으음. 내 세계 기준으로 보면, 세계를 평평하다고 생각하고 그린 것 같은 지도다.

가장자리 부분은 그림으로 얼버무려 놓았다.

"폭풍의 상태를 봐야겠지만, 배를 갈아타고 가면 그렇게까지 멀지는 않은 곳입니다."

"포털을 이용한 이동이 가능할 것까지 고려하면, 문제는 없을 것 같군."

"하지만, 메르로마르크에 남게 될 다른 용사님들에 대한 훈련을 생각하면……. 그리고 파도는 각지에서 일어나니, 아무리 노력해도 인적 손실은 막을 수 없습니다."

이걸 어쩐다…….

본래는 세 용사를 따로따로 보내면 손쉽게 대처할 수 있어야 하지만, 출현하는 적이 만만치 않다 보니…….

"그 외에 파도에 대한 낙관적 정보를 말씀드리자면, 한동안 파도를 방치해 두면 균열이 저절로 닫힌다는 사실이 확인되었습니다."

"그런 거야?"

"네. 마물이 대량으로 출현하니 대응하느라 고생하긴 하겠지만…… 일시적인 방치도 가능하기는 합니다."

그것도 썩 내키는 방법은 아니군.

"해야 할 일이 늘어나겠군. 일단 내가 생각하고 있는 계획은, 잘 때…… 밤에 포털을 이용해서 이동하고, 밤새 필로의 발을 이용해서 파도가 일어날 나라로 가는 거야. 그리고 잠에서 깨거든 포털을 타고 메르로마르크로 귀환해서 훈련—이런 식이지."

꽤 빡빡한 일정이 될 것 같다.

이 모든 게 그 용사 놈들이 내 말을 안 들었기 때문이라고 생각하니 열불이 솟구쳐 오르는군.

"역시 그 방법으로 가는 수밖에 없겠군요."

여왕도 같은 아이디어를 갖고 있었나 보다.

그야 그럴 만도 하지. 강행군이 될 테지만, 살아남으려면 온 세계의 파도와 맞서 싸워야 하니까.

이거야 원, 피트리아도 참 성가신 일을 떠맡긴다니까.

"그럼 폭풍우가 멎을 때까지, 이와타니 님도 푹 쉬고 계십시오."

"그래. 무슨 일 생기면 보고하지. 그럼 또 보자고."

나는 여왕과 대화를 마치고 회의장을 나섰다.

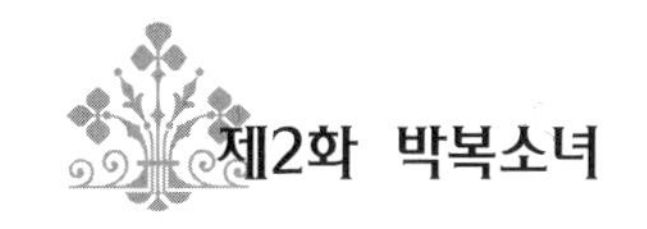

제2화 박복소녀

회의장을 떠나서 우리가 숙박하고 있는 방으로 돌아가던, 그 도중의 모퉁이.

"읏차차……. 후에에에에……."

뭔가 대량의 짐보따리를 끌어안고, 다람쥐 인형옷에 산타 모자를 뒤집어쓴 녀석과 조우했다.

이 녀석은 분명…… 이름이 리시아라고 했던가. 이츠키의 동료였던 걸로 기억한다.

"괜찮아?"

무심결에 말을 건다. 리시아는 자칫 자빠질 뻔했다가 필사적으로 버티면서 비틀비틀 걷고 있다.

"후에에?"

나는 떨어지려는 보따리를 떠받쳐서 균형을 잡아 준다.

"아, 방패 용사님이셨군요."

"아직도 잔심부름꾼 노릇을 하고 있는 거냐?"

"아, 아니에요. 다른 분들을 위해서 장을 봐 온 것뿐이에요. 하아…… 하아……."

상당히 지쳐 있는 기색이다. 짐이 은근히 많으니까.

여자애한테 이런 인형옷을 입히고…… 이건 대체 무슨 벌칙 게임이냐.

"좀 들어 줄까? 안 그러면 또 떨어트릴 텐데."

지난번에 용사들끼리 서로의 동료를 소개하는 자리에서 잠깐 인사를 나눈 적이 있었다.

면식도 있는 사이이고, 어찌 됐건 라르크와의 전투 때 여왕에게 힘을 보탠 공로자이기도 하다.

그 덕분에 유리한 입장에서 싸울 수 있었으니, 이 정도 도움은 주고 싶다.

"후에에……. 그, 그치만……."

"내가 방해해서 늦은 거라고 변명해도 돼."

"그럴 수는 없어요……."

"그럼 내놔."

"아, 알았어요."

같이 짐을 날라 줄 수도 있겠지만, 내가 들고 갔다가는 이츠키가 어떤 표정을 지을지 생각하기도 싫다. 애초에 심부름이라면 성의 병사한테 부탁하면 될 거 아니냐고. 왜 이 녀석만 부려먹는 거야?

사람들의 눈길을 피해 가면서, 나는 리시아의 짐을 같이 날라 준다.

"후우……."

집단 괴롭힘에 가까운 이런 환경에서 용케 견뎌내는군.

빵셔틀 취급을 받고 있잖아. 자기소개 때도 따돌림을 당할 뻔했고.

거기는 이츠키를 정점으로 삼는 친목 그룹 같은 분위기니까. 이런 녀석이 한 명쯤 생기기 마련이다.

나도 고생이라면 지긋지긋하게 한 사람이라 그 심경이 이해가 간다. 관심도 있고.

"이봐, 이츠키 방에 도착하기 전까지만이라도 좋으니까 질문 좀 해도 돼?"

"네? 제가 대답해 드릴 수 있는 범위 안에서라면……."

"그럼 솔직하게 묻지. 왜 그런 파티에 들어가 있는 거야?"

항상 가시방석에 앉아있는 기분일 텐데. 그런…… 자신이 믿는 정의를 실행하기 위해서라면 수단 방법을 안 가리는 녀석들과 함께 다니면 넌덜머리가 나지 않을까.

내 파티로 오라는 소리까지는 안 하겠지만, 하다못해 렌의 파티로만 옮겨가도 형편이 좀 나아질 텐데.

"그건 어쩔 수 없는걸요……. 전 들어온 지 얼마 안 된 신입이니까."

"아니, 왜 그런 취급을 받으면서도 파티에서 나올 생각을 안 하는 건가 싶어서."

"저기…… 그건 이츠키 님이 저를 구해주셨기 때문이에요."

"그런 일이 있었어?"

"네."

"혹시 괜찮으면 자초지종을 물어봐도 될까?"

“후에?! 저 같은 애의 얘기를 들어 봤자 아무런 도움도 안 될 텐데요?!”

“넌 도대체 나를 어떤 놈으로 여기고 있는 거냐! 잔말 말고 말해 봐.”

“아, 알았어요.”

리시아는 이츠키의 파티에 가입하게 된 경위에 대해서 설명하기 시작했다.

간단하게 말해서, 리시아는 몰락 귀족의 딸이라고 한다.

집안에 돈이 없어서 힘겹게 생활을 이어가는 형편이었다.

그리고 리시아가 살고 있던 이웃 영지에는 돈에 환장한 수전노 귀족이 있었고, 그 귀족은 리시아의 부모님이 다스리던 영지에 대해 방해 공작을 펼쳤다.

돈은 눈 깜짝할 사이에 바닥났고, 마을 사람들은 이웃 도시의 횡포에 아무런 항의도 못한 채 무력하게 당하기만 할 뿐이었다.

그리고…… 악덕 귀족은 방해 공작을 중지하고 돈을 제공하는 대신 리시아를 인질로 보내라는 조건을 내걸었고, 반강제적으로 리시아를 끌고 가 버렸다고 한다.

그야말로 이츠키가 덥석 떡밥을 물 법한 상황이다.

그 후에는 익숙한 전개대로 이츠키가 달려오고, 용사의 권력을 이용해서 악덕 귀족을 응징하고 리시아를 구해주었다고 한다.

큰 은혜를 입었다고 생각한 리시아는, 가족의 배웅을 받으며 이츠키의 동료로 가담했다고 한다.

전형적인 연애담이군.

그나저나 이 녀석 말투, 어쩐지 귀에 익은 것 같단 말이지.

어디서 들었더라……. 아, 생각났다.

"그거 혹시, 악덕 귀족이 무서운 세금을 물리던 도시 아니었어?"

"네. 이츠키 님이 응징한 이웃 도시 귀족이 그런 식으로 영지를 경영하고 있었어요."

응. 틀림없다. 내가 이츠키의 행동을 눈치챘을 때 있었던 마을에서 벌어진 일이었군.

그렇다면 리시아가 이츠키의 파티에 가입한 건 그때였다는 건가.

그러고 보니, 그때 술집에서 본 기억이 있었다.

사건이 해결된 후 어떤 미소녀가 이츠키에게 요란하게 감사를 표하는 걸 보았었는데, 그 소녀가 바로 이 녀석이었던 모양이군.

"도시 길거리에서 얘기하고 있었지? 꽤 큰 목소리로."

"잘 알고 계시네요. 지금도 떠오르곤 하는 광경이에요."

"이럴 땐 '비밀이에요.' 라고 해야 하는 거 아냐?"

"알고 계셨어요?"

"그럼 네 기억력을 시험해 보지. 그때 네 시야 구석에 연분홍색 필로리알…… 필로가 있지 않았었나?"

"후에에?"

리시아가 연신 고개를 끄덕인다.

"후에에에에에에에에! 왜 거기 있는 거예요? 마차를 끌고 있어요!"

"그거 진짜 대단한 기억력인데. 정확히 기억해 낸다는 게 더 대단할 지경이라고."

오히려 내가 괜한 소리를 하는 바람에 소중한 추억이 오염된 거 아닐까?

"그 자리에 계셨던 거예요?!"

"그 정도는 아니고, 우연히 지나가는 길에 본 것뿐이야. 일단 좀 흥분부터 가라앉혀."

쉽게 흥분하는 녀석이군. 연신 주위를 두리번거리며 심란하게 군다.

인형옷을 뒤집어쓰고 있어서 표정은 잘 안 보이지만.

"아, 네. 저는…… 앞으로도 그 은혜에 보답하고 싶어요."

내가 보기에 이츠키가 하고 있는 자선활동은 그야말로 쓸데없는 짓이지만, 리시아 입장에서는 그야말로 용사의 위업이리라. 그 얘기를 하는 리시아의 표정에서 이츠키에 대한 감사의 감정이 뚝뚝 묻어난다.

이츠키의 부하인 갑옷남 패거리의 자랑에 비해, 듣기에

불쾌하지 않기도 했다.

"그랬군……. 고생이 많네."

"네. 하지만 그것도 마음만큼 잘되질 않아서……."

"보아하니 넌 후위에 어울리는 것 같던데 말이야."

"저는 옛날부터 재능이 없고, 요령도 없고, 게다가 어리바리하기까지 해서……. 굳이 따지자면 그래도 마법 실력이 가장 낫지만, 이츠키 님께서는 전위에서도 싸울 수 있도록 하는 편이 낫다고 하셔서, 클래스 업 때 근접 전투 자질을 올렸어요."

"그것참……."

장점을 깎아내고 단점을 보강한 건가.

활을 다루는 이츠키의 특징을 생각하면 전위가 한 명이라도 더 많은 편이 나은 건 사실이겠지만, 그 때문에 전투 효율이 떨어진다면 말짱 도루묵이다.

"뭐, 잘해 봐. 요령 없다는 소리가 아닌, 만능이라는 소리를 들을 수 있도록."

"네!"

소심하기는 해도 심지는 굳은 것 같으니 걱정할 필요 없겠지.

나도 한때는 밑바닥까지 곤두박질쳤지만, 자기 나름의 방식을 찾아내서 지금 여기까지 이르렀다.

리시아라는 아이도 열심히 노력하면 이츠키에게 도움이

될 날이 올 것이다.

"미안하게 됐어, 너무 오래 붙잡고 있어서. 괜찮겠어?"

"네. 괜찮아요."

"그래? 그럼 다행이지만……."

그렇게 얘기를 주고받다 보니, 이츠키 패거리가 숙박하고 있는 방이 눈에 들어왔다.

"그럼 들어가 봐."

"후에에. 감사합니다."

나는 리시아에게 짐을 건네주고, 왔던 길을 되짚어 가서 내 방으로 돌아왔다.

"어서 오세요, 나오후미 님."

"다녀왔어, 라프타리아."

방으로 돌아오니 라프타리아가 대기하고 있었다.

"용사님들과의 대화는 어땠어요?"

"그다지 신통치 않은 대화였어. 아무래도 내가 치트…… 꼼수를 써서 강해진 거라고 믿어 의심치 않고 있는 모양이야."

"그건…… 어떻게 해야 해결의 실마리를 찾을 수 있을까요?"

"글쎄다. 최대한 설득해 보긴 하겠지만, 뜻대로 될지 의문이야."

'나는 내가 알고 있던 게임 속 세계에 들어와 있고 주인공은 바로 나!' 라는 심경으로 신나게 지내고 있던 와중에, 자기보다 약하다고 생각했던 녀석이 갑자기 기어 올라와서 자기보다 강한 상대와 대등하게 싸운 게 영 불쾌했다거나, 뭐 그런 거겠지.

까놓고 말해서, 자기들은 게임 지식이라는 치트를 이용해서 강해졌던 주제에, 남이 자기보다 강해지고 나니 불평을 해대는 건 너무 철없는 짓 아닌가?

……결국, 우리는 게임하는 감각으로 이 세계에서 살아가고 있는 건지도 모른다.

애당초 무기 강화 시스템은 그렇다 쳐도, 레벨이라는 개념에 감각이 마비되어 버렸다.

원래부터 그런 세계인 것뿐이었겠지만, 우리 현대인들 입장에서 보면 게임으로만 보이니까.

하지만 우리는 그런 세계에서 어떻게든 살아남아야만 한다.

그 녀석들은, 자기가 꼼수를 쓰는 건 상관없지만 남이 쓰는 건 못 봐 주겠다는 어린애 같은 사고방식을 갖고 있는 것이다.

그걸 염두에 두고 대처하지 않는 한, 절대 녀석들의 고삐를 쥘 수는 없다.

사실 나는 녀석들이 강해져서 파도를 무사히 극복해 낼

수만 있다면 그 뒷일은 별로 생각하고 싶지 않다.

모두의 힘이 동등해져야, 내가 약하더라도 결과적으로 살아남을 수 있기 때문이다.

강해지는 방법을 공짜로 알려주고 눈앞에서 실천까지 해 보이고 있건만, 도대체 왜 믿으려 하지 않는 것인가.

자신들만 특별한 존재가 되고 싶다는 마음이 앞서 있기 때문이다.

나 역시, 만약에 자신이 알고 있는 게임과 유사한 세계에 왔다면 그랬을 것이다.

"그 녀석들이 워낙 약하니까, 이웃 나라에서 일어나는 파도는 내가 가서 대처해야 할 것 같아."

"앞으로 바빠지겠네요."

"그러게……."

"나 왔어!"

필로가 활기차게 돌아왔다.

헤엄치기도 이제 질린 건가?

"왜 그래, 주인님?"

"필로한테도 얘기해 두는 게 좋겠지? 피트리아는 용사들끼리 사이좋게 지내라고 신신당부했지만, 녀석들을 강하게 만들려면 우리가 더 고생하게 될 것 같아."

필로의 머리로는 이해하기 힘들 거라고 생각했지만, 회의 내용을 최대한 알기 쉽게 풀어서 설명했다.

"그러니까 필로도 다른 용사들이랑 훈련하거나 할 때는 솔직하게 얘기해야 해."

"으응……?"

뭐, 이 녀석은 필로니까.

"어쨌거나, 다른 나라의 파도에는 우리가 무리해서라도 가야 할 것 같단 얘기야."

내가 그렇게 뇌까린, 바로 그때였을까.

필로의 바보털이 쫑긋쫑긋 움직이고, 필로가 고개를 갸우뚱거린다.

"어? 에—…… 응…… 응……. 필로가 대신 말하라구?"

"뭐야?"

"있잖아, 이 털을 매개체 삼아서, 피트리아도 상황을 보고 있대."

"무슨 몰카냐?"

어떤 의미에선 감시하고 있었던 건가. 음, 내가 그저 입에 발린 약속만 한 거라고 생각했던 거라면 좀 섭섭하군.

피트리아는 전설의 필로리알이자 필로리알의 여왕이다.

파도에 관한 이해도도 깊고, 알고 있는 것도 많다.

사성용사가 다퉈서는 안 된다고 나에게 주의를 주러 왔던 녀석이며, 필로에게 바보털을 달아 준 장본인이기도 하다.

"그리고 있지, 약한 상태인 사성용사만 파도에 맞서도록 내보내느니, 차라리 피트리아도 어느 정도 도움을 주는 게 나을 것 같대.”

“한마디로, 우리가 파도에 대처하러 안 가도 관대하게 봐주겠다는 건가?”

그 물음에 필로는 꾸벅 고개를 끄덕였다.

“사성용사 간의 관계를 중재하기 위해서나 강해지기 위해서 필요한 일이라면 괜찮대.”

“그거 고맙군. 솔직히 말하면 그 녀석들이 도무지 말귀를 못 알아들어서 애를 먹고 있었으니까. 그런 상황에서 우리끼리만 무모하게 싸우는 것보다야…….”

“그러니까 피트리아도 어느 정도 도와주겠대.”

저 바보털, 꽤 편리한데? 클래스 업에 강제로 개입하기는 했지만.

“이봐, 피트리아. 라르크 패거리의 정체 같은 건 몰라?”

“으응……. 피트리아가 뭔가 고민하면서 중얼거리고 있어. 응? 파도 때 가끔 그런 사람들이 나올 때가 있긴 한데, 잘은 모르겠다구?”

그러고 보니 과거의 일은 상당수 잊어버린 것 같았으니까. 별로 기대할 건 없겠군.

아니, 그보다 싸워 본 적이 있었던 거냐?!

“글래스 패거리랑 싸워 본 적이 있었던 거야?!”

“아니. 그 사람들은 아니었대.”

그렇다 해도, 그 녀석들 말고도 파도에서 사람이 나오는 경우가 있었다는 거군……. 정말이지, 녀석들은 정체가 뭐야?

"사성용사 이외의 용사? 에 가까운 것 같다는데?"

"음, 분위기는 비슷하지만 서로 다르다고 그러던데?"

"으응……? 피트리아도 잘 모르는 것 같아. 그냥 파도를 겪다 보면 그런 일도 있다고 그랬어."

"그런 거냐?"

결국, 파도라는 건 뭐지?

"짐작 가는 거……? 으응……? 사성 이야기에 나왔었던 것 같은 기분이 든다구?"

"그 정도 알았으면 됐어. 나중에 메르로마르크 여왕한테 얘기해 두지."

사성의 전설에 대해 나는 잘 모른다. 사성무기서에 적혀 있던 얘기 정도가 고작이다.

하지만, 어쩌면 여왕처럼 역사에 대한 지식이 풍부한 녀석이라면 수수께끼를 풀 수 있을지도 모른다.

그런 의미에서 보자면 피트리아는 역사의 산증인이라 할 수 있다.

피트리아가 말한다면 뭐라고 할까.

"그래도 현재 사성용사가 머물고 있는 나라의 파도 정도는 알아서 처리해 줬으면 좋겠대."

"알았어. 짐이 꽤 많이 줄어들었으니까, 그 정도는 해야지."

다음 파도 때 또 글래스가 나오면 곤란해지겠지만, 그때까지 문제에 대처할 여유가 생겼다.

어떻게든 해결책을 찾는 수밖에 없다.

"아예 글래스 패거리를 네가 해치워 주면 좋을 텐데."

"만약에 만난다면 퇴치해 두겠대~."

나와의 얘기를 마치자 필로의 바보털도 잠잠해졌다.

"일단은 내가 나중에 여왕한테 얘기해 두지. 우리 일도 다소나마 편해질 것 같으니까."

"피트리아 양이 그렇게까지 해 주시는 거군요."

"아예 전부 다 해치워 줬으면 싶을 정도라고……."

"나오후미 님, 아무리 그래도 그건 좀……."

"나도 알아."

전설의 필로리알이 대신 파도를 잠재워준다면 그야말로 천군만마다.

조금이나마 어깨의 짐이 덜어진 기분이다. 파도의 정체에 대한 조사는 좀 더 미뤄질 것 같지만.

숙소 창문 너머로 바다의 저녁노을을 바라보며 앞으로의 일들을 생각한다.

용사 놈들에게 강화 방법을 가르치는 걸 기본 전제로, 다음에 글래스와 라르크가 방어 비례 공격이나 방어 무시 공격을 가할 때에 대한 대책을 궁리한다.

녀석들은 강해진 나의 방어력을 역이용한 공격을 해 오니까.

다음은 무기상 아저씨의 가게에 가서 파도에 대한 대비를 갖춰야 한다.

현재 라프타리아와 필로가 사용하고 있는 무기인 카르마 래빗 소드와 카르마 도그 클로는 임시 무기다. 블러드 클린 코팅, 즉 혈액에 의해서 날이 무뎌지는 것을 방지하는 가공은 되어 있지 않다. 따라서 정기적으로 연마해야 할 필요가 있다.

뭔가 강력한 무기를 만들 수만 있다면, 새 것을 구입해 두는 편이 앞으로의 싸움에 용이할 것이다. 제작에 필요한 소재 같은 건 여왕에게 부탁하면 되려나? 여유가 있다면 마물 퇴치도 할 겸 직접 조달하는 것도 나쁘지 않다.

마지막으로 해야 할 일은 방패를 완벽하게 단련하는 것이리라. 많이 나아지긴 했지만, 아직도 애매한 구석이 많이 보인다.

차원의 고래에서 얻은 소재를 먹였을 때 등장한 방패도 궁금하고 말이지.

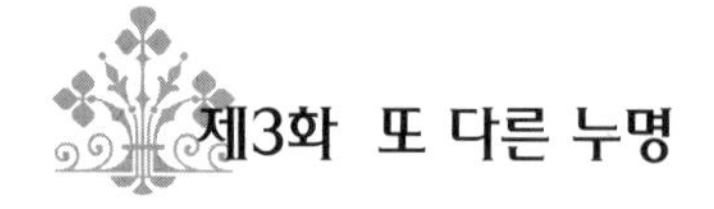

제3화 또 다른 누명

밤이 되어, 저녁 식사와 목욕을 마친 후, 숙소 테라스에서 바람을 쐰다.

밤바람을 느끼며 바다를 바라본다. 폭풍우도 이제 제법 잠잠해진 건가?

……필로가 식후 운동을 구실로 헤엄치는 모습을 발견했다. 도대체 헤엄에 얼마나 푹 빠져 있는 거야. 그냥 못 본 척 하고 넘어가야겠다.

"응?"

테라스에서 내 방으로 돌아오던 길에, 모토야스와…… 리시아가 함께 있는 걸 발견했다.

다람쥐 인형옷을 입고 있군.

또 여자 꼬시기냐? 그러고 보니 모토야스의 미소녀 랭킹에는 리시아도 끼어 있었지.

얼마나 대규모 하렘을 만들려는 건지. 이츠키가 뭐라고 할지 생각은 하고 저러는 건가?

일단 주의를 주고 가야겠다.

"어이, 모토야스. 여자 꼬시는 것도 좀 적당히 해야지, 안 그러면—."

"아! 나오후미잖아! 너만 믿는다!"

어째 창백한 안색의 모토야스가 내 어깨를 두드리고는 나를 리시아에게로 들이민다.

"뭐 하는 짓이야, 이건?"

"긴말할 것 없어! 너만 믿는다!"

왜 이러는 거야? 여자라면 사족을 못 쓰는 녀석이 나한테 떠넘기다니……. 그렇게 생각하면서 리시아를 쳐다보고는, 놀랐다.

뭔가…… 눈이 붉게 충혈 되고 부어 있다. 울어서 부은 눈으로, 리시아가 한쪽 구석에 주저앉아 있었던 것이다.

"무, 무슨 일이야?!"

"그, 그럼 난 이만 실례!"

"잠깐! 너 설마……."

기어이 범죄에 손을 더럽힐 정도로 타락해 버린 건가.

끝끝내 안 넘어오니까 '걱정 마, 처음에만 아프고 곧 괜찮아질 거야…….' 라는 식으로 리시아를 덮치려 한 게 분명해.

모토야스는 그러고도 남을 놈이다. 쾌락으로 길들여서 빼앗겠다는 식의 발상을 하고도 남을 녀석이니까, 이놈은.

그러다가 리시아가 너무 처절하게 우는 바람에 동요한 거겠지.

구제 불능의 쓰레기다. 절대 놓치지 않겠다.

"그, 그게 아냐!"

"그럼 설명해 보시지."

"차, 창의 용사님 때문이 아니에요……."

리시아가 쉰 목소리로 뇌까린다.

음. 내 생각이 지나쳤던 건가. 아무리 모토야스라도 그렇게까지 썩어빠지진 않았다는 거군.

"그럼 왜 그러는 건데?"

"사정이 좀 있어서. 하지만 난 이런 얘기는 영 껄끄럽거든. 그러니까 부탁 좀 하자!"

모토야스 녀석은 그렇게 말하면서, 얼굴은 웃고 있지만 저러다가 토하기라도 하는 게 아닐까 싶을 만큼 바들바들 떨면서 도망쳐 버렸다.

모토야스가 저런 표정을 짓는 건 처음 보는군. 아니, 지 녀석이 껄끄러워하는 타입의 여자라는 게 있기는 있었구나.

리시아가 그런 타입이었다는 건가? 그냥 좀 박복해 보이는 녀석이라고만 생각했는데.

"무슨 일 있었어?"

"신경 쓰실 것 없어요."

"그럴 수는 없지. 모토야스한테 무슨 일 당한 게 아닐까 싶어서 걱정되니까."

"아뇨……. 저는 참지 못했던 것뿐이에요."

"못 참고 모토야스를?"

"아, 아니에요!"

울 것 같던 표정이 살짝 성난 표정으로 바뀌었다. 뭐, 조금이나마 기운이 난 모양이군.

"창의 용사님도 처음에는 제 기운을 북돋워 주려고 하셨지만……. 역시 얘기하지 않는 게 좋을 것 같아서요."

"그건 좀 서운한데……. 낮에 이런저런 얘기도 한 사이잖아?"

뭐랄까, 자신과 겹쳐 보이는 구석이 있어서 그런지는 몰라도, 리시아가 곤란한 상황에 처해 있다면 나도 힘닿는 데까지 힘을 보태주고 싶다.

"아뇨……. 정말로, 신경 안 쓰셔도 돼요."

리시아는 그렇게 말하고 도망치듯이 그 자리를 떠나간다.

"뭐야, 대체……?"

결국, 뭐라 형언할 수 없이 찜찜한 기분만이 남았다.

이튿날 아침, 간밤에 본 리시아의 태도에 대한 의문을 안은 채, 나는 방에서 책을 읽고 있었다.

레벨업은 이제 충분히 했으니, 솔직히 이제 카르밀라 섬에서 사냥하는 건 거의 의미 없는 일이다.

그런 한가한 시간을 보내다 보니, 간밤의 일이 자연스레 떠오른다.

"역시 마음에 걸리는데."

뭔가…… 본래는 무시해도 무관한 일이지만, 어쩐지 마음속이 심란한 것이다.

이 감각은 빗치에게 누명을 뒤집어썼을 때나 메르티가 호위에게 공격을 당했을 때 엄습해 왔던 감각과 비슷하다.

아무래도 불길한 예감이 드는 것이다.

"뭐가요?"

"그런 게 있어. 난 잠깐 조사 좀 하고 올 테니까 푹 쉬고 있어."

"하아……."

팔굽혀펴기를 하고 있는 라프타리아를 방에 남겨둔 채, 나는 방을 나섰다.

내가 도대체 왜 이러는 거지? 나도 나 자신을 모르겠다.

불안을 안은 채로, 이츠키 패거리가 숙박하고 있는 방에 가서 안쪽의 소리를 엿듣는다.

뭔가 흥겨운 목소리가 들려온다. 내 걱정이 지나쳤던 걸까?

"아……."

그때 어째선지 리시아가 멀찍이서 부러움 가득한 시선으로 방을 쳐다보고 있는 모습을 발견.

머지않아 나를 발견하고는 도망쳐 버렸다.

……왜 저러는 거야? 정말이지 참.

아무래도 사정을 알아낼 방법은 모토야스에게 캐묻는 것밖에 없을 것 같다.

그래서 모토야스의 방으로 가서 문을 노크한다.

"네에."

모토야스의 부하인 여자가 문을 열었다.

모토야스의 부하는 빗치 이외에도 두 명이 더 있는데, 이 녀석은 그중 하나…… 임시로 여자 1이라고 해 두자.

엄청나게 해맑은 미소다. 내가 올 거라고는 생각도 안 했었던 게 분명한, 그런 표정.

"……다, 당신은?! 무슨 낯짝으로 우리한테 온 거야!"

몇 초 동안 나를 응시하다가, 나를 향해 노성을 퍼붓는다.

이딴 녀석을 상대하고 있을 여유 따위는 없다.

"모토야스 있어?"

"내가 왜 당신한테 그걸 가르쳐줘야 하는데?"

"어이, 모토야스!"

"무시하지 말라구!"

"맞아, 맞아!"

또 한 명의 여자. 이쪽은 그냥 여자 2라고 하자.

여자 2가 비난에 편승한다. 빗치는 나 따위는 안중에도 없다는 듯, 무시하기로 작정한 모양이다.

이쯤 되면 트라우마가 생긴 게 아닌지 알아보고 싶을 지경이다.

이 녀석들에 대해서는 관심 없다.

빗치는 여왕이자 어머니로부터, 모토야스의 동료로서 세상을 위해 싸우라는 명령을 받았다.

여왕이 돌아오기 전까지 아버지와 함께 제멋대로 설치고 다녔던 탓에, 국가에 막대한 빚을 지고 있다.

머리는 붉은색의 포니테일. 얼굴 생김은, 짜증 나긴 하지만 예쁘장한 편이다.

모토야스의 말로는, 라프타리아나 필로에 필적할 정도의

미소녀라고 한다.

메르티의 언니지만, 성격이 개차반에 철딱서니가 없는 데다, 남들이 함정에 빠져서 고통에 몸부림치는 걸 보며 즐기는 사악한 계집이다.

장비가 약간 초라해져 있다. 여왕한테 몰수당한 건가? 거참 쌤통이군.

"뭐야, 나오후미? 네가 있으면 이 애들이 싫어하잖아."

모토야스가 빗치와 여자 2를 양쪽에 낀 하렘 상황에서 나를 바라보고 있다.

짜증 나는 포즈다. 물어볼 게 있는 입장만 아니었더라면 호되게 한 소리 퍼부어 주고 돌아가 버렸을 텐데.

"그딴 건 내 알 바 아냐. 좀 물어보고 싶은 게 있어."

"……뭔데?"

"간밤에 있었던 일 때문에 그래. 그렇게 나한테 떠넘기고 가면 어쩌자는 거야?"

"……알았어. 하지만 뒷일은 너한테 다 맡길 테니까 그리 알아."

"남한테 떠넘기기냐……. 뭐, 됐어. 난 단순한 호기심 때문에 행동하는 거니까. 그 정도 위험부담은 감수해 주지."

짐작 가는 바가 있는 게 분명하다. 모토야스는 패거리들을 방에 남겨둔 채로, 약간 핏기가 가신 얼굴로 방에서 나왔다.

그리고 인적 드문 테라스로 이동해서, 여전히 파랗게 질린 얼굴로 나를 본다.

……희한한 일인데. 모토야스가 이런 표정을 짓는 일이 다 있다니.

평소에는 나를 범죄자로 매도하고 노골적으로 불쾌감을 드러내면서, 빗치는 결백하다느니 나쁜 건 네놈이라느니 불퉁대기만 하던 녀석인데.

그러면서도 라프타리아나 필로만 보면 꼬시려 들곤 했다.

특히 필로는 퍽이나 마음에 들었던 듯, 틈만 나면 꼬시려 들었던 기억이 뇌리에 생생하다.

"리시아 일 때문에 그런 거지?"

"그래."

그런 모토야스가 리시아를 울린 건가? 아니, 모토야스와 만나기 전부터 울고 있었던 건가?

리시아가 입을 꾹 다물고 있으니, 나로서는 리시아가 울고 있었던 이유를 알아낼 길이 없다.

모토야스는 여자에게는 다정하니까, 사정을 알고 있을 것이다.

"실은 말이지……."

그렇게 해서 모토야스의 입을 통해 사정에 대한 설명을 듣게 되었는데…….

모토야스의 얘기를 들은 순간, 나는 자신의 직감이 옳았다는 것을 깨닫고, 분노가 치솟아 오르는 것을 느꼈다.

“처음에는 왜 울고 있는지 걱정돼서 좀 끈질기다 싶을 정도로 캐물어 봤던 건데……. 미안……. 나는…… 이런 상태에 빠져 있는 애는…… 영 껄끄러워서. 그러니까 너한테 좀 부탁하면 안 될까?”

“이츠키——————!”

이츠키의 방문을 깨부술 기세로 단숨에 열어젖힌다.

문은 요란한 소리를 내며 열렸고, 안에 있던 녀석들이 일제히 이쪽을 응시했다.

“무, 무슨 일인데 그러세요?”

“네놈은 방패 용사! 여긴 웬일이냐?!”

이츠키의 동료이자 서열 1위인 갑옷남이 나를 노려본다.

물론 이 갑옷남에게도 따로 본명이 있지만, 갑옷이 워낙 요란하기에 내가 마음속으로 갑옷남이라고 부르고 있는 것뿐이다.

갑옷남은 태도가 엄청나게 못돼 먹은 녀석으로, 자신이 무슨 특권계급이라도 되는 양 횡포를 부려대곤 한다.

활의 용사인 이츠키의 권위를 이용하는, 호랑이의 위세를 빌린 여우 같은 놈이다.

얼마나 강한지는 모르겠다. 솔직히 파도 때 제대로 활약하는 꼴을 본 적이 없었다.

적의 평가이긴 하지만…… 라르크 왈, 언젠가 일을 한번 저지를 범죄자 후보생이라는 모양이다. 그 견해에는 나도 공감한다.

"무슨 용건이냐고? 그건 네놈 가슴에나 물어봐! 이 쓰레기 새끼들!"

내 고함 소리 때문에 숙소 전체가 떠들썩해진 것 같은 느낌이다.

고압적인 내 태도에 갑옷남을 비롯한 이츠키 패거리가 순간적으로 주춤거린다.

이윽고 가장 먼저 충격에서 회복한 이츠키가 분노 섞인 목소리로 소리친다.

"도대체 왜 그러시는 건데요?!"

"아직도 상황 파악이 안 되냐? 이 못돼 먹은 새끼."

이런, 가만히 있어도 방패가 제멋대로 라스 실드로 바뀌어 버릴 것 같은 분노가 내 마음에 응어리져 있다.

렌이 오면 폭주해 버릴 것만 같다. 라스 실드에는 렌의 손에 죽은 드래곤의 핵이 들어가 있다.

그 때문인지, 라스 실드는 렌에게 격렬하게 반응하는 것이다.

"얼토당토않은 의혹을 덮어씌울 꿍꿍이군, 방패 용사!"

갑옷남이 나에게 돌진하듯이 덤벼들었다.

그래서 나는 그 멱살을 틀어쥐고 관절기를 건다.

『전설무기의 규칙 사항, 전용 무기 이외의 소지 규정을 위반하였

습니다.」

펵펵 가슴을 후려치는 것 같은 통증이 몰아치지만 알 바 아니다.

관절기도 금지 공격에 해당하는 건가. 던지는 건 괜찮았었는데, 도대체 기준이 뭐야?

"으악! 끄아아아악!"

"나는 이츠키랑 얘기하러 여기 온 거다. 훼방 놓지 마, 잔챙이 자식!"

갑옷남을 콰당 하고 날려 버리고, 이츠키를 쏘아본다.

이만한 분노를 느껴본 것도 오랜만이다. 한동안 라프타리아 덕분에 잠잠해져 있었건만.

하지만 지금은 분노를 억누를 생각 따위 없다.

"너…… 입으로는 정의 타령을 해 대더니, 아무것도 모르고 있는 모양이군."

"도대체 무슨 얘기를……."

이츠키는 내 분노에 움츠러들어 있다가, 요란한 소리에 달려와 방 안을 들여다보는 리시아를 보고는 깨달았다.

"나 참, 왜 그렇게 화를 내시나 했더니, 그것 때문이었군요."

"알고는 있었나 보군."

"잘못한 건 저 아이예요."

"헛소리 마!"

내가 모토야스에게서 들은 이야기, 그것은—.

리시아가 슬픔에 잠기게 된 원인이 뭔가 하면, 다음과 같은 일 때문이었다.

어제, 리시아는 장 보기를 마치고 동료들이 있는 방으로 돌아왔다.

그러니 나와 헤어진 직후의 일인 셈이다.

“리시아 양, 당신이었군요.”

“네? 무슨 말씀이세요?”

방으로 돌아오자마자, 이츠키는 이츠키의 유감 어린 목소리에 고개를 갸우뚱거렸다.

“모르는 척하셔도 소용없어요. 제 액세서리를 망가뜨린 게 바로 당신이었죠?”

그 말에 살펴보니 이츠키가 소중히 아끼던 팔찌가 눈 뜨고 보기 힘들 만큼 처참하게 망가져 있었다.

“네? 저, 저는 모르는 일이에요. 무슨 말씀을 하시는 거예요?”

“거짓말까지 하다니……. 분명한 증거가 있어요.”

그렇게 말하고, 이츠키는 동료들에게로 시선을 돌린다.

“네, 우린 다 봤습니다. 리시아가 이츠키 님이 아끼던 팔찌를 망가뜨리고 숨기는 모습을.”

“그래, 그래.”

"분명히 봤다고."

"네에?! 아, 아니에요! 저는 아무것도…… 정말 아무것도 몰라요!"

리시아는 필사적으로 부정했다. 하지만 이츠키는 믿어주지 않았다고 한다.

"목격자가 이렇게 많은데도 그런 소리를 하시다니……. 어쩔 수 없군요. 반성하고 있다면 용서해 드릴 생각이었는데. 리시아 양은 오늘부로 우리 파티에서 빠져 주세요."

"그, 그럴 수가! 저는 정말로 아무것도 모르는걸요!"

그때, 리시아는 갑옷남 패거리가 가만히 우쭐한 미소를 짓는 것을 보았다.

하지만 그걸 신경 쓰고 있을 상황이 아니었다. 버려지고 싶지 않았던 리시아는 이츠키에게 매달리다시피 애원했다.

"부탁이에요! 제발! 이츠키 님 곁에 있게 해 주세요!"

이츠키는 약간이나마 죄책감을 느꼈는지, 어쩔 줄 몰라 하며 두리번거리고 있다.

"이런다고 용서해 주면 안 됩니다, 이츠키 님!"

갑옷남과 그 패거리들이 등을 떠밀었다.

"애석하지만…… 작별해야 할 때가 된 것 같군요."

"이츠키 님?! 진심으로! 진심으로 부탁드릴게요! 제발 생각을 바꾸어 주세요! 무슨 일이라도 할 테니까!"

리시아는 눈물을 흘리며 애원했지만, 이츠키는 대답 없이 리시아에게서 등을 돌린다.

"언제까지 이츠키 님의 동정을 사려고 들 참이냐! 이 거짓말쟁이 녀석이! 네놈한테는 우리 이츠키 님 곁에 얼씬거릴 자격도 없어!"

이츠키의 동료들은 리시아를 강제로 쫓아냈다고 한다.

그 뒤로도 조금이나마 가까이 있고 싶은 마음에 이츠키 뒤를 쫓아다녔지만…… 그런 노력은 아무런 열매도 맺지 못했다.

이츠키가 리시아에게서 들은 내용은 대강 이런 내용이었다.

"너 이 자식, 카르밀라 섬의 파도 때 리시아가 맹활약한 게 그렇게 배알이 꼴렸던 거냐?"

"그, 그게 아니에요!"

이츠키는 전례가 없을 만큼 분노를 드러냈다.

정곡을 찔린 게 분명하군!

여왕이 비책을 떠올리는 데에 리시아가 공적을 세운 게 그렇게까지 거슬렸던 건가.

애당초 리시아를 업신여기던 녀석들이었다.

그렇게 업신여기던 자가 공을 세운 걸 질투해서 서로 짜고 누명을 씌운 것이리라.

얘기를 들어 본 결과 리시아에겐 아무런 잘못이 없었다.

진범은 따로 있고, 리시아는 모함을 당한 것이다.

나는 누명이라면 질색이다! 그딴 짓을 하는 놈을 용서할 생각 따윈 없다!

그러니 이렇게 이츠키에게 따지는 것은, 나의 개인적인 분노 때문이다.

"애원해도 안 되니까 다른 용사에게 고자질을 하다니……. 그런다고 해서 제가 다시 동료로 받아줄 것 같나요?"

"리시아는 나한테 아무 말도 안 했어. 여자라면 환장을 하고 여자 꼬시는 데 이골이 난 모토야스가 간신히 알아낸 거라고!"

생각해 보면 모토야스는 치정 싸움에 휘말려서 죽는 바람에 이 세계로 온 거였다.

그 때문에 누군가를 병적으로 좋아하는 여자라면 질색하는 것이리라.

미소녀 게임에서는 이런 장르를 얀데레라고 하던가?

내 세계에도 그런 미소녀 게임이 있었다. 해피엔딩보다는 배드엔딩이 더 유명했지만.

거기까지 다다르는 과정에 있었던, 집착에 가까운 리시아의 얘기를 듣고 일종의 트라우마 같은 걸 자극받은 모양이다.

하지만 지금 문제는 그게 아니다!

"얘기 자체는 사실이에요. 리시아 양은 거짓말을 했어요. 보아하니 구해준 은혜도 잊고 저를 이용할 꿍꿍이를 갖고 있었던 모양이니까요. 이건 당연한 결과예요."

"이 녀석들이 거짓말을 할 거라는 생각은 안 하는 거냐?!"

"나 참……. 제가 신뢰한 동료들이 거짓말을 한다고요? 얼토당토않은 소리네요. 오히려 리시아 양 쪽이 함께한 시간이 짧으니까……. 여러분의 말이 사실인 게 분명하죠."

이 자식……. 내가 아무것도 모를 거라 생각하고 대충 둘러대고 있는 게 분명하군.

나도 여기 오기 전에 이미 사정을 다 조사해 봤단 말씀이지.

누명을 뒤집어쓴 경험을 가진 내가 확증도 없이 감정만 가지고 행동할 리가 없지 않은가. 내 이성도 그 정도는 남아 있었다.

리시아는 정말 범인이 아니었다. 진범이 누구인지도 밝혀냈다.

뭐…… 그냥 그림자한테서 들은 거지만.

그림자란 여왕 휘하에 속해 있는, 메르로마르크의 비밀부대다.

닌자 같은 녀석들로, 정보 수집이 주특기라고 한다.

그림자들은 카르밀라 섬에서도 줄곧 용사들을 감시하고 있었던 것이다. 덕분에 그들은 진상을 알고 있었다.

범인은 리시아가 아닌, 이츠키의 동료였다고 한다.

그림자는 이츠키에게도 동료들 간의 갈등에 대해 진언했

다는 모양이지만, 이츠키는 그림자의 얘기보다는 동료들 쪽을 믿었다.

그런 문답이 있었다는 내용까지 증거를 확보했다.

이 정도 근거라면, 충분히 공세로 전환할 수 있다.

"아무리 부인해 봤자 다 증거가 있어! 그것도 너희와 아무런 연관도 없는, 객관적 입장의 제3자가! 애초에 리시아가 정말 범인이라면 네 패거리들이 현행범을 그냥 풀어준 셈이니까, 그게 더 이상하잖아. 그건 어떻게 해명할 거지?"

"거기까지 조사하고 오셨군요……. 그렇다면 할 수 없죠. 모든 건 다 리시아 양을 위한 일이에요. 제 동료들은 리시아 양이 스스로 떠나겠다고 하도록 등을 떠밀어 준 것뿐이었어요. 그들은 스스로가 악역을 자처해서, 리시아 양을 싸움터에서 떼어 놓으려고 한 거예요."

"어이, 잠깐. 도대체 무슨 소리를 지껄이는 거야?"

일부러 악역을 자처했다는 것까지는 이해한다고 쳐도…… 아무리 그래도 너무 고압적인 방식 아닌가.

"리시아 양을 파티에서 내보내려고 했다는 거예요. 제 동료들이 악역이 됨으로써 싸움터에서 떼어놓는다…… 아름다운 동료애 아닌가요?"

"……?"

이게 대체 무슨 소리야? 이해가 가질 않는다.

혹시 다 짜고 한 짓이었다는 건가? 리시아를 내보내기 위한 명목을 만들려고?!

“리시아는 싸움에 소질이 없다. 그래서 다 같이 대화를 한 끝에, 리시아 양을 고향에서 행복하게 살도록 해 주기로 결정한 거다.”

“네, 그렇습니다. 모든 건 다 리시아를 위한 일.”

동료들이 이츠키의 말에 숟가락을 얹고들 있지만, 이게 미담으로 치부할 수 있는 일이냐.

그 과정에서 리시아가 얼토당토않게 날조된 누명을 뒤집어썼잖아.

그 상황에서 본가로 돌아가면, 본가에서 가족들에게 무슨 소리를 듣겠는가.

좀 더 수단을 고민해 봤어야 할 것 아닌가.

리시아도 자기가 약한 건 알고 있었잖아.

차라리 네가 죽는 게 싫으니까 고향으로 돌아가 달라고 성심성의껏 부탁했어야지.

워낙 이츠키에게 심취해 있던 리시아였으니 당장은 포기하지 않았을지 몰라도, 이츠키의 진심이 전해졌다면 눈물을 머금고 포기했을 거 아냐?

하지만 이제 확실히 알았다.

이츠키 입장에서는 리시아를 해고하고 싶었던 것이다. 하지만 한 발짝도 물러서지 않는 리시아 때문에 난감해하고 있었던 것이리라.

동료들이 그걸 파악하고 죄를 날조해서 일을 이렇게 만들었다는 건가?

아니……. 자기보다 더 큰 공을 세운 리시아를 용납할 수가 없었던 거겠지.

완전히 누명이잖아!

동료애라고? 헛소리 작작 하시지.

자기가 상처받을 각오는 하지도 않았으면서 상대한테만 상처를 강요하고 있잖아.

자기가 고개 숙이는 걸 거부하고, 쓸데없이 리시아에게 상처만 입혔잖아. 게다가 리시아의 활약에 대한 질투 때문에!

이건 게임이 아니란 말이다!

물론 게임이었다면 리시아도 순순히 파티에서 빠져 줬으리라.

이 녀석은 콘솔 게임을 플레이했었던 모양이니까. 동료=NPC라고 생각하고 있는 거겠지.

황당하기 그지없는 심정으로 리시아 쪽을 쳐다본다.

당장에라도 터져 나오려는 울음을 참으며, 리시아가 말없이 이츠키를 바라보고 있었다.

나는 마음속으로, 이츠키에 대한 평가를 최하 수준까지 끌어내렸다.

모토야스는 어쨌거나 빗치를 진심으로 믿고 있는 바보지만, 여자 동료를 내팽개치고 도망치는 짓은 아마 절대 하지 않을 것이다.

하지만 이츠키라면, 승산 없는 상대와 싸우게 되면 냉큼 동료를 버리고 도망치지 않을까?

"솔직히 말해서, 리시아 양은 제 동료들 사이에서 좀 붕 떠 있기도 했고……. 무리해서 위험한 싸움에 몸을 던지는 것보다는 평화로운 곳에서 행복하게 사는 게 나아요."

"리시아의 마음과 입장은 어쩔 건데?!"

"말이야 그럴싸하지만, 세계를 구하는 싸움은 마음만 가지고 되는 게 아니니까요."

"그렇다면 왜 처음부터 그렇게 말하고 내쫓지 않은 거냐!"

"그럼 말씀드리죠. 리시아 양은 전력 면에서 도움이 되기 힘들어요. 성장시키면 달라질 줄 알았지만, 이만큼 레벨을 올렸는데도 달라진 게 없다면, 차라리 그냥 고향에 돌아가는 게 나아요."

사사건건 말대답이냐.

요컨대 자신들은 잘못이 없다는 자기변명에 불과한 것 아닌가.

"그럼 왜 솔직하게 그렇게 말 안 한 거지? 자기가 악당이 되는 게 두려웠나?"

"아니에요! 당신은 왜 그렇게 단순무식하게만 생각하는 거죠?"

"자기를 위해서 남을 속여 넘기는 녀석을 사려 깊은 녀석이라고 하는 거라면, 차라리 단순무식한 놈이 되는 게 나아."

"하지만 리시아 양은 앞으로의 싸움을 이겨내기엔 전력이 너무 약하다고요. 우리는 눈물을 머금고 마음을 독하게 먹은 것뿐이었어요."

"장점을 없앤 건 네놈이었잖아! 남의 인생을 얼마나 우습게 알면 그딴 짓을 하는 거냐!"

보아하니, 리시아는 마법 쪽에 자질이 있다.

그런데도 불구하고 클래스 업 때 근거리 전투력 향상을 요구해 버리니, 이도 저도 아닌 상태가 되는 게 당연한 것 아닌가.

도움이 안 되니까 버린다는 건데, 그렇게 약하게 만든 건 이츠키 네놈이었잖아.

헛소리 하지 말라고!

솔직히 말한다면 이해해줄 수도 있으련만.

결국 자기가 악역이 되는 게 싫을 뿐이잖아.

이건 내가 함정에 빠졌을 때와 똑같은 상황이다.

결과를 미리 정해 놓고서 속인 것 아닌가. 게다가 이번에는 용사인 이츠키까지 결탁한 상태다.

"이 기회에 확실히 해 두죠. 저는 리시아 양과는 함께할 수 없어요. 솔직히 당신은 너무 약하니까요."

결국은 일이 이렇게 커지지 않았더라면 본심을 털어놓을 생각도 없었다는 거잖아.

게다가 자기가 욕을 먹고 있다고 느끼는 상황이 되어서야 그 원인이 된 리시아를 악으로 인식하고, 그제야 본심을 털어놓는 식 아닌가.

터무니없는 위선이자 독선이군.

이딴 녀석보다는 차라리 노예상이나 사기꾼 상인이 낫다. 그 녀석들은 적어도 자기들이 하는 짓이 나쁜 일이라는 걸 알고 있기는 했으니까.

그래도 잘못을 인정해야 할 때는 인정하지 않는가. 그때그때 기분에 따라서만 움직이는 놈보다 몇 배는 낫다.

"——!"

이츠키의 말에, 리시아는 뭐라 형언할 수 없는 목소리를 토해내고 사라진다.

"리시아?!"

"관심을 끌려는 것뿐이에요. 자, 빨리 여기서 나가세요!"

"너란 녀석은—, 또 죄 없는 사람을 괴롭힐 작정이냐?!"

"제가 언제 그런 짓을 했다고 그러시는 거예요?"

"설마 잊어버렸다는 소리는 안 하겠지. 빗치 사건과 사칭 사건."

"빗치 씨 얘기는 저와는 상관없어요."

시치미 떼 봤자 소용없다. 네놈은 자기만 정의로운 척 실컷 나를 몰아세워 놓고선, 내 결백이 밝혀졌는데도 사과 한 마디 없는 놈이니까.

어디까지 자기 본위적인 놈이냐. 다른 사람의 마음 따윈

요만큼도 생각하지 않잖아.

분노를 넘어 황당할 지경이다. 조금 전까지만 해도 꼭뒤까지 차올라 있던 분노가 치익 하고 식어 간다.

빗치에게 누명을 뒤집어썼을 때와 같은 감정인 줄 알았지만, 아니었다.

"그래, 알았어. 지금까지는 그래도 네놈이 정의감 강한 놈이라고, 문제점은 있을지언정 용사로서의 생각은 제대로 박힌 녀석이라고 생각했는데, 이 정도였단 말이지. 실망해도 크게 실망했다."

나는 업신여김 가득한 시선으로 이츠키를 쏘아본다.

어디선가 들은 적이 있다. 사랑의 반대말은 증오가 아니라 무관심이라고.

다시 말해 증오의 반대도 무관심이라는 뜻이 될 것이다.

나에게 이츠키는 이제 흥미의 범주에서 사라졌다. 관심 없는 상대라면 화를 낼 일도 없다.

"다, 당신이 무슨 자격으로 저한테 그런 말씀을 하시는 건데요?! 이제 더 이상 저한테 집적대지 마세요!"

이츠키가 평소보다 유난히 큰 목소리로 나를 향해 고함친다.

아아, 이제 알겠군.

칭찬에 대한 욕망의 결정체인 이 녀석에게는, 아마 타인에게 받는 평가가 곤두박질쳤던 트라우마 같은 게 있었을 것이다.

"알 게 뭐야. 네놈의 독선에 어울려 주는 것도 이제 진절

머리가 나. 기대 이하의 본성을 남한테 간파당하지 않게 조심하라고."

"꺼지라고 했잖아요!"

당장에라도 활시위를 당기려는 기세의 이츠키를 나는 냉담한 시선으로 응시한다.

"어디 한번 해 봐. 네 그 잘난 활로 나를 꿰뚫어 보라고. 이 비겁한 놈."

"지금 말 다 했어요?!"

이츠키가 실내에서 활시위를 당겨서 화살을 내쏜다.

이츠키의 활은 마법 활인 듯, 활시위만 당겼을 뿐인데도 화살이 생성되었다.

나는 묵묵히, 이츠키를 향해 한 발짝씩 걸어간다.

이츠키가 내쏜 화살이 내게 명중했고, 깡 하는 요란한 소리와 함께 튕겨 나갔다.

"이럴 수가?!"

"이 괴물 자식!"

이츠키의 화살을 가볍게 막아내는 내 모습에, 이츠키의 부하 놈들이 경악한다. 이젠 아예 괴물 취급인가.

"네놈들 식으로 대답하자면, 사악한 공격 따위는 나한테는 안 통한다고 해야 하려나?"

천천히 이츠키를 향해 걸어가자, 이츠키는 그만큼 방 안쪽으로 물러나서 거리를 벌린 채 활시위를 당겼다.

"이글 피어싱 샷!"

이런 비좁은 방에서 스킬까지 퍼붓는 거냐.

나는 시선을 집중해서, 이츠키가 내쏜, 매의 모습을 한 화살의 목 부분을 틀어잡는다.

"말도 안 돼……. 내 이글 피어스 샷을 막아내다니?!"

"보나 마나 방어 무시 공격이겠지만…… 이 정도 공격은 굳이 방어할 필요도 없어."

나는 손에 힘을 주어서, 마법으로 형성된 매의 숨통을 끊어 버린다.

스킬로 생성된 존재이니 내 힘으로 없애는 것도 가능한 것이리라.

나는 그대로 이츠키의 눈앞까지 나아가서, 모멸감 가득한 눈길로 바라본다.

"리시아가 약하다고? 헛! 넌 남한테 그런 소리를 할 만큼 강하냐?"

"――?!"

이츠키의 표정이 분노로 물든다.

이제 나도 못 해 먹겠다. 피트리아에게는 미안하지만, 이츠키와는 친하게 지내 볼 마음이 싹 사라졌다.

그렇게 나는 그 자리에서 돌아서서, 이츠키의 방을 떠난다.

"언제까지 그렇게 건방지게 굴 수 있는지 두고 보자고요!"

알 게 뭐야. 이 일을 계기로 확연한 역량 차이를 깨닫고 강해질 생각을 한다면야, 나도 나쁠 거 없지.
나는 그길로 리시아를 쫓아 달려갔다.

리시아를 쫓아 항구까지 왔는데…… 없다. 설마…….
그렇게 생각했을 때, 필로가 리시아를 뜯어말리고 있는 모습이 눈에 들어왔다.
주위를 사람들이 둘러싸고 있다.
"언니, 헤엄치려고 그런 거야? 그런 것치고는 표정이 너무 꿀꿀한데? 게다가 아까 가라앉으려고 했었잖아?"
"이거 놓으세요! 저는, 저는 더 이상……."
"필로, 잘했어. 나중에 상 줄게."
"뭐가 뭔지는 잘 모르겠지만, 와아~!"
"그래서, 무슨 일이 있었던 거지?"
"이 언니가 있지, 갑자기 바다에 빠졌어. 그리고 그대로 가라앉아 버리기에 건져냈어."
"투신자살……."
슬픔에 못 이겨 자살이라……. 끔찍한 일이군.
모토야스가 어찌할 줄 몰라 하는 것도 이해가 갔다.
아무리 좋아하는 사람한테 나쁜 소리를 들었다고 해도, 죽을 것까지는 없으련만.
"잘했어, 필로."
"에헤헤~."

필로의 머리를 쓰다듬어 준다.

만약에 필로가 없었더라면 이번 사건은 최악의 형태로 막을 내렸으리라. 항구 주변은 수심이 얕은 곳도 있지만 깊은 곳도 있다.

배가 정박해 있는 곳은 상당히 깊다. 마음먹고 뛰어들면 얼마든지 죽을 수 있을 것이다.

그러면 나도 꿈자리가 뒤숭숭해진다.

무엇보다, 내겐 이미 마음먹은 일이 있는 것이다.

"자, 리시아."

나는 필로에게 붙잡혀서 곤혹스러워하던 리시아의 손을 잡고 말한다.

"몸을 던졌다는 건, 지금 넌 이미 한 번 죽었다는 뜻이야. 구원받은 목숨을 어떻게 쓸 거지?"

"……죽게 내버려 두세요. 이츠키 님에게 버림받은 몸이니, 이제 전 살아남을 가치도 없어요."

"그걸 결정하는 건 다른 누구도 아닌, 바로 너야."

"그렇다면, 죽게 내버려 두세요……."

"네가 그렇게 생각한다면 그래도 괜찮겠지……. 하지만, 용납 못 해!"

멍청하게 당하고만 있는 모습만 봐서는 내 분노가 가라앉지 않는다.

"이대로 누명을 받아들일 거야? 되갚아주고 싶다는 생각은 안 하는 거냐?"

"그, 그치만!"

"이츠키에게 '제발 돌아와 주세요. 전 당신이 꼭 필요해요.' 라는 말을 듣고 싶다는 생각은 안 하는 거냐?!"

"제, 제가 약하다는 건 저도 이미 뼈저리게 잘 알고 있는걸요……."

"처음부터 약했던 녀석은 계속 약할 수밖에 없다는 법이 어디 있지? 그딴 소리를 지껄인 건 이츠키뿐이야. 계속 약할 수밖에 없다는 법은 없어."

실제로 나는 약한 직업이라는 소리를 들으며, 다른 용사들의 업신여김을 받아 왔다.

그러니까, 그렇기에 이 상황을 그냥 지켜보고만 있을 수는 없다.

"……정말로…… 제가 강해질 수 있을까요?"

"약속하지. 기필코, 네가 강하다는 걸 이츠키가 뼈저리게 느끼도록 만들어주겠다고!"

그때 파티에서 쫓아내지 말았어야 했다고 후회하게 해 주고 말 것이다. 그 피라미 용사에게.

내가 키워낸 리시아가 이츠키의 동료들보다 더 강해진 모습을 보여주면, 제아무리 이츠키라도 내 말을 믿게 될지도 모른다.

"그러니까 리시아, 네가 강해질 수 있는 방법을 찾아낼 때까지 도와줄게. 아니, 강하게 만들어줄게!"

이것은 의지다.

누명을 뒤집어쓰고, 약하다는 이유만으로 업신여김을 받던 과거의 자신과 닮은 리시아를 기필코 강하게 만들어서, 이츠키에게 한 방 먹여 주고 말겠다.

"나한테로 와!"

리시아는 머뭇거리며, 내가 내민 손을 붙잡는다.

"제 마음은 이츠키 님 것이에요."

"그래, 상관없어. 나를 숭배하라는 소리 같은 건 안 해. 너는 그냥 너 자신만 생각하면 돼."

애당초 나는 리시아가 여자라서 이런 일을 하는 게 아니다.

상대에게 이기적인 요구를 해 놓고는 필요가 없어졌다는 이유로 내팽개치는, 그런 짓은 절대 용납 못한다.

나와 리시아의 처지가 서로 비슷하다는 이유도 있을 것이다.

그렇기에 확신을 갖고 말할 수 있다.

"너를 강하게 만들어 주겠어. 무슨 수를 써서라도."

"……알았어요. 잘, 부탁드려요."

터져 나오는 오열을 감추지 못한 채, 리시아는 내 권유를 받아들였다.

이런 우여곡절 끝에, 일단 리시아가 내 동료가 되긴 했는데…….

방으로 돌아오는 도중에 라프타리아가 나타났다.

"나, 나오후미 님의 노성이 들리던데, 무슨 일이 있었던 거죠?"

"아아, 이츠키가 짜증 나는 짓거리를 해서 말이지."

"어라? 뒤에 계신 분은…… 리시아 양이라고 했던가요?"

알고 있었나? 그렇다면 얘기하기도 편하겠군.

"아……. 저기, 네."

"어쩐 일이세요?"

"일단은 방으로 돌아가자."

"리시아 양은요?"

"사정이 좀 있어서 내 동료가 되기로 했어."

"그, 그랬나요? 알았어요."

라프타리아는 일이 이렇게 된 경위를 어렴풋이 짐작한 모양이었다.

방으로 돌아온 나는 자세한 경위를 설명했다.

당연하다면 당연한 일이지만, 라프타리아는 황당함 반, 분노 반인 표정이었다.

"그분은……."

"이, 이츠키 님을 욕하지 말아 주세요."

"그런 끔찍한 대우를 당하고도 그런 말씀을 하시는 건가요……."

라프타리아도 이쯤 되니 기가 막힌 모양이었다.

그건 나도 동감이긴 하지만…….

"필로가 안 구해줬으면 익사했을 거야."

"칭찬해 줘, 칭찬해 줘."

"그래, 알았어, 알았다고. 아까도 칭찬해 줬잖아."

"엣헴."

아직도 칭찬이 부족한 건지, 필로가 나한테 머리를 들이대고 부비부비 문댄다.

이 감촉은…… 바보털이 거슬리는군.

"이츠키 님은 아무 잘못 없어요. 제가 약한 게 잘못이에요……."

또다시 울음을 터뜨릴 것만 같은 리시아의 손을 라프타리아가 꼭 붙잡았다.

"소중한 분인가 보군요."

"네……."

"언젠가 알아주실 거예요. 우리 같이 힘내요."

"……라프타리아 양도 그러셨군요. 알았어요."

응? 뭔가 묘한 분위기가 감도는 것처럼 느껴지는 건 내 착각인가?

같이? 뭐, 아무렴 어때. 쓸데없이 서로 적개심을 갖는 것보다 몇 배는 나으니까.

"제일 먼저……. 리시아. 이츠키 스토킹은 이제 금지야."

"아……. 네."

아무래도 일편단심이 도를 지나쳐서 이츠키 스토커로 변화하고 있을 지경이니까.

이럴 땐 일단 거리를 두는 편이 나을 것이다.

"노력할게요."

"이츠키도 지금은 발끈해 있는 상태니까 되도록 얼굴을 마주치지 않는 편이 좋을 거야."

그따위로 거만하기 짝이 없는 녀석은, 낯짝도 보기 싫다.

"좋아, 그럼 이제 리시아에게 어떤 일을 시켜 볼까."

"히익!"

"뭐야, 그 소리는……? 터무니없는 요구는 안 하니까 걱정 마."

그저 파티 멤버로서 무슨 일을 맡겨 볼까 하는 얘기를 했던 것뿐이었는데.

하긴, 원래 이츠키 밑에 있던 녀석이니까.

나를 성범죄자로 착각하고 있을 가능성이 상당히 높다.

"리시아는 뭘 할 수 있지? 들은 얘기로 짐작하면, 근접전?"

"그렇게 될 수 있도록 노력하고 있긴 하지만……."

"저마다 소질에는 차이가 있으니 연습을 좀 해 보자. 내 파티는 기본적으로 인원이 부족해. 리시아에게 딱 들어맞는 자리가 있을지도 몰라."

전력 면으로 보아, 라프타리아와 필로가 있으니 근접 전투 쪽은 별문제 없다.

그렇다면 결과적으로 내 파티에 존재하지 않는 마법계를 맡겨야 하려나?

"마법은 어떤 걸 쓸 줄 알지?"

"주력으로 쓰는 마법 속성은 딱히 없어요……. 다만, 그 대신 대부분의 마법을 쓸 줄 알아요."

"그거 편리한데?"

나나 라프타리아, 필로는 기본적으로 사용할 수 있는 마법이 한정되어 있다.

나는 회복과 지원, 라프타리아는 빛과 어둠을 조합한 환영, 필로는 바람 마법이다.

하지만 리시아에게는 그런 구분이 없는 모양이다.

이렇게 요령이 없는 녀석은 모든 걸 할 수 있는 반면에, 모든 게 어중간하기도 한 법이다.

하지만 지금의 우리에게는 귀중한 전력이다.

모든 마법을 쓸 수 있다면 그 상황의 형편에 맞춘 임기응변이 가능하니, 전력 문제는 개선할 수 있다.

레벨과 스테이터스만이 전부는 아닌 것이다.

머리를 쓰면 실제 능력 이상의 결과를 내는 것도 가능할 터.

마침 잘됐다. 이 기회에 우리 파티의 역할을 한 번 확실하게 규정해 둬야겠다.

나는 방어 겸 회복, 지원 담당. 새삼 말할 것도 없겠지.

라프타리아는 유격.

전투 능력 자체는 필로보다 뒤떨어지지만, 견실한 전투 능력과 환영마법을 이용해서 기발한 공격을 감행한다.

필로는 어태커.

단순한 전투력과 재빠른 속도. 그리고 하이퀵이나 범위마법을 이용한 섬멸 담당이다.

여기에 리시아를 추가해서 새로운 전략을 고안해 내야만 한다.

"걱정 마세요, 리시아 양. 나오후미 님은 입은 험하지만 생각만큼 못된 분은 아니시니까요."

"……라프타리아와 한 번쯤 찬찬히 대화를 나눠 볼 필요가 있을 것 같다는 생각이 드는데."

생각만큼 못된 건 아니라니, 대체 무슨 뜻이냐.

뭐…… 나로서는 억울하기 짝이 없는 일이지만, 액세서리 상인이나 노예상으로부터는 위험인물로 찍힌 것 같은 기분도 든다.

"그, 그러시다면……."

리시아는 흘깃 내 쪽을 쳐다보고, 납득한 듯 고개를 끄덕인다.

도대체 뭘 납득하고 고개를 끄덕인 거냐.

"뭐지? 난 도대체 어떤 포지션인데?"

"아뇨……."

"아니긴 뭐가 아냐? 말을 해 보라고."

"이런 포지션이에요."

"그러네요."

리시아는 어쩐지 안심한 기색이었다. 여자의 심리란 참 알 수가 없다니까.

여자란 정말 수수께끼다. 미소녀 게임에 나오는 여자 정도로 단순하다면 이해하기 쉬울 텐데.

"그러고 보니……."

리시아를 머리끝부터 발끝까지 응시한다.

지금 리시아가 착용하고 있는 장비는 썩 좋은 것이라고 하기는 힘들었다.

다람쥐 인형옷……. 리스카 인형옷이라고 했던가? 그런 걸 착용하곤 했었다.

이츠키 패거리에는 서열이 있으니까. 신참은 우선순위에서 밀리는 것이리라.

"리시아, 레벨은 몇이지?"

"네? 68이에요."

은근히 높은데. 스테이터스는 확인할 수 없지만, 그 정도면 믿어 보는 것도 나쁘지 않다.

리시아는 만능이지만 요령이 없으니 회복과 마법 지원에 집중하게 해 볼까?

하지만 방어 능력이 불안하다. 내가 완전히 보호하지 못하는 사태도 염두에 두지 않으면 위험할 수 있다.

레벨이 68쯤 되면, 라프타리아나 필로만큼은 못하더라도 어느 정도 싸울 수 있을 것이다.

문제는 이츠키가 버렸을 정도로 능력이 낮다는 점이다.

그러는 이츠키도 능력은 보잘것없지만.

"저기…… 방패 용사님은 페클 인형옷을 갖고 계셨죠?"

"응? 뭐, 갖고 있긴 해. 그리고 딱딱하게 굴지 말고 이름으로 불러도 돼. 그렇다고 너무 함부로 막 부르지는 말고."

예전에 메르티와 말다툼을 했을 때, 서로를 이름으로 부르는 게 중요하다는 걸 깨달았다.

이름 뒤에 '씨'를 붙이는 것 정도면 괜찮을 것 같다. 좀 친해진 것 같은 기분이 들 테니까.

"후에? 그, 그럼 나오후미, 씨."

"좋아, 됐어. 그래서? 페클 인형옷에 무슨 문제라도 있나? 그런 걸 왜 찾지?"

"괜찮으시다면…… 제가 입어도 될까요?"

"엉?"

"리스카 인형옷도…… 다른 분들이 하도 입으라고 하셔서 입었던 건데……."

"너한테 떠넘기듯이 입힌 것 아니었어?"

"네."

뭘 그렇게 순순히 대답하는 거냐. 당연하다는 듯이 고개 끄덕이지 마.

역시 박복한 녀석이라니까. 완전히 왕따 괴롭히기잖아. 게다가 뭐가 좋다고 헤벌레 웃고 자빠진 건지.

"정말 근사한 장비였어요. 그치만 파티에서 추방당할 때 빼앗기는 바람에……."

"그것참……."

"입으면 이런저런 효과가 생겨서 지내기가 편해져요."

"부여효과 하나는 훌륭하니까."

아마, 리스카 인형옷에도 마력 상승 같은 효과가 붙어 있었을 테니, 리시아와는 상성이 좋았던 것이리라.

나는 페클 인형옷을 꺼내서 리시아에게 건넨다.

여러모로 만능이라, 라프타리아의 갑옷보다도 성능이 높다.

"나오후미 님……. 아무리 그래도 그건 좀……."

"어쩔 수 없잖아. 본인이 원하고 있으니까."

싸구려를 대충 사서 입힌다면, 현재 리시아가 장비하고 있는 물건과 별로 달라질 게 없다.

참고로 페클 인형옷은 총 세 벌이 있다. 카르밀라 제도에 속한 섬의 보스인 카르마 펭을 너무 많이 잡은 모양이다.

카르마 펭 이외의 카르마 시리즈도 꽤 잡았지만, 인형옷은 드롭되지 않았었다.

"……이게 마음에 들어?"

"편리하니까요. 그리고 이걸 입고 있으면 풀이 죽어 있을 때도 남들이 못 알아볼 테구요."

패배자 근성이 몸에 밴 녀석이다. 왕따들이 자주 하는 소리를 하는군.

"넌 그걸로 만족할 수 있겠어?"

"네!"

네! 는 무슨!

이거 큰일이다. 말을 잘 듣는 건 좋지만, 뼛속부터 개조하지 않는 한 성장은 도모하기 힘들 것 같다.

인형옷을 뒤집어쓰면 울고 있어도 안 들킨다는 소리나 해대다니…….

"처음엔 마음대로 해도 좋지만, 나중에는 거기서 졸업해야 해."

"하아……."

라프타리아가 떨떠름한 표정을 짓고 있다.

라프타리아도 이 녀석과 친해지기는 힘들겠다고 생각하는 건가?

성격 면에서의 상성은 나쁘지 않은 것 같은데……. 뭐, 아직 판단하기는 이르겠지만.

"저기, 조금씩 강해져 나가기로 해요."

"네!"

대답 하나는 활기차군. 렌의 동료들은 순종적이니, 그들과는 쉽게 친해질 수 있을 것 같다.

리시아는 허둥지둥 페클 인형옷을 입고, 그 모습을 내게

선보인다.

"어때요? 펭펭."

"아아…… 응."

어째 좀 분위기에 잘 휩쓸리는 듯 보이는 구석이 있다. 이 세계에 오기 전의 내가 생각나는데.

기꺼이 그 옷을 입는 건, 필로를 포함해서 두 명째군.

분명 인간을 동료로 받아들인 건데, 어쩐지 마물을 동료로 들인 것 같은 기분이다.

"앞으로 잘 부탁드릴게요."

"그래, 잘해 보자고."

"잘 부탁해—, 필로랑 똑같은 옷이네."

"저도 잘 부탁드릴게요."

이렇게, 리시아는 내 동료들로부터 환영을 받았다.

제4화 발주

섬 먼바다에 출현했던 폭풍우도 걷혀서, 용사들을 비롯한 나라 사람들은 카르밀라 섬을 떠나게 되었다.

카르밀라 섬의 활성화는 앞으로도 며칠 더 지속될 예정이었지만, 우리는 충분히 레벨을 올렸고, 드롭 아이템도 대량으로 얻었으니, 더 이상 머무를 이유가 없다.

다만, 나는 이츠키 패거리와 같은 배에 타기 싫어서 스케줄 조정을 부탁했다.

어차피 도중에 포털 스킬…… 순간이동 능력을 이용해서 성으로 돌아갈 예정이니까.

그렇게 얘기하니, 여왕이 자기도 어차피 성에 가야 하니 동행하겠다고 나섰다.

용사들은 일단 성으로 돌아가게 되어 있다.

이제부터는 파도에 대비한 전투 훈련을 할 예정이다.

그 전에, 이번 파도 때 손에 넣은 파도 보스의 방패를 확인해 보자.

고래 방패의 조건이 해방되었습니다!

고래 가죽 방패의 조건이 해방되었습니다!

고래 살점 방패의 조건이 해방되었습니다!

고래 뼈 방패의 조건이 해방되었습니다!

고래 눈동자 방패의 조건이 해방되었습니다!

고래 마법핵 방패의 조건이 해방되었습니다!

……이하, 다수.

해체했더니 워낙 많은 방패들이 등장해서, 일일이 설명하기가 귀찮다.

이제 강화방법을 아는 단계쯤 되다 보니 상세사항을 살펴보는 것도 귀찮아졌으므로, 전용효과나 자세한 내용은 생략한다.

스테이터스 상승 계열은 무시하자.

이 중에서 특이한 스킬이나 능력이 붙어 있는 방패는 이것들 정도다.

고래 방패 0/50 C
능력 미해방……장비 보너스, 스킬 『드리트 실드』
숙련도 0

고래 마법핵 방패 0/45 C
능력 미해방……장비 보너스, 스킬 『버블 실드』 「선상 전투 기능2」
숙련도 0

고래 뿔 방패 0/60 C
능력 미해방……장비 보너스, 「수중 전투 기능3」
숙련도 0

드리트? 무슨 뜻인가 싶어서 확인해 보니, 에어스트 실드에 겹쳐지는 세 번째 방패를 생성해 내는 스킬이었다.

버블 실드는, 시험해 봤더니 방패에서 슈욱— 하는 소리만 날 뿐 아무 일도 일어나지 않는다.

유력한 가능성은 물속에서 거품을 만들어내는 기능……이라 생각하고 바다에서 시험해 보았다.

정답은 물속에서 숨을 쉴 수 있도록 막을 만들어내는 스킬이었다.

다만 계속 잠수해 있을 수 있는 건 아니고, 한 번 사용하면 일단 물 밖으로 나올 때까지는 다시 사용할 수 없는 모양이었다.

수중전에서 편하게 써먹을 수 있겠는데. 하지만 수중전은 바로 얼마 전에 했었잖아.

용사 놈들도 각각 손에 넣은 무기들을 시험해 보고는 있는 것 같은데……. 훈련을 해 가면서 녀석들도 이해해 주면 좋으련만.

이츠키 패거리에 앞서 여왕과 함께 배에 타서, 포털 스킬을 이용해서 성으로 돌아갔다.

"아!"

포털 스킬을 사용했을 때, 필로가 뭔가 떠오른 게 있는 듯 소리쳤다.

"왜 그래?"

"마차……."

"나중에 성 사람들이 가져다 드릴 것입니다. 안심하시길."

"그렇구나~."

"결국 카르밀라 섬에서는 한 번도 안 썼군."

매일같이 번쩍번쩍하게 마차를 손질하곤 하던 필로…….

나는 금속제 마차가 바닷바람에 녹이라도 슬면 어쩌나 하고 조마조마했었다고.

어차피 쓰지도 않을 마차, 가져오지를 말란 말이다.

하지만 포털로 이동하는 게 당연해지면 마차는 짐으로 전락할 수도 있겠는데.

그래서 그런 건가? 다른 용사들이 마차를 안 쓰던 이유가.

"그럼 전투에 소질이 있는 자……. 실력에 자신이 있는 분을 파견하겠습니다."

"알았어."

여왕에게는 이미 다른 지역의 파도에 대해서는 피트리아가 어느 정도 대처를 해 줄 것이라는 얘기를 전해 준 상태다.

그 덕분에 우리는 약간 여유가 있는 상황이다.

메르로마르크의 다음 파도까지 앞으로 2주 반 정도가 남았다. 그때까지 용사 놈들을 강화하면 될 것이다.

다른 용사 놈들도 곧 전송을 이용해서 따라올 것이다. 녀석들이 오기 전에 리시아를 어떻게 대우할지 결정해 둬야겠다.

"예전에 카르밀라 섬의 파도에 참가하기 전에 준비를 부탁하셨던 물건을 체크해 보시는 건 어떨는지요?"

여왕이 나를 위해 마련해 준 창고에 대해 언급한다.

"그래야겠군……. 겸사겸사 창고 내부를 확인해 둘까."

성안의 먼지 낀 창고. 옛날 RPG 게임이었다면 이런 곳에서 우수한 장비가 손에 들어오곤 했다.

나는 하나씩 하나씩 확인해 본다.

지난번 파도에 참가했을 때도 왔었지만, 안쪽까지는 그다지 자세하게 조사하지 않았었다.

아, 장비품들도 제법 마련되어 있다. 기사단의 장비도 여기에 보관되어 있는 모양이다.

우와……. 범용성 높은 장비들이 태반이라, 우수한 장비는 찾기가 힘들다.

“이와타니 님의 요망을 정확하게 파악하지 못한 부분도 있어서……. 죄송합니다. 의뢰하신 물건들 이외에는 잡다한 물건들이 많습니다.”

“문제없어.”

마법은으로 만들어진 창도 놓여 있지만…… 카르마 래빗 소드보다 공격력이 낮다.

카르마 래빗 소드는 사용 요령이 까다롭다는 모양이지만…… 무기상 아저씨한테 부탁해 봐야겠다.

“감사합니다. 그 대신 대강 필요한 소재들을 모아 두었습니다.”

다음으로 다양한 소재가 보관되어 있는 창고를 보여준다.

그리고 여왕은 양피지에 문자가 적혀 있는 서류를 내게 내민다.

"여기, 목록이 있습니다. 따로 제작하고 싶으신 게 있다면 대장장이에게 말씀해 주십시오. 여기서 재료를 가져다 만들도록 지시하겠습니다."

"흐음……. 협조해 줘서 고마워."

소재 쪽이라…….

"좀 가져도 될까?"

"얼마든지."

나는 성에 보관되어 있던 방패를 조금씩 방패에 흡수시켜서 새로운 방패를 해방시킨다.

트리가 부족한 것도 꽤 많았지만, 어쨌거나 방패의 종류는 꽤 늘었군.

다음 파도까지 이걸 다 해방시키는 건 무리겠는데…….

"그리고 아까 대장장이에게 의뢰하라고 했는데, 난 따로 부탁하고 싶은 녀석이 있으니 그 녀석한테 부탁하러 가야겠어."

"……그러시군요. 이와타니 님이 그러고 싶으시다면."

나에게 무기나 방어구를 만들어주는 녀석이라면 무기상 아저씨 말고는 연상이 되지 않는다. 여러모로 힘을 빌려주기도 한 사람이다 보니, 그 아저씨 이외의 다른 사람에게 무기나 방어구 제작을 부탁하는 건 은혜를 원수로 갚는 짓처럼 느껴진다.

무엇보다 나는 아저씨의 실력을 신뢰하고 있다.

라프타리아와 필로의 무기나 방어구를 의뢰하러 가 볼까.

"리시아, 단골 무기상에 갈 테니까 따라와."

"아, 네."

"그리고…… 그 인형옷…… 정말 평상복으로 입을 거야?"

"네?"

고개 갸우뚱거리지 마. 내가 이상한 놈처럼 보이잖아.

섣불리 닦달했다가는 일이 시끄러워질 것 같으니 마음대로 하게 해 두자.

"아저씨를 만나는 건 1주일 만이었죠, 아마?"

"그래. 그때 약속했던 대로 무기를 부탁할 거야. 얼마나 강력한 무기를 만들어줄지 기대되는데."

카르밀라 섬에서 손에 넣은 소재 대부분은 배로 싣고 오는 중이다. 하지만 일부는 가져왔으니까, 아저씨도 어떤 걸 만들 수 있을지 가늠할 수 있을 것이다.

메르로마르크 정부에서 마련해 준 창고에 여왕이 갖가지 광석이며 소재를 모아다 주었으니 재료가 모자랄 일은 절대 없다. 이걸로 좋은 물건을 만들 수 있으면 좋겠군. 그러면 싸움이 상당히 편해질 테니까.

어쩌면 인형옷보다 더 좋은 장비를 만들어 줄지도 모른다.

"오? 이거 형씨 아니우?"

"내가 올 때면 매번 그 인사로 시작하는군."

"너무 그러지 마슈. 낯이 익은 사람한테는 나도 모르게 그렇게 되곤 하니까."

이해가 안 가는 것도 아니다. 친근감이 깃들어 있기에, 나도 불쾌한 기분은 들지 않는다.

"카르밀라 섬 활성화는 어땠수? 듣자 하니 그쪽에서도 파도가 일어났다고 하던데."

"섬에서는 짭짤하게 레벨업을 했어. 고작 며칠 만에 레벨이 30 이상이나 오르더군."

"무지 빠르네!"

응? 아저씨가 엄청나게 놀라고 있다. 내가 무슨 이상한 소리라도 한 건가?

고개를 돌려 라프타리아 쪽을 쳐다보니, 라프타리아도 고개를 갸우뚱거리고 있다.

"형씨들, 엄청나게 무리한 거 아니우?"

"섬에서 사냥할 때는 딱히 힘든 건 없었는데? 원래 레벨업 속도가 빠른 시기니까 이상할 것도 없잖아?"

"레벨업 속도가 빠르다고 듣긴 했지만, 클래스 업 이후에 그런 속도로 레벨이 올랐다는 얘기는 들어 본 적이 없수. 아무리 필사적으로 사냥해도, 은근히 긴 활성화 기간이 끝날 때까지 25 정도 올리면 과로사하는 거 아니냐는 소리를 들을 정도니까."

우리는 그걸 고작 며칠 만에……. 가끔 보면, 모른다는 건 참 대단할 때가 있다니까.

"으음……. 우리가 강한 덕분에 효율이 좋았거나, 아니면 전설 무기의 가호 덕분이거나?"

"그럴지도 모르지. 아가씨들이 모르고 있는 건, 형씨가 의외로 레벨업 경험이 별로 없어서 그런 거 아니우?"

"그렇겠지……."

흐음, 여기에도 방패의 신비로운 가호가 있는 건지도 모른다.

실증이 불가능한 건, 다른 자들과의 차이를 경험한 자가 주위에 없기 때문……이겠지.

그런 식의 기능이 있다면 여왕이 알고 있을 것 같다. 다음에 물어봐야겠군.

"그래서? 오늘은 무슨 용건이우? 섬에 가기 전에 부탁했던 거?"

"그래. 섬에서 이것저것 많이 구했으니까, 성 창고에 모여 있는 소재랑 조합해서 강력한 무기를 만들어 줘."

나는 여왕에게서 받은 소재 일람이 적힌 종이를 아저씨에게 내보인다.

필요한 재료가 뭔지는 모르겠지만, 어느 정도 수량은 갖추어져 있으니 모자라는 일은 없을 것이다.

"이 재료로 아저씨가 현재의 우리에게 딱 맞는다고 생각하는 무기와 방어구를 만들어 줬으면 좋겠어."

"알았수다. 그나저나 꽤 희귀한 소재도 있는 것 같군그래. 이거 좀이 쑤시는데. 돈은?"

"국가에서 내 줄 거야."

"형씨도 이제 제법 출세했군그래."

장비며 소재, 신분, 그리고 돈. 이 정도 요건이 갖추어져 있으니 괜히 여기저기 돌아다닐 이유가 없다.

결국은 파도와 싸워야만 하는 것이다. 이미 유리한 상황이 갖추어졌는데 괜히 시간을 낭비하고 싶지는 않다.

……그렇긴 한데, 약간 마음에 걸리는 점도 있단 말이지.

"그리고……."

라프타리아와 필로에게로 시선을 보낸다.

그녀들이 현재까지 장착하고 있었던 카르마 래빗 소드와 카르마 도그 클로를 카운터에 얹어놓았다. 나도 페클 인형옷 등, 카르밀라 섬에서 손에 넣은 소재를 아저씨에게 보여준다.

"이것들도 추가로 부탁하고 싶어."

"형씨도 참 이것저것 많이도 가져왔군그래. 그런데 그 잠옷 같은 걸 입고 있는 아가씨는 형씨 동료요?"

"후에?"

"그래, 리시아라고 해. 생긴 건 이래도 안에 들어있는 건 인간이야."

"나오후미 님, 아무리 그래도 그런 식으로 설명하시는 건 좀……."

"어쩔 수 없잖아. 인형옷을 안 벗으니까."

얼굴을 가릴 수 있어서 좋다고 했지만, 단순히 인형옷 마니아가 아닐까 하는 생각도 든다.

"그, 그건 그렇다 치고, 무지하게 특이한 무기를 가져왔구려……. 좀 까다로운 구석이 있긴 하지만, 현재의 아가씨에게 딱 맞는 물건인 건 확실하군."

아저씨는 카르마 래빗 소드를 감정하면서 말한다.

여러모로 문제는 있을지언정, 공격력이 높다는 건 분명한 사실이니까.

지금의 라프타리아가 마법은제 검을 있는 힘껏 휘두르면, 검이 휘어지고 만다.

아저씨의 의견을 들어 보고 개조할 것인지 버릴 것인지를 결정하고 싶다. 녹여서 소재로 쓰는 방법도 있다.

"문제는 블러드 클린 코팅이 안 돼 있다는 점이야. 어떻게 좀 해결할 수 없을까?"

"그건 원칙적으로 성형 단계에서 하는 가공이라서 말이지……. 정교함은 떨어지지만 아주 불가능한 건 아냐. 그래도 괜찮겠어?"

"부탁하지."

"흐음……. 그것도 좋겠지만, 개량해 보는 것도 재미있을지도 모르겠는데."

야만인의 갑옷에 했던 것처럼 추가 부품을 장착할 수 있다는 건가?

한번 부탁해 보는 것도 괜찮을 것 같다.

"여러모로 재미있는 의뢰를 가져오는군, 형씨."

"어쩌다 보니까 그렇게 됐네. 개량 작업도 작업이지만, 덤으로 이 리시아라는 녀석에게 맞는 무기를 알아봐 줬으면 좋겠는데."

"응? 그야 상관없지만…… 인형옷을 벗고 손을 좀 보여 줄 수 있겠어?"

"리시아."

"저, 저는 검이 좋아요."

"난 너한테 후위를 맡길까 했는데……."

"양쪽 모두 할게요!"

"의욕 넘치는 건 좋지만, 일단 한번 보여주기나 해."

"네……."

리시아는 머뭇머뭇 인형옷을 벗고는, 아저씨에게 꾸벅 고개를 숙이고 손을 내민다.

"이 아가씨도 미인이구먼. 형씨도 참 행복하겠수."

"행복? 무슨 모토야스도 아니고……. 난 별다른 느낌도 없어."

"벽창호인 건 여전하구려. 아가씨 마음고생만 더 늘어나겠는데."

"네……. 정말이지……."

뭔가 아저씨와 라프타리아가 공감대라도 형성된 듯 서로를 보며 고개를 끄덕이고 있다.

“흐음……. 보아하니 찌르기용 검과의 상성이 좋을 것 같구려. 후위 역할도 맡기고 싶다면, 마법 가호가 붙어있는 물건이 좋겠지.”

“그래? 알아봐 줄 수 있겠어?”

“잠깐, 그것 말고도 창이나 활을 들려주는 방법도 있을 것 같은데. 힘이 없어 보이니 추천하기는 힘들지만.”

“후에…… 활은 안 돼요…….”

“이츠키랑 겹치는 게 싫어서 그래?”

“그게 아니라, 동료분들을 맞힐까 봐 무서워요…….”

“아아, 그런 거였군.”

그러고 보면 전투 중에 아군을 오인 사격할 걱정도 해야 했었군.

그 점에서, 이츠키는 잘못 맞히는 일은 없는 것 같으니…… 그래도 용사는 용사라고 해야 하려나?

“일단 언제까지 만들면 되는 거요?”

“다음 파도까지 앞으로 2주일 반 정도밖에 안 남았어. 그 안에 가능한 범위 안에서 만들어 주기만 하면 돼.”

“알았수. 그런데…….”

아저씨가 페클 인형옷을 들고 묻는다.

“이건 어떻게 할 거요? 분해라도 할 거요? 이런 건 대체 누가 만든 건지 궁금하군."

"그러게 말이야. 성능은 우수하지만 생긴 게 너무 볼품없어서 말이지. 그건 마물이 떨어트린…… 아니지, 알기 쉽게 설명하자면 마물을 재료로 해서 전설 무기가 만들어낸 물건이야."

이런 식으로 얘기할 수밖에 없다. 마물이 떨어트린 거라고 얘기하면 이런 걸 마물이 떨어트릴 리가 있냐는 타박을 듣기 일쑤니까.

여기가 이세계라는 점을 실감하는 때가 바로 이런 경우다. 내가 알아채지 못하는 것도 당연하다.

못 알아챈 내가 이상한 게 아니다. 알아챈 다른 용사들이 이상한 거다.

애당초 토끼나 너구리 같은 동물이 자기 덩치보다 더 큰 무기를 떨어트리다니, 상식적으로 이상하지 않은가.

"별난 물건을 다 만들어내는군……. 효과가 뛰어나다는 건 나도 알겠지만……."

"부여효과만이라도 다른 무기에 옮길 수는 없을까?"

"그건 어려울 거요. 여러모로 시험해 보긴 하겠지만 기대는 하지 마슈. 사소한 조정이 필요해질 때가 있을 테니, 그때는 형씨한테 묻도록 하지."

"부탁할게. 혹시 강화에 필요할지도 모르니까, 야만인의 갑옷도 두고 가는 편이 나을까?"

"그렇긴 한데…… 일단 아가씨용 갑옷으로 한번 만들어 볼 테니까 나중에 줘도 될 것 같구려."

라프타리아 용이라. 어디까지나 순조롭게 풀릴 경우의 일이지만.

"무, 무슨 일인데요?"

"신경 쓰지 마."

뭔가 불길한 예감이랄까, 묘한 감 같은 게 들썩거린단 말이지.

이 개조는 좋지 않은 방향으로 움직일 것 같은 느낌이 든다.

"어쩐지 가슴이 두근거려요."

……인형옷 애호가가 기대감에 부풀어 있다.

이건 분명히 안 좋은 방향으로 결론이 나겠군. 리시아 같은 박복한 녀석이 기대에 부풀어 있다는 건 의심할 나위 없이 불길한 징조잖아. 최악의 경우, 리시아한테 입혀야겠다.

"그럼 난 이만 갈게, 아저씨. 무슨 일 생기거든, 이 서류를 들고 성으로 와서 내 의뢰를 받은 무기상이라고 말하면 들여보내 줄 거야."

"알았수다, 형씨. 기대하면서 기다리기나 하슈."

"그래, 아저씨만 믿는다고."

이렇게 우리는 무기상을 떠났다.

성으로 돌아오니, 마침 낯익은 녀석이 마차에서 내리는 참이었다.

"아, 방패 용사님. 그때는 신세 많았습니다."

내가 현상범이 되어 도망 다닐 때 일시적으로 나를 거둬 주었던 귀족, 싹싹남이었다.

여왕의 얘기에 따르면 몸이 너무 쇠약해져서 자신의 영지에서 휴양하고 있다고 했었다.

그 옆에는 강아지 같은 귀가 달린, 말끔한 옷차림의 어린 아이가 있다.

"라프타리아!"

"키르 군!"

아, 맞아, 키르라는 이름을 가진, 라프타리아의 고향 친구였었지.

예전에 라프타리아를 고문했었던 귀족의 저택에 갇혀 있던 노예 꼬마다.

"라프타리아, 다친 데 없어? 이상한 짓 같은 거 당하지는 않았고?"

"전 아무렇지도 않아요. 이제 쫓기는 몸도 아니구요."

"그렇구나―……."

뒤이어, 키르는 나를 쳐다본다.

"라프타리아를 험하게 부려먹는 건 아니겠지?"

"……."

"왜 아무 말씀 안 하시는 거예요?!"

"험하게 부려먹을 때는 험하게 부려먹고 있는 것 같아서."

"오히려 더 험하게 싸우시는 건 나오후미 님이시잖아요! 키르 군, 걱정 마. 내가 크게 다치거나 한 적은 없으니까!"

"저주에 말려든 적은 있었지."

"나오후미 님은 좀 가만히 계세요!"

"이 녀석은 라프타리아의 소꿉친구니까. 거짓말하는 건 예의가 아니잖아?"

"하하하, 방패 용사님 주위는 항상 즐거워 보이는군요."

응? 귀족 싹싹남이 내 쪽을 보며 웃고 있다.

내가 무슨 웃긴 소리라도 했나?

"그건 그렇고, 웬일로 너희가 여기에 온 거지?"

"제 건강이 회복되기도 했고, 한 번쯤 인사를 드리러 와야 할 것 같아서 말이죠."

"아아, 그랬군."

키르라는 아이는 라프타리아의 친구니까 동료로 받아들여 볼까?

내가 키르를 뚫어지게 쳐다보고 있으려니, 라프타리아가 내 생각을 알아챈 듯 생각에 잠긴다.

"라프타리아 생각은 어때?"

"무, 무슨 생각이요?"

"저 애를 어떻게 했으면 좋겠느냐는 얘기야. 계속 저 녀석에게 맡겨 두고만 있을 수는 없을 거 아냐?"

내가 싹싹남을 보며 말하자, 싹싹남은 미소를 지으며 키르의 머리를 쓰다듬는다.

"저는 신경 안 쓰셔도 됩니다. 이 아이의 선택에 모든 걸 맡길 뿐이에요."

그렇단 말이지……. 하지만 라프타리아의 의사가 제일 중요하고, 키르 자신의 의향도 물어봐야 한다.

"라프타리아는 파도에 맞서 싸우고 있다고 그랬지?"

"네. 방패 용사님이신 나오후미 님과 함께 싸우고 있어요. 며칠 전에도 카르밀라 섬이라는 곳 근처에서 일어난 파도에 맞서서 싸웠어요."

"끝내준다! 라프타리아! 나도 강해져서 파도랑 싸우고 싶어!"

오? 대답 한번 시원시원한데?

"네……?"

하지만 라프타리아의 표정에는 구름이 낀다.

"라프타리아?"

"저기……."

"싫어서 그래?"

내가 묻자, 라프타리아는 곤혹스러운 표정으로 나를 쳐다본다.

"언니, 왜 그래?"

필로도 키르와 마찬가지로 고개를 갸우뚱거리고 있다.

그 심정도 이해가 되기는 한다.

아마도 키르를 험난한 싸움에 끌어들이고 싶지 않은 것……이겠지.

라프타리아는 기대감 어린 눈초리로 나를 바라본다.

"글쎄……. 훈련에 참가한다거나 하는 식으로, 강해지기 위한 노력을 좀 해 보면 되지 않을까?"

"나오후미 님……."

"그리고…… 강해진다는 건 나쁜 일이 아냐."

라프타리아가 살고 있던 마을은 첫 번째 파도 때 피해를 입은 지역으로, 파도에서 출현한 마물들에게 막대한 타격을 받은 후 노예 사냥꾼들에게 당했다고 들은 바 있었다.

마을에서 살아남아 있던 자들이 조금이라도 강했더라면 피해는 훨씬 줄어들었을지도 모른다.

"라프타리아는 내가 싸우는 게 싫어?"

"……."

라프타리아는 키르를 쳐다보며 가만히 생각에 잠겨 있는 것 같았다.

"그런 건 아니에요. 다만 싸움이라는 게 키르 군이 생각하는 것보다 훨씬 더 험난한 일이라서 고민하는 거예요. 그걸 극복해 낼 각오가 있나요?"

"당연하지! 나는…… 모두를 지킬 수 있을 만큼 강해지고 싶어!"

"해답은 나온 거 아냐? 걸의를 가진 녀석을 괜히 억눌러 봤자 불만만 부채질하는 꼴이니, 자기 몸을 지킬 수 있을 만큼 강하게 만들어주는 것도 나쁘지 않아."

내 말에 라프타리아는 조용히 고개를 끄덕였다.

그렇다. 키르라는 아이를 내 동료로 받아들이는 것도 괜찮다.

지금 우리는 일손이 부족한 상황이다. 그러니까 신뢰할 수 있는 녀석이라면 한 명이라도 더 동료로 받아들여서 강하게 만들어야 한다.

라프타리아와 동향 친구라면 배신하지는 않을 것 아닌가?

"그럼 나오후미 님, 키르 군을 부탁드려도 될까요?"

"그래, 물론이지."

"라프타리아 양과 같은 고향 분이시군요."

리시아가 키르를 향해 한 발짝 앞으로 나서서 자기소개를 한다.

"와! 뭐야 이 사람, 이상한 옷을 입고 있잖아?!"

"후에?"

이제야 눈치챈 건가.

"그럼 방패 용사님, 키르…… 군을 잘 부탁드립니다."

싹싹남은 웃음을 지으며 키르를 내게 맡기고, 여왕을 만나러 떠났다.

"그럼 자기소개부터 해 볼까?"

"필로 이름은 필로! 전에 만난 적 있었지?"

내가 말하기가 무섭게 필로가 나서서 자기소개를 한다.

좀 기다렸다 하면 어디가 덧나기라도 하냐…….

"제 이름은 리시아 아이비레드라고 해요. 잘 부탁드려요."

"이제 나오후미 님만 남았어요. 키르 군에게 자기소개를 해 주세요."

"그래. 내 이름은 이와타니 나오후미야. 방패 용사 노릇을 하고 있어. 싸움은 힘들지도 모르지만 겁내지 말고 앞으로 나서. 내가 지켜 줄 테니까."

내 말에 키르는 힘차게 한 발짝을 내디디고 입을 연다.

"내 이름은 키르예요. 모쪼록 잘 부탁드리겠습니다!"

키르라는 아이의 덩치는 필로와 거의 같다.

라프타리아와 동향 출신이라고 했으니까. 실제보다 더 어리게 보이는 거겠지.

생각해 보면 내 동료로 들어온 녀석 중에 첫 번째 남자다. 여러모로 속 편하게 얘기를 나눌 수 있는 동료가 생겨서 다행이다.

라프타리아나 필로, 리시아의 대화들 중에는 내가 끼어들기 힘든 얘기도 있으니까.

"좋아, 그럼 리시아와 키르, 너희한테 한 가지씩 미리 물어보지."

"뭔데?"

"뭔데요?"

"너희, 구체적으로 어느 정도로 강해지고 싶지?"

라프타리아가 불온한 분위기를 감지하고 나를 쳐다보고 있다.

직감이 예리하군. 보나 마나, 이 녀석들한테 얘기하면 놀랄 테니까.

"그야 당연히 제일 강해지고 싶지!"

"후에?! 맞아요!"

결연한 의지가 느껴지는 시원시원한 대답이다.

그 마음에 부응하기 위해, 나는 단호하게 말했다.

"그럼 너희, 내 노예가 돼라."

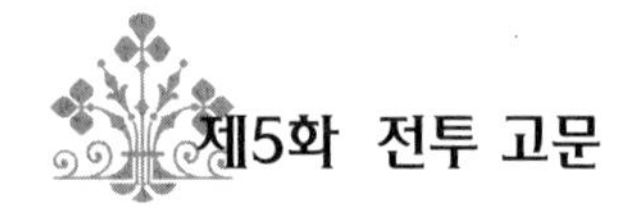

제5화 전투 고문

"후에에에에~~~~~~~!"

"뭐, 뭐야 그게! 결국 방패 용사라는 것도 다 거짓말이었어?!"

리시아의 요란하고 맥없는 목소리가 성 뜰에 메아리친다. 키르는 격노해서 라프타리아와 나를 노려보고 있다. 그리고 리시아는 쏜살같이 나로부터 도망쳤다.

별 엉뚱한 곳에서 행동력을 발휘하는 녀석이군.

"붙잡아! 살려서 돌려보내지 마!"

"뭐예요, 그 대사는?!"

"아니, 뭔가 분위기에 취해서 나도 모르게 그만……."

"그럴 줄 알았어!"

"키르 군! 진정해요. 나오후미 님은 이렇게 설명이 부족한 구석은 있어도, 다 이유가 있어서 이러시는 거니까요!"

"무슨 이유가 있다는 건데?!"

이런. 쓸데없는 혼란을 초래하고 말았잖아.

"네에!"

필로가 필로리알의 모습으로 변신해서, 도망치는 리시아를 뒤쫓기 시작한다.

키르는 그 변화에 놀라서 말문이 막혀 있었다.

"아, 아냐! 필로, 방금 그건 농담이었어! 그냥 붙잡기만 하면 돼! 다리에 힘주지 마!"

"부리도 쓰면 안 돼요! 리시아 양이 죽는다구요!"

이런, 괜히 분위기에 취했다가 참사를 초래했다. 앞으로 조심해야겠군.

필로가 리시아를 붙잡아서, 어깨에 걸머지고 데려온다.

리시아가 격렬하게 버둥거리고 있다.

"놔 주세요! 고향으로 돌아갈 거예요! 아빠랑 엄마한테 돌아갈 거예요! 이츠키 니이이임—!"

"농담이었다고……."

"노예로 삼겠다는 것도요?"

"그건 진짜지만."

"뭐, 뭐라구요?!"

"강해진다는 건 곧 마물을 물리쳐서 레벨을 올리겠다는 거잖아? 용사에게는 성장 보정이라는, 동료의 능력 향상 속도를 빠르게 만들어 주는 힘이 있어. 라프타리아가 엄청나게 강해진 것도 그 영향이었고."

"그, 그런 거야? 라프타리아가 그렇게 강한 거야?"

"네, 그건 사실이에요."

라프타리아가 순식간에 키르의 등 뒤로 파고든다.

키르는 자신이 아무런 대처도 못한 채 라프타리아에게 배후를 허용했음을 깨달았다.

"끝내준다!"

"그 성장 보정을 받을 수 있는 건, 방패 용사의 경우에는 노예나 마물밖에 없어."

이것이 최대의 난관이다.

노예나 마물에게는 성장 보정뿐만 아니라 능력 보정을 걸어 주는 것도 가능하다.

이걸 사용하면 리시아와 키르를 확실하게 강화할 수 있을 것이다.

"선택은 리시아와 키르의 자유지만, 노예가 되지 않으면 강해지는 데 필요한 가호는 별로 못 받게 돼."

"그치만……."

"잘 생각해 봐. 강해지려면 어떻게 하면 되지? 탐욕스럽게 가능성을 모색해야 해. 나는 그 수단을 제시해 주고 있는 거야."

"……."

리시아와 키르는 망설이듯 깊은 생각에 잠겼다. 자기 자신의 운명이 달린 일이니까 그건 이해해 주는 수밖에.

나는 거기에 조언을 더해준다.

"뭐, 리시아는 레벨이 이미 68이나 되니까. 레벨업이 이미 충분히 돼 있는 만큼, 가호를 받는다 해도 큰 효과는 기대할 수 없을지도 모르니, 꼭 필요한 일이라는 보장은 없어. 그래도 없는 것보다는 성장 가능성이 높다고 봐."

이런 건 저레벨 때부터 가호를 걸어 줘야 효과가 있단 말이지. 티끌이 모여 태산이 되는 것과 같은 이치다.

게임에서도 자주 나오지 않는가.

처음부터 레벨이 높은 녀석은 죽거나 배신한다. 아니면 성장이 더디다.

……이건 꼭 라르크를 두고 하는 얘기 같잖아. 이런 사고방식은 위험하다. 게임식 사고방식은 그만하자.

"아니면 차라리 레벨을 리셋해 버릴까? 메르로마르크의

파도가 얼마 안 남은 상황에서 전력에서 빠져 버리면 곤란하니까, 한다면 파도가 끝난 뒤에 해 줬으면 좋겠지만."

현재 우리의 레벨은 70대이니, 앞으로의 보정을 고려하면 점점 더 격차가 벌어지게 되겠지.

"글쎄, 요……."

"다만 노예가 되면……. 도망치지 마! 딱히 결박 같은 건 안 할 테니까— 내 말 좀 들으라고!"

내가 노예 얘기를 하는 새에 리시아가 도주를 시도한다. 귀찮은 녀석이다.

"딱히 너에게 심한 짓을 강요하려는 게 아니라고 말하고 있잖아!"

"후에에에~~~!"

"잘 들어, 리시아. 나는 강해질 수 있는 방법을 가르쳐주고 있는 거라고!"

내 말에 리시아는 어찌할 줄 몰라 시선을 이리저리 방황하며 고민에 잠긴다.

노예가 되라는 말에, 넙죽 그러겠다고 하는 녀석이 있다면 오히려 더 놀랍겠지만.

……라프타리아가 있었군.

"나는 고삐는 쥐겠지만, 너희를 옭아매지는 않겠다고 맹세하마."

"나오후미 님은 정말로 제멋대로 굴어서 폐를 끼칠 때 빼고는 아무것도 안 하시는 분이세요. 그건 제가 보장할게요."

"라프타리아 양……."

"주인님이 필로를 옭아매는 일은 거의 없다구."

뭐, 세뇌당한 거나 마찬가지인 라프타리아나 필로의 말로 리시아나 필로를 설득하는 건 힘들지도 모르지만 말이지.

"강요는 안 해. 싫다면 상관없어. 다음 수단을 강구해 보면 되니까. 키르, 너한테도 말해 두겠는데, 이건 어디까지나 하나의 가능성을 제시한 것뿐이야. 선택은 너한테 맡길 거고."

"……응. 나는 강해지고 싶어. 강해질 수만 있다면 악마에게 영혼이라도 팔 거야! 모두를 되찾을 수만 있다면!"

"혹시 나를 악마로 생각하고 있는 거냐?"

"못되게 굴긴 해도 사실은 정말 착한 분이라구요!"

키르의 결의도 라프타리아의 말 때문에 말짱 도루묵이 됐다.

그나저나 내가 무슨 악마라도 된단 말이냐?!

리시아가 가슴에 손을 얹고…… 인형옷을 뒤집어쓰고 있어서 표정은 알아볼 수 없지만, 결의가 담긴 목소리로 말한다.

"결심했어요……. 저를 노예로 만들어 주세요!"

"……정말 괜찮겠어?"

결론 내는 게 빠르군. 리시아의 평소 성격으로 봐서 그냥 어영부영 넘어갈 줄 알았는데.

하지만 일단 결정을 내리면 적극적으로 나아가려는 그 자세는 높이 평가할 만하군.

"네! 저는 강해지고 싶어요!"

"그럼 너희 둘을 노예로 만들어 달라고 여왕에게 부탁하지."

우리는 그길로 여왕에게 부탁하러 갔다.

"으…… 끄으……."

노예화 의식은 문제없이 끝났다.

리시아와 키르의 가슴에 고도의 노예문(奴隷紋)이 새겨져 있다.

키르는 원래 노예였지만 노예문은 제거되어 있었다. 그런 몸에 다시 노예문을 새기게 되다니 참 기구한 일이다.

빗치의 것과 마찬가지로, 발동했을 때 이외에는 눈에 띄지 않는 노예문이다.

내 시야에 금칙 항목이 나타났다.

하지만, 모든 체크 사항을 해제……하려고 했지만 거부당하고 말았다.

아무래도 구속력이 전혀 없는 가짜 노예 상태로는 만들 수 없는 모양이었다. 그렇다면 사소한 내용에만 체크하고 끝내도록 해야겠군.

……나에게 거짓말을 해선 안 된다는 항목에 체크해 둔다.

굳이 가능성을 따지자면, 빗치 같은 짓을 할 가능성을 염두에 둬야 하니까.

실은 이츠키가 보낸 스파이였다거나 하는 경우에 대비한 것이다.

노예가 되는 걸 선택했다는 시점에서, 그 가능성은 이미 대폭으로 감소한 셈이지만.

"하아…… 하아……."

"너희, 괜찮아?"

"네, 괜찮아요."

"이, 이 정도는 끄떡도 없어."

"그래? 그럼 됐어."

그리고 나는 미안한 감정을 느끼며, 리시아와 키르의 스테이터스를 확인한다.

먼저 키르 쪽을 살펴보자.

흐음……. 레벨이 낮아서 아직 뭐라고 단정할 수는 없지만, 민첩성의 초기 수치가 높다.

강아지 같은 귀와 꼬리가 달린 아인이니까, 스피드가 강점인 계열인 거겠지.

그럼, 다음은 리시아 차례군.

"——헛."

"왜 그러세요?"

"아, 아니, 아무것도 아냐. 신경 쓰지 마."

저도 모르게 말문이 막혔다.

뭐야, 이거……. 나나 라프타리아, 필로에 비해 치명적으로 낮잖아.

레벨은 분명 68인데도 아직 한 자릿수 레벨인 키르보다 약간 높은 정도. 약하다는 이유로 이츠키에게 해고당한 것도 이해가 간다.

하지만 나는 버리지 않는다. 여기부터 어떻게 성장시켜 가는가 하는 점에서 내 역량이 드러나게 될 것이다.

일반인들은 보통 이런 걸까?

특징을 들자면, 스테이터스가 거의 균일하다는 것이다. 약점이라 할 만한 약점이 없다.

하지만 기본적으로 스테이터스가 부족해서, 그야말로 재능 부족이라는 느낌이 충만하다.

정말 레벨 68 맞아? 이거, 본격적으로 강화 방법을 모색하지 않으면 곤란할 것 같은데…….

"이와타니 님."

여왕이 나타나서 말을 건다. 그 옆에는 낯선 기사가 서 있다.

"뭐지?"

"현재, 유능한 전투 고문을 초빙하려는 중입니다. 하지만 검술에 있어 우리 메르로마르크에서 다섯 손가락 안에 꼽히는 강자에게 지도를 부탁하는 것도 괜찮지 않을까 싶어서 데려왔습니다."

"제일 강한 녀석을 부를 때까지 쓸 땜빵이라는 거야?"

"나오후미 님, 그렇게 단호하게 말씀하실 것까지는……."

"하지만 틀린 말은 아니잖아."

그렇게 생각하지만, 시간을 유익하게 활용하기 위한 방안도 강구해야 한다.

"좋아, 키르라고 했던가? 너는 아직 레벨이 낮으니까 필로랑 같이 가서 레벨업 좀 하고 와."

키르의 기초체력을 어느 정도 올려 두는 게 좋을 것이다.

그러기 위해서 원래 강하면서도 발이 빠른 필로를 이용해서, 온라인 게임에서 흔히 말하는 '버스를 태우는' 식으로 급속도로 레벨업을 하는 편이 낫다.

"필로가 얘를 도와주면 돼?"

"그래. 날이 저물 때까지만이라도 좀 뛰다 와."

"응!"

퐁 하고 필로가 필로리알 퀸 형태로 변신해서 키르를 들쳐 업는다.

"어?! 아, 잠— 라프타리—."

말을 채 끝마치기도 전에, 필로가 깃털로 능숙하게 키르의 양손을 붙잡아 고정하고 내달린다.

"꺄아아아아아아아아아아아아아아아아아아아아!"

"아아아아아…… 키르 군!"

"그렇게 불안해하지 마. 필로는 강하니까 걱정할 것 없다고."

모든 건 기초가 중요한 법이다. 앞으로 여기서 할 훈련도 어느 정도 레벨이 높아야 보탬이 될 테고.

"리시아도 다음 파도를 겪고 나면 저걸 경험하게 될 테니까 잘 기억해 두라고."

"후에에에에에!"

거참 시끄럽네.

뭐, 그럴 만도 하긴 하지. 라프타리아의 말에 따르면, 필로의 승차감은 최악이라는 모양이니.

이것도 다 강해지기 위한 시련이라 생각하고 참아 줬으면 좋겠다.

"방패 용사님 쪽은 항상 시끌벅적하군."

여왕 옆에 서 있던 기사가 투구를 벗는다.

외모는…… 게임에 나올 것 같은 여기사. 얼굴은 라프타리아에 필적하는 미녀라고나 할까.

스트로베리 블론드의 긴 생머리. 투구를 쓰고 있을 때는 묶어서 정리해 두고 있는 것이리라.

왕자님으로 남장을 하면 잘 어울릴 것 같다.

"우선 자기소개부터 하시죠."

여왕이 그렇게 말하자, 여기사가 한 발짝 앞으로 나서서 군대식 경례와 함께 우렁찬 목소리로 자기소개를 한다.

"에클레르 세이아엣트라고 한다. 이렇게 용사님들의 훈련 지도라는 중임을 맡게 된 것을 더없는 영광으로 생각한다."

"세이아엣트……? 얼굴은 처음 보는 것 같은데……?"

어디선가 들은 기억이 있는 이름이다. 어디서 들었었더라?

"나오후미 님, 세이아엣트는 제가 살던 마을이 있던 영지 이름이에요."

"아아, 그러고 보니 싹싹남이 그렇게 말했었지."

그렇다면 이 녀석…… 라프타리아의 영지를 통치하던 귀족인가?

분명히 죽었다고 들었는데.

"네. 이자는 라프타리아 양이 살고 있던 영지를 담당하던 귀족의 딸입니다."

흐음, 나쁘지 않은 인선이군.

라프타리아가 살던 영지를 경영하던 귀족은 상당히 유능했다고 들은 바 있다. 그 귀족이 파도 때 숨진 것이, 라프타리아와 마을 사람들의 불운을 한층 더 가속시킨 원인이라고 했고.

"그래서? 이 녀석은 지금까지 뭘 하고 있었던 거지?"

"내 아버지께서 돌아가셨다는 소식을 듣자마자 노예 사냥을 벌이던 동료 기사들과 병사들에게 위해를 가했다가, 그 죄로 투옥되어 있었지."

호오……. 이 썩어빠진 나라에도 이런 녀석이 남아있었군. 방패 용사인 내 입장에서는, 라프타리아의 영지를 통치하던 귀족의 딸이라는 점뿐만 아니라, 그 행동 자체도 마음에 들었다.

"이자가 말한 그대로입니다. 우리 성의 감옥에 투옥되어 쇠약해진 상태였습니다. 이와타니 님께서 카르밀라 섬에 가 계시는 동안에 치료가 끝났기에, 오늘 자로 복귀시켜서 용사님들의 훈련 상대로 발탁한 것입니다."

뭐, 삼용교나 쓰레기가 활개치고 다니던 판국이었으니, 이 나라에서는 그냥 처형당했더라도 이상할 게 없는 상황이었겠지.

문제는 실력이다.

그건 정말 중요한 점이다. 라프타리아보다 약한 녀석에게 수련을 받아 봤자 무용지물이니까.

"실력은 확실한 거야?"

"네. 우리 나라 검술대회에서 항상 상위로 입상하는 강자입니다."

"……이 녀석 이외에 다른 녀석들은?"

"삼용교에 조력했다가 사망하거나 투옥, 좌천되었습니다."

다시 말해 우리와 수련을 함께할 수 있는 인물은 이 녀석밖에 안 남았다는 거군.

경력에는 문제가 없지만…….

"아버지의 죽음을 막지 못하고, 영지도 지키지 못한 나를 원망해도 좋아."

"그러실 것까지는……. 그건 불가피한 사정이 있었겠죠.

고개를 드세요."

자기 멋대로 자기소개를 진행시키고 있다.

이 에클레르라는 녀석, 라프타리아를 대하면서도 어깨에 힘을 주지 않고 친근하게 얘기하고 있다.

"알았다……. 영지 사람들을 위해서라도, 나는 이 중임에 온 힘을 쏟을 생각이다. 라프타리아 양."

"저기, 그렇게 정중하게 굴지 않으셔도 돼요. 그냥 라프타리아라고 불러 주시면 돼요."

"알겠다. 그럼 라프타리아, 나도 남을 가르칠 정도로 실력에 자신이 있는 건 아니지만, 힘 닿는 데까지 최선을 다해 검술을 가르쳐주도록 하지."

일단 이 에클레르라는 녀석이 라프타리아에게 검술을 가르쳐주게 되는 건가.

"훈련에는 나도 참가하는 게 좋겠지?"

"방패 용사님께 가르쳐드릴 게 있을지 어떨지는 모르겠으나, 그게 제 임무인지라."

말투가 엄청나게 딱딱하다. 이것만 봐도 성격이 얼마나 고지식할지 짐작이 간다.

"그럼 저는 공무에 복귀하겠습니다. 무슨 일이 생기거든 연락해 주십시오."

여왕이 떠나고, 우리만이 남았다.

"그래서? 이제 어쩔 거지? 당장 오늘부터 훈련을 개시하는 거야?"

구보 훈련이니 메르로마르크 식 훈련법이니 하는 거라도 할 것 같은 분위기다.

"우선 실력이 어느 정도인지를 확인해 보는 게 좋을 것 같군."

"구보 같은 건 안 하나 보군."

"방패 용사님 일행이 그 정도로 훈련을 게을리하고 있지는 않았을 테니, 실전적인 단계부터 시작해 볼까 한다만."

구보 같은 건 딱히 안 하는데?

기껏해야 라프타리아가 틈날 때마다 팔굽혀펴기나 턱걸이 정도를 하는 게 고작이다.

나는 오히려 실내에 있는 걸 더 좋아해서, 시간이 날 때면 약 조합이나 액세서리 제작에 열중하곤 한다.

그걸 제외하면 라프타리아와 필로의 밥을 지어주는 일 정도…….

큰일인데. 육체적 훈련은 거의 한 적이 없다. 마물과 싸울 때 정도가 전부다.

"솔직히 말해서, 그런 건 한 적 없어. 나는 거의 레벨과 방패의 보정 효과로 때우고 있는 거니까. 훈련을 하고 있는 건 라프타리아뿐이지."

"나오후미 님, 훈련에 지장에 없게 해 주셔야 해요."

"그랬군……. 그럼 성 안 훈련장을 좀 뛰어 보도록 할까?"

딱히 달리고 싶은 건 아니지만, 에클레르의 말은 확실히 일리가 있다.

몸을 푸는 의미에서도 좀 뛰어 두는 게 좋을 것이다.

우리는 에클레르를 선두로 해서 성내 훈련장을 몇 바퀴 돌기로 했다.

힘껏 뛰었지만…… 방패의 보정 때문에 거의 지치지 않는다.

솔직히 귀찮다고 생각하면서 에클레르를 따라서 뛰고 있다.

까놓고 말해 너무 느려서 답답하다.

"좀 더 빨리 달려도 될까?"

"아, 그랬군. 그럼 방패 용사님이 원하는 속도로 뛰도록. 내가 거기에 맞출 테니까."

"얘기 들었지, 라프타리아?"

나와 라프타리아는 지치지 않는 범위 안에서 뛰기로 했다.

"후에에……."

아, 리시아가 벌써 스태미나 고갈 직전인 듯 반쯤 걸어 다니고 있다. 인형옷 같은 걸 뒤집어쓰고 뛰니까 그런 거잖아.

그렇게 10분 정도 뛰었을 때.

"바, 방패 용사님, 잠깐……."

에클레르가 불러 세운다. 목소리가 어째 좀 지쳐 보이는데.

리시아는 도중에 쓰러져 버렸기에, 마침 심심하던 참인

내가 들쳐 업고 뛰던 중이었다.

"보아하니 기초 훈련은 충분한 것 같으니, 실전 훈련으로 들어가도 될 것 같다."

"그래?"

"레벨의 영향도 있겠지만, 이미 충분한 경지라고 판단되니까."

카르밀라 섬에서 강해져서 돌아온 영향인가?

오래 달려도 별로 지치지를 않는다니까. 리시아도 엄청 가볍게 느껴지고.

좀 더 무거운 걸 들어도 지치지 않고 달릴 수 있을 것 같다. 아니, 애초에 지금까지는 빠른 걸음으로 걸었던 것뿐이었다.

게임에나 나올 것 같은 힘이 현실적인 단련의 의미를 흐리게 만들고 있다.

당장은 편해서 좋지만, 이런 사소한 부분을 소홀히 했다가는 언젠가 따끔한 맛을 보게 될 것 같단 말이지.

반응속도 같은 것도 최대한 올려 두고 싶고, 실전 훈련으로 움직임도 좋게 만들고 싶다.

이 훈련을 통해 강해지면 라르크나 글래스의 공격을 손쉽게 회피할 수 있게 될지도 모르고.

다만 에클레르의 숨결이 거칠어져 있다. 아무래도 아직 회복이 다 끝나지 않은 상태라서 힘든 걸까?

"그럼 실전적인 검술 훈련에 들어가겠다."

에클레르는 라프타리아와 리시아에게 검 쥐는 법, 상대방을 보는 법, 자세 잡는 법 등 세세한 것들을 가르쳐 나간다.

일단 라프타리아도 무기상 아저씨한테서 어느 정도 강습을 받기는 했지만, 그 후에는 독학으로 익힌 검술이니까. 마법과 조합해서 기습 공격하는 식으로 싸우고 있지만, 검술에 대한 본격적인 소양을 갖춘 녀석과 싸우면 불리하다. 실제로 도적 무리에 속해 있던 강한 녀석을 상대로 고전하기도 했고.

"자, 그럼 라프타리아와 리시아 양이 대련을 한번 해 보도록."

"약간 불안하긴 하지만…… 한번 해 봐."

리시아의 스테이터스를 보니 불안해지긴 하지만, 만에 하나라도 번뜩이는 무언가가 있……었으면 좋겠군.

라프타리아가 목검을 받아 쥐고, 리시아와 대치한다.

리시아 쪽이 인형옷을 착용하고 있는 통에 상당히 우스꽝스러운 광경처럼 보이게 됐지만.

"갑니다!"

"아, 네!"

라프타리아가 허리를 깊이 숙인 채 에클레르에게 배운 움직임을 이용해서 리시아에게 검을 휘두른다.

"후에에에에에!"

검을 한 번 휘둘렀을 뿐인데, 리시아는 그대로 나가떨어져서 빙글빙글 돌며 날아간다.

이게 뭐야……. 약한 줄은 알고 있었지만, 자기 몸을 보호하는 법도 모르는 거냐. 좀 더 접전이 될 줄 알았는데, 제대로 칼날을 맞대 보지도 못했잖아.

이거 키우기가 꽤 힘들 것 같은데?

"어? 어라?!"

라프타리아가 어안이 벙벙한 표정으로, 자신의 손에 들려 있는 목검과 나가떨어지는 리시아를 번갈아 쳐다보고 있다.

"살살 좀 해……."

"나름 살살한 건데요……. 그런데도 저렇게 나가떨어져 버렸어요."

이거야 원……. 나는 리시아가 땅바닥에 나동그라지기 전에 받아서 내려놓는다.

"후에에에에……."

"흐음. 리시아 양과 라프타리아를 같이 훈련시키는 건 위험하겠군. 방패 용사님."

이쯤 되면 근접전은 포기하라고 얘기하고 싶다. 재능이 없다고 말해 버리고 싶은 수준이다.

하지만, 여기서 포기하면 패배가 될 것 같은 기분이 든다.

재능이 뭐 어쨌다는 거냐. 그걸 노력으로 커버하면 될 것 아닌가.

"알았어."

뭔가 좋은 방법을 짜내지 않으면 훈련이 힘들어지겠군. 내가 상대해 주면 되는 건가?

나라면 기본적으로 공격력이 없어서 상대로서 적합할 테니.

문제는 나 자신에게는 아무런 보탬이 되지 않는다는 점이지만.

"방패 용사님은 어떻게 할 건가?"

"그럼 내가 막을 테니까 에클레르가 공격해 줘."

"알았다. 전력을 다해도 괜찮은 건가?"

"네가 얼마나 강한지는 모르겠지만, 내 방어를 돌파할 수 있다면 한번 해 봐."

"그렇게 하지."

에클레르가 검을 움켜쥐고 나와 마주 선다.

"핫!"

오? 제법 빠르다. 군더더기 없는 움직임과 몸의 탄력을 이용한 돌격을 통해 가속해 온다. 나는 그 움직임을 가까스로 따라잡는 게 고작이었다.

방패로 검 끝을 쳐내서 빗겨낸다.

"내 찌르기 공격을 받아넘기시다니, 역시 용사는 다르군……. 그럼 이건 어떨까?"

에클레르가 연속으로 찌르기 공격을 날린다.

반응이 좀처럼 따라가지 못한다. 여러 자루의 검이 날아드는 것 같은 공격이다.

아주 대처하지 못할 정도는 아니지만, 쳐내거나 빗겨내는 데 애를 먹는다. 훈련에서 스킬을 쓰는 것도 좀 그렇고, 반격계 방패로 역습하는 것도 문제가 있을 것 같아서 줄곧 회피하기만 했다.

그럼에도 이따금 기습에 가까운 일격이 내 팔이며 어깨에 명중하곤 했다.

이것이 검술 소양을 가진 자의 공격인가.

스테이터스 면에서는 분명 내가 앞설 텐데도, 제대로 대처할 수가 없었다.

"흐음, 상당한 실력자라는 얘기는 사실이었나 보군."

이 검술을 라프타리아가 습득한다면 확실히 도움이 될 것이다.

지난번에는 강화된 글래스에 대한 대처에 애를 먹었지만, 라프타리아가 강해지면 용사를 대신해서 글래스와 대등한 승부를 펼치게 될 가능성도 생긴다.

"방패 용사님은 내가 가르칠 수 있는 영역을 이미 뛰어넘은 것으로 보이는데……."

"스테이터스 덕분에 가까스로 받아넘기고 있는 것뿐이니까 신경 쓰지 마. 그나저나 에클레르."

"왜 그러지?"

"이 검술에 특수한 능력 같은 걸 부여할 수는 없을까? 알기 쉬운 예를 들자면 마법검이라든가…….”

“응용 단계에 들어가면 가능하나. 그럼 이걸 한번 막아 보도록.”

여기사가 검 끝에 손을 대고 가만히 마법을 영창한다. 그리고 나를 향해 내뻗었다.

검 주위에서 마법으로 뭉쳐진 에너지가, 랜스 정도의 굵기로 응축돼서 나를 향해 날아온다.

빠르다!

재빨리 방패로 날 끝을 위로 쳐냈다.

접촉하는 순간의 감각으로 보아, 아마 맞았더라도 나에게 대미지를 주지는 못했을 것이다. 하지만 그건 내가 특이한 거고, 마물이나 글래스 일당에게는 대미지를 줄 수 있을 것이다.

“호오, 이런 것도 할 수 있었군.”

“응용 검술이지.”

“그럼…… 그중에 혹시 방어력에 비례하는 공격이나 방어를 무시하는 공격 같은 것도 있나?”

내 질문에 에클레르는 입을 다물고 생각에 잠긴다.

“내가 습득한 유파의 검술에는 존재하지 않는다. 다만 그런 게 존재한다는 소문은 들은 적이 있다.”

그렇다. 이 세계의 보통 사람에게는 용사가 사용하는 것 같은 스킬은 존재하지 않는다.

하지만, 스킬과 비슷한 필살기를 갖고 있는 경우도 있는 것 같다.

라프타리아가 마법과 조합해서 만들어낸 마법검 같은 것 말이지.

이름이…… 환영검이라고 했던가.

마법으로 모습을 감추고 상대의 배후로 파고들어서 찌르는 공격이다. 그 외에도, 무의식중에 쓰고 있는 것 같긴 하지만, 검에 마력을 깃들여서…… 조금 전에 에클레르가 했던 것처럼 검이 빛을 내뿜기도 했었다.

역시 훈련을 거치면 그런 스킬 같은 공격도 할 수 있는 건가…….

"그런 공격을 본 적이 있었나?"

"그래. 파도 때 나타난 적이 썼었어. 보다시피 나는 방패 용사야. 방어를 돌파하는 공격에 약할 수밖에 없지. 그러니까 방어 비례 공격과 방어 무시 공격에 대한 대응 수단을 찾고 싶어."

"그랬군……. 그런 건 나로선 감당할 수 있는 수준이 아니야. 아무래도 내게는 방패 용사님에게 가르쳐줄 것이 없는 것 같군."

에클레르는 자신의 부족함을 한탄하듯이 뇌까린다.

"마음 쓰지 마. 애초에 방패로만 싸우는 내가 지나치게 특수한 거야. 다른 용사 놈들도 훈련에 참가할 예정이니까,

내 몫까지 가르쳐줬으면 좋겠어."

"방패 용사님의 의기, 확실히 받들도록 하지."

딱딱하군.

성실함이라고는 눈 씻고 찾아도 볼 수 없고 자만심만 가득한 용사 놈들이 에클레르의 말을 받아들일지 불안해지기 시작한다.

어쨌거나 에클레르가 어느 정도 실력자라는 건 이해했다.

라프타리아가 검술을 배우면 큰 도움이 될 것이다.

"후에에……."

문제는 리시아 쪽인데……. 응용보다는 우선 기초를 쌓아 나가는 게 먼저이리라.

레벨 보정이 들어갔는데도 능력치가 낮다. 게다가 단련할 수 있는 체력도 없다.

본인의 의욕은 있지만, 스태미나가 감당해 내질 못하는 상황이라…….

"그럼 에클레르 이외의 전투 고문이 올 때까지, 나는 리시아와 함께 기초 훈련을 하고 있도록 하지."

"알았다! 나는 리시아 양에게 검술의 기초부터 철두철미하게 습득시키도록 하지!"

"후에에에에……."

"얼빠진 소리 내지 마. 강해지려면 필수적으로 해야 하는 일이라고."

"후에…… 네!"
의욕 하나는 누구 못지않다니까.
그날은 그렇게 성안 훈련장에서 훈련을 하면서 보냈다.
저녁 무렵이 되자 필로가 키르를 등에 업고 돌아왔다.
"우리 왔어~."
"그래서? 좀 어땠지?"
"있잖아, 달리다 보니까 금방 해님이 기울어서 사냥은 별로 못했어."
필로의 등에 업힌 채 축 늘어져 있는 키르의 스테이터스를 확인한다.
레벨 14……. 제법 괜찮은 속도로 오르고 있는 것 같은데?
"우우…… 속이 안 좋아."
"기운 내. 그만큼 강해진 거니까."
"라프타리아도 이런 고통을 경험한 거야?"
라프타리아는…… 멀미 때문에 한 번 쓰러진 적까지 있었지.
그러니 라프타리아도 그런 고통을 경험한 셈이지만, 필로에 태운 채로 마물 사냥을 시켜 본 적은 없었다.
"아니. 필로에 탄 채로 급속 레벨업을 시킨 적은 없었는데."
"응? 그럼 나는 왜 이런 걸 한 거야……?"
결과적으로 실험 같은 형태가 되고 말았지만, 필로를 이용한 신병 훈련은 꽤 고된 모양이다.

키르가 전력에 보탬이 될 때까지 얼마나 걸릴지 기대되는군.

"우——……. 배고파."

꼬르륵 하고 키르의 배가 울리고 있다.

레벨업과 동시에 몸이 성장하는 아인 특유의 특성이 발동하려는 거군.

"키르 군, 괜찮아요?"

에클레르와의 훈련을 마친 라프타리아가 달려왔다.

"필로, 키르 군한테 너무 험하게 굴면 못써요."

"에~?"

필로 입장에서 보면 험하고 자시고 할 것도 없으리라.

"어쨌든 슬슬 저녁 먹으러 가자고. 내일부터는 다시 바빠질 거 아냐?"

"그러네요. 에클레르 양 얘기를 들어 보니, 검술 이외에 마법 같은 것도 배우게 될 것 같아서 바빠질 것 같아요. 자기 전에 성에 계신 분들이 여러 가지를 가르쳐준다는 모양이에요."

"후에에……. 공부는 자신 있어요."

"응, 그건 나도 알고 있었어."

그 후, 성 쪽에서 마련해 준 밥을 필로와 키르가 무식하게 먹어치웠다.

훈련 첫날은 이런 식으로 종료되었다.

카르밀라 섬에서 레벨업을 했을 때보다 합숙 같은 기분이 들었다.

뭐, 나는 중고등학교 모두 동아리 활동 따윈 해 본 적이 없으니, 합숙에 대해 아는 거라고는 만화나 애니메이션에서 본 것밖에 없지만.

"그러고 보니 다른 용사 놈들이 늦는데, 대체 뭣들 하느라 이렇게 꾸무럭대는 거야?"

여왕에게 물었더니 가르쳐주었다.

듣자 하니, 돌아오는 동시에 각자 자유행동을 시작했다는 것이다.

얘기에 따르면 메르로마르크를 떠나지는 않은 것 같았지만, 정말이지 사람 말을 들어먹지 않는 놈들이다.

훈련을 할 거라고 분명 얘기했었잖아.

오늘은 그렇다 쳐도, 내일부터는 본격적으로 시작해야 하겠군.

녀석들을 붙잡아 둘 수 있을지 불안해진다…….

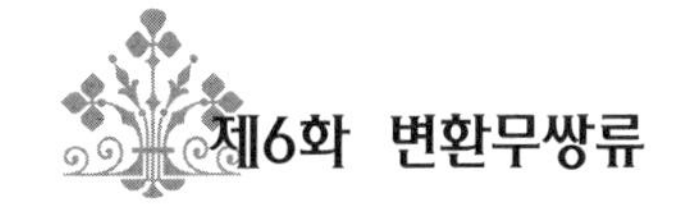

제6화 변환무쌍류

이튿날 이른 아침.

"방패 용사님, 여왕님으로부터 소집 명령이 내려왔습니다."

성의 방에서 자고 있다가, 노크 소리에 잠을 깬다.

"끄응……."

어슬렁어슬렁 일어나서 문을 열고, 병사에게 알았다고 말한다.

"안녕히 주무셨습니까."

"그래……. 여왕은 무슨 일로 새벽 댓바람부터 소집을 건 거지?"

라프타리아는 이미 일어나서 움직이기 편한 복장으로 뭔가 준비를 하고 있었다.

리시아는…… 침대에서 굴러떨어져서 그대로 잠들어 있다.

인형옷을 입은 채로 자다니 요령도 좋군. 뭐, 페클 인형옷은 원래 잠옷 같은 느낌이긴 하지만.

키르가 리시아 위에 올라타다시피 한 채 코를 골고 있다. 이 녀석도 떨어진 건가.

"라프타리아, 뭘 하고 있는 거야?"

"에클레르 양이랑 아침 훈련을 하기로 약속했거든요."

"그랬었어? 리시아도?"

"네. 리시아 양, 이제 그만 일어나세요. 키르 군도."

"후에에에……."

"우우…… 라프타리아, 아직 졸리단 말이야……."

라프타리아가 몸을 흔들자 리시아는 벌떡 일어난다.

그 모습이 어쩐지 약삭빠르게 느껴지는 건 어째서일까?

"자, 옷매무새부터 잘 가다듬고 훈련하러 가요."

"후에에……. 안녕히 주무셨어요?"

"좋은 아침. 난 볼일이 좀 있어서 여왕을 만나러 갈 거야. 그러고 나서 합류할 테니까 먼저 훈련하고 있어."

문제는, 이러다가는 리시아가 이츠키 패거리와 마주치게 될 것 같다는 점이란 말이지…….

선불리 자극했다간 괜히 시끄러워질 것 같다.

"라프타리아, 리시아를 잘 지켜봐 줘."

그리고 라프타리아를 손짓해 불러서, 가까이 다가온 그녀의 귓가에 속삭인다.

"이츠키 패거리가 오면 가능한 한 리시아와 거리를 벌려 줬으면 좋겠어. 쓸데없이 일이 시끄러워질 것 같으니까."

"알았어요. 그럼 여러분, 어서 가요."

"네에……."

"아직 졸린데—……."

졸음에 겨운 두 사람과 라프타리아를 두고, 나는 먼저 방을 나선다.

"그래서? 아침 댓바람부터 무슨 일이지?"

옥좌가 있는 방으로 불려 온 나는, 여왕에게 묻는다.

"네. 어제 전투 고문을 맡아 주실 만한 분을 찾겠다고 말씀드린 걸 기억하고 계신지요?"

여왕 녀석, 혹시 밤을 새서 찾아봐 준 거 아냐?

어쩐지 얼굴에 피곤한 기색이 묻어나는 것 같기도 하다.

"그래……."

"그 일 때문에 어떤 분에게 부탁을 드렸더니 흔쾌히 승낙해 주셨기에, 보고를 드리려 한 것이었습니다."

"호오…… 어떤 녀석이지?"

"이미 고령이신 분입니다. 우리 메르로마르크가 참가했던 과거의 대전 때 엄청난 전과를 올린 강자시죠. 그분이라면 이와타니 님을 비롯한 용사님들을 더 높은 경지로 끌어올려 주실 수 있을 것입니다."

그렇게 대단한 녀석이 이 나라에 있었나?

들어 본 적이 없는데……. 내 뇌리에는 속세를 등지고 사는 선인 같은 녀석의 이미지가 떠오른다.

그 녀석에게 무술을 배우면 우리는 더 강해질…… 수 있는 걸까?

무작정 레벨 하나만 믿고 훈련을 게을리하는 녀석이 되고 싶지는 않다.

"그 유파의 이름은 변환무쌍류(變幻無雙流)라고 합니다."

뭐야, 그 명칭은. 꼭 옛날 배틀물 만화에 나오는 이름 같잖아.

내가 떨떠름한 표정을 짓고 있으려니, 여왕이 자세하게 설명해 준다.

"이 유파에는, 예전에 용사만이 해결할 수 있는 문제를 해결해 낸 적이 있다는 전설도 존재한답니다."

"흐응……."

"칠성용사 못지않을 만큼의 전설. 그 유파의 마지막 계승자라고 합니다."

"그런 유파가 왜 이 세계에 널리 퍼지지 않은 거지?"

"저도 그것까지는 모릅니다. 아무래도 수수께끼가 많은 유파인지라……."

이 세계에는 문외불출의 특별한 유파 같은, 만화에서나 나올 법한 무술도 존재하나 보군.

"확실한 얘기야?"

"네. 저도 어린 시절에 그분이 전장에서 적을 농락하는 모습을 본 적이 있습니다."

으—……음, 썩 믿음이 안 가는데.

남을 통해서 듣는 건 한계가 있단 말이지. 실물을 확인하기 전에는 대응할 길이 없다.

"실은 카르밀라 섬 오지에서 본도로 돌아오지 않고 수행을 하시느라, 지난번 파도 때는 미처 참여하지 못했었다고 합니다. 파도가 끝난 후에야 깨달으시고, 다음 파도는 언제 일어나느냐고 제게 물으셨기에, 이번 제안에 대해 말씀드렸더니 승낙해 주셨습니다."

"엉?"

"그분이 계셨더라면 지난번과는 다른 결과가 나왔을지도 모르겠네요."

여왕이 이렇게 침이 마르도록 칭찬하다니, 도대체 어떤 녀석이지?

그건 그렇고……. 나는 주위를 확인하고 묻는다.

"다른 용사 놈들은?"

"아마키 님은 마물 퇴치를 위해 떠나셨고, 카와스미 님은 아직 취침 중, 키타무라 님은 아침 목욕을 하고 계신다고 합니다."

의욕이라곤 찾아볼 수도 없군. 기가 막혀서 말도 안 나온다.

"아마키 님께선 점심때까지는 돌아올 거라 하셨습니다."

"왜 나만 불러 온 거야?!"

"그게…… 모두 불렀습니다만 와 주신 분이 이와타니 님뿐이셨습니다. 정말 죄송합니다."

하아……. 머리가 지끈거린다. 새벽잠 설치는 사람 기분도 생각 좀 해 달라고!

뭐, 어차피 라프타리아나 다른 녀석들이 깨면 결국 나도 깼겠지만.

"그래서? 그 대단한 녀석은 언제 오는 거지?"

"어젯밤에 메르로마르크 항에 도착한 배에 타고 계셨다고 하니, 오늘 오후면 도착하실 전망입니다."

그렇다면 내가 타고 있던 배나 이츠키와 모토야스 등이 타고 있던 배에 타고 있었다는 거군.

그 정도로 굉장한 녀석이 있었다니……. 일단 직접 만나서 확인하기 전에는 알 수 없는 거지만.

그런 얘기를 하고 있으려니, 병사가 문을 열고 들어와 여왕에게 보고한다.

"전투 고문이 도착하셨습니다!"

"빠른데?"

"네! 밤을 새서 메르로마르크 성까지 와 주셨다고 합니다!"

사정을 가르쳐주고 경례하는 병사에게 감사를 표하고 묻는다.

"그럼 여기로 오는 거야?"

"그게……."

나와 여왕이 고개를 갸웃거리고 있자니, 병사가 그 전투 고문이 있는 곳을 가르쳐주었다.

"오오, 이 아이는 100년에 한 번 나올까 말까 한 수재로고—!"

"후에에에에에에에에에에에!"

……그 전투 고문을 만나러 간 나는 이마에 손을 짚고 고개를 푹 숙였다.

장소는 성안의 훈련장이다.

왜 할망구가 리시아의 몸을 주물러대고 있는 거야?

이 할망구는 예전에 병에 걸려서 몸져누워 있다가, 행상일을 하던 내가 준 약을 먹고 목숨을 건진 적이 있었다.

그 후, 글래스와 처음 만났던 파도 때, 파도에서 쏟아져 나온 마물들을 괭이로 물리치기도 했다.

처음에는 마음속으로 노파라고 불렀었지만, 그 지나치리만큼 활기찬 모습 때문에 지금은 할망구라고 부르고 있다.

할망구의 아들도 어째 복장이 호화롭게 변한 것 같다.

할망구는 중국풍 도복 같은 걸 입고 있는데……. 굳이 물어볼 것도 없겠군. 저 녀석이 변환무쌍류의 전투 고문인 모양이다.

"오오, 성인님, 오랜만에 뵙는군요."

"……혹시나 싶어서 한번 물어보겠는데, 네가 전투 고문이냐?"

"그렇습지요."

물어본 것 자체가 잘못이었지만, 인정하고 싶지가 않았다.

아니, 처음부터 어렴풋이 알고는 있었지만, 머릿속에서 거부반응을 일으켰던 것이었다.

"성인님께서 건져 주신 목숨, 세계를 구하기 위해 달려온 것입니다."

"아—……. 응, 그건 알겠어. 그런데 왜 리시아를 붙잡고 있는 거야?"

"몰라보시겠습니까, 성인님? 이 처자의 몸속에는 어마어마한 소질이 잠들어 있습니다. 제 후계자가 되기에 충분할 만큼의 자질이."

"후에에에에에에에. 나오후미 씨. 살려주세요오오오오오."

절규하는 리시아는 무시해 두기로 하고……. 리시아에게 자질이 있다니…….

"그나저나 전투 고문을 맡게 된 너는 레벨이 얼마나 되지? 예전에 나이와 비슷한 정도라고 그랬었지?"

"그 일이 있은 후 옛날의 감을 되찾고 단련한 덕분에, 이제 레벨 95가 되었습지요."

레벨 95! 뭐가 그렇게 높아?!

"본래는 한계 레벨인 100까지 올리고 성인님께 달려오려고 했었습니다만, 성인님께서 원하신다기에 수행을 중단하고 이렇게 달려온 것입니다."

이 세계의 만렙은 100인 거냐?!

지금 우리의 레벨은 70 후반이다. 한계까지 얼마 안 남았잖아?

아아, 그래서 기술을 연마해야 한다는 얘기가 나온 거구나.

그렇다면 좀 더 진지하게 훈련에 임하지 않으면 위험할 수도 있겠는데.

"그래? 100이 한계 레벨이란 말이지?"

"이, 일단은 그렇지만, 전설에 따르면 그걸 넘을 수 있는 클래스 업이 존재한대요."

리시아가 보충한다. 박식한 녀석이 있으니 편리해서 좋군.

기본적으로 나는 이 세계 사정을 잘 모르고, 라프타리아나 필로는 이런 지식을 갖고 있을 리가 없다. 리시아가 귀족 출신이라 다행이란 말이지.

"사성용사는?"

"따로 제한이 없다고 들었어요."

그렇군……. 다시 말해, 전설의 용사는 100 이상까지 레벨업을 할 수 있다는 거다.

클래스 업을 통해 일반인도 그 상한선을 돌파할 수 있다는 전설이 있긴 하지만, 그 방법은 현재 소실된 상태라는 건가.

"그러고 보니 라프타리아는 어디 있지?"

"저기 있다."

지친 기색의 에클레르가 한쪽 방향을 가리킨다.

거기에는 라프타리아가 기진맥진한 모습으로 주저앉아 있었다.

무슨 일이지? 뭐, 짐작은 가지만.

"괜찮아?"

"아, 네……. 저 노파께서 제 몸을 뒤지시고, 밑도 끝도 없이 정식 계승자로 인정하시겠다면서……."

"꽤 강하다는 모양이니까 말이지……."

레벨도 라프타리아보다 높고. 스테이터스는 모르겠지만.

"저는 움직일 틈도 없이 제압당하고 말았어요. 아무리 몸에 힘을 줘 봐도 옴짝달싹도 할 수가 없었어요."

"그거 대단한데?"

일종의 관절기 같은 건가? 애석하게도 나는 그 방면에 대해서는 문외한이다.

원래 세계에서는 전형적인 오타쿠였으니까. 격투기에 대한 지식이라고는 격투 애니메이션에서 본 게 전부다.

어찌 됐건, 라프타리아를 제압할 정도면 상당한 실력자인 건 확실하겠군.

"성인님께서는 아마 알고 계시겠지만, 스테이터스 마법의 효과 같은 건 어차피 실제 전장에서는 승리를 위한 재료일 뿐. 진짜 실력은 경험과 자질에 좌우되는 것입지요."

"하긴 그렇지."

아무리 힘이 있더라도, 그걸 적절하게 구사할 능력이 없으면 실전에서는 아무런 쓸모도 없다.

오히려 그 높은 레벨이 문제가 되는 경우도 있다.

나는 지금까지 싸워 오면서 그 사실을 뼈저리게 실감했다.

헛되이 레벨만 높고 실제 전투에서는 약해 빠진 녀석들은 얼마든지 있다. 이를테면 다른 용사 놈들처럼 말이지.

레벨로 측량할 수 없는 곳에 진정한 힘이 있다. 무엇보다 만렙이라는 게 존재한다는 것이 판명된 상황이니, 잔재주에 불과할지도 모르지만, 최종적으로는 기술이 필요해질 것이다.

"그나저나 네 무기는 뭐지?"

전에는 괭이로 싸웠었다. 그걸 무기랍시고 꺼내면 확 쫓아내 버려야지.

"변환무쌍류에는 특정된 무기가 없습니다."

"뭐라고?"

"어떤 물건이든 무기로 활용해서 적을 섬멸하는 만능 전투술, 그게 바로 변환무쌍류니까 말입지요."

……괭이도 무기라니, 무기를 가리지 않는 유파라니, 그런 게 어디 있어?

"그럼 성인님, 제 힘을 직접 몸으로 체험해 보시는 건 어떻겠습니까?"

"상대해 주는 것 정도야 괜찮지만 어떻게 덤빌 거지? 애당초 나한테는 공격 능력이 없는데."

"그럼 제가 핸디캡을 갖기로 하고, 나무 봉으로 상대해 드립지요. 걱정 마십시오. 성인님은 딱 한 대만 버티시면 되니까요. 버텨내신다면 욕지거리를 해서 저를 내쫓으셔도 좋습니다."

할망구는 그렇게 말하고 나뭇가지를 주워서 나를 겨눈 채 마주 선다.

방패는 일단 방어력이 가장 높은 소울 이터 실드로 해 두자.

"그럼 갑니다."

할망구가 순식간에 내 품속으로 파고든다.

빠, 빠르다! 어제의 에클레르보다 압도적으로 빠르다.

글래스에 필적할 정도는 아니지만, 라르크와 비견하기에는 충분할 만큼 날렵한 동작이다.

하지만 대처가 불가능한 수준은 아니다.

나는 할망구의 나무 봉 일격이 방패와 접촉하기 전에, 방패를 약간 앞으로 내민다.

이렇게 하면 공격의 위력을 현저하게 감소시킬 수 있다.

"역시 성인님은 전투에 능숙하시군요. 하지만 이건 어떨까요?"

나무 봉으로 후려친 것임에도 불구하고, 방패에 우지끈 하는 충격이 몰아친다.

"?!"

그리고 방패를 든 손을 통해서 무언가가 내 몸을 향해 몰려왔다.

그것이 복부에 도달하고…… 거세게 복부를 얻어맞은 것 같은 충격이 휘몰아친다.

"크헉……."

이, 이건 대체 뭐야? 아니, 이건 한 번 경험해 본 적이 있다. 그때의 감각보다도 훨씬 구체적인 고통이 몰려왔다.

"변환무쌍류 1형식 '점'. 본래는 튼튼한 갑옷으로 몸을 보호하고 있는 자에게 쓰는 기술. 성인님에게는 상당한 타격을 입힐 수 있는 공격입지요."

의식을 집중시켜서, 회복마법을 영창한다.

"쯔, 쯔바이트 힐."

나무 봉으로 이 정도 위력이라니……. 유력한 가설을 들자면, 방어력에 비례해서 대미지를 입히는 스킬일 가능성이다.

나에게 가장 치명적인 위협이 될 수 있는 부류의 공격이다.

이츠키의 이글 피어싱 샷이 이것과 가까운 성능을 갖고 있을 가능성이 있다.

뭐, 그 녀석의 공격은 그냥 움켜쥐어서도 무효화시킬 수 있을 정도였지만, 할망구의 공격에는 대처하지 못했다.

"하지만…… 이에 대한 반격기가 있다는 것 정도는 성인님도 알고 계시겠지요."

"그런 게 있어?"

"있고말고요. 성인님께 꼭 가르쳐드리고 싶군요."

"알았어……."

상당히 강한 힘을 갖고 있다는 건 확실히 알았다.

만약 적대하게 된다 해도 상대가 불가능할 정도는 아니지만, 전투 고문으로서는 우수한 자인 것 같군.

내게 협조해 준다면 거절할 이유가 없다. 게다가 내가 원하던 방어 방법도 알고 있는 것 같다.

이 능력을 라프타리아와 동료들에게 가르쳐주면 상당한 전력 강화가 가능하다.

"구체적으로는 어떻게 하면 되지?"

"방금 그 형식의 공격은 상대의 내부에 기를 쑤셔 넣고, 그 견고함을 역이용해서 내부로부터 날뛰도록 만드는 것이었습니다."

"하아……."

내 머릿속에는 도자기 장식품 안에 유리구슬을 넣고 흔드는 이미지가 떠오른다.

아마, 이론적으로는 크게 다르지 않을 터였다.

정신없이 흔들다 보면 도자기는 언젠가 깨져 버릴지 모른다. 아니, 애초에 도자기 장식품은 내부가 텅 비어 있지만 내 몸속은 비어 있지 않다. 그런 공격을 받으면 외곽이 깨지기 전에 내부가 파괴된다.

"이 형식의 공격에 대미지를 받지 않는 가장 간단한 방법은, 몸의 특정 부분을 의도적으로 부드럽게 만들어서, 내부를 파괴하려는 힘을 빼내는 것입지요."

"그렇군."

한마디로 힘이 날뛰기 전에 먼저 밖으로 내보내는 것.

돼지저금통 같은 도자기 용기로 비유하자면, 흔들기 전에 미리 구멍을 뚫어 둬서 내부의 동전을 빼내는 식인가.

무슨 만화도 아니고……. 하지만 실제로 그게 가능해 보인다는 게 이 세계의 판타지 같은 면이란 말이지.

……지금까지 실컷 방패를 소환하거나 방어막을 치거나 해 왔던 내가 할 소리는 아니지만.

"이론이야 알겠지만 실제로 하려면 어려울 것 같은데."

머릿속의 연상만으로 가능한 건지 의문이다.

이 할망구도 상당한 실력자이긴 한 것 같군.

"알았어. 너를 우리의 전투 고문으로 받아들이지."

"고맙습니다. 먼저 용사 여러분께 이 기술을 중점적으로 가르쳐드리도록 하지요."

"알았어. 검술 훈련을 도와주기로 한 에클레르랑 같이 여러모로 지도를 부탁할게."

내가 손짓하니, 에클레르는 할망구에게 경례를 보냈다.

"그 전설의 변환무쌍류 노사(老師)님께 지도를 받을 수 있게 되다니……. 아직 애송이입니다만, 저도 여러모로 지도를 부탁드립니다!"

"홋홋호! 내 지도는 엄격합니다. 따라올 수 있을까요?"

"무슨 일이 있어도 견뎌내 보이겠습니다."

"너는 가르치는 입장이잖아……."

왜 에클레르까지 배우는 입장에 선 거야? 라프타리아한

테 검술이나 가르치라고.

으음……. 낯선 사람들이 늘어나서 위축됐는지, 키르는 꼬리를 말고 있다.

정말이지, 강아지 같은 녀석이라니까.

“강해지고 싶다고 했잖아? 나도 같이 배워 줄 테니까 열심히 한번 해 보자고.”

뭔가를 가르치는 데는 딱 좋은 기회다.

레벨은 최종적으로 100에서 멈추지만, 무술 같은 걸 배우면 그 이상으로 강해질 수 있다.

라프타리아는 더 강해지지 않으면 내가 곤란해지고, 리시아 역시 강해지고 싶다는 염원을 갖고 있다.

“그럼, 오늘부터 맹렬하게 훈련해 보십시다!”

“아, 알겠습니다.”

“후에에에…….”

“다른 용사들이 영 안 오는데.”

얘기가 나온 김에, 나는 할망구에게 사정에 대해 간단히 설명했다.

리시아에게 이것저것 가르쳐주고 싶다면, 활의 용사와는 가능한 한 마주치지 않게 해 줬으면 좋겠다는 식으로.

할망구도 눈치 없이 이유를 캐묻는 짓은 하지 않고 고개를 끄덕여 주었다.

“그러고 보니 필로는 어디 갔지? 아침밥 먹고 나서 키르 레벨업을 도와 달라고 부탁해야 하는데……."

필로 등에 태우면 토할지도 모르지만.

키르가 소스라치게 놀라며 라프타리아 뒤에 숨는다. 그렇게까지 싫은 거냐.

"아마 메르티 양이랑 같이 있는 게 아닐까요?"

"아마 그렇겠지. 그럼 필로를 불러서 키르 레벨업 좀 도와 달라고 해야겠군."

"방패 형! 제발 부탁이야! 그것만은 안 돼!"

아, 키르 녀석, 나한테 적응이 됐는지 이제 용사님이라고 안 부르잖아.

"하지만, 그러면 강해질 수가 없다고."

"우……. 그 속이 뒤틀리는 걸 못 참으면 강해질 수 없단 말이지……."

"꼭 그런 건 아니었던 것 같은데요……."

"키르는 아직 레벨이 낮으니까 성장 가능성이 있어. 이쪽 훈련은 레벨업 후에 해도 돼."

어제의 상황을 생각하면, 그게 무난한 방법이다.

레벨이 낮은 녀석을 저렙인 상태에서 단련해 봤자 경험밖에 얻을 수 없다.

그것도 중요한 거긴 하지만.

하지만 기간이 한정되어 있는 것도 아니니, 직접 가르쳐 줄 수 있을 만큼 우리의 기술이 향상된 후에, 우리가 단련을 시켜 줘도 늦지 않다.

"필로가 오거든 다시 같이 나가 봐. 그때까지는 여기서 훈련을 하기로 하고. 알았지?"

"아, 알았어!"

결국 키르도 고개를 끄덕였다.

그 후로 아침 식사 시간까지, 우리는 에클레르와 할망구의 지도하에 기본적인 훈련을 실시했다.

할망구는 먼저 강의부터 시작했다.

"변환무쌍류란 터무니없이 강한 힘을 가진 강자를 약자가 물리치기 위해 탄생한 유파입지요."

변환무쌍류를 습득하기 위해서는, 생명력과 유사한 '기(氣)' 라는…… 옛날 만화에 종종 사용되곤 하는 개념을 다룰 수 있는 능력이 필요하다고 한다.

"기라……."

SP와는 다른 건가? 아마 다르겠지.

"하나, 용사님들은 전설 무기가 가진 힘 덕분에, 딱히 익히지 않아도 기에 의한 능력 배가 효과를 처음부터 고스란히 받고 있다고 합니다."

"그럼 나는 따로 습득하지는 못한다는 거야?"

"그런 건 아닙니다. 용사님들은 변환무쌍류 기술을 사용하지 못할 뿐, 응용은 가능하다고 알려져 있습니다."

"응? 무슨 뜻이지?"

"전승에 따르면, 용사님들이 독자적으로 사용하시는 기술을 강화하는…… 그런 것도 변환무쌍류에 존재한다고 하더군요."

이건…… 시스템 외적인 방법으로 스킬을 강화하는 게 가능하다는 뜻일지도 모르겠다.

다시 말해 지금보다 더 강한 에어스트 실드 같은 것도 만들 수 있다는 얘기다.

"그랬군."

습득할 가치는 충분하다는 거군. 다만, 라프타리아 같은 일반인들에 비하면 효과는 약한 편인 것 같긴 하다.

"그리고 이게 가장 중요한 겁니다만, 변환무쌍류는 그 개념 덕분에 다른 유파에의 응용도 얼마든지 가능합니다."

"무기를 가리지 않는다는 게 그건가?"

"그렇습니다. 그 대신, 특출한 무기를 얻기 위해서는 기술을 따로 습득해야만 한다는 게 문제입지요. 기초이자 진수를 이해한 후에는 자신에게 맞는 무기를 습득하는 게 좋겠지요. 변환무쌍류는 그런 유파니까 말입니다."

어디 보자……. 할망구의 이론을 다시 정리해 보면, 변환무쌍류의 독자적인 공격 방법이 존재하긴 하지만, 무기를 사용한 공격의 경우…… 대부분 다른 유파의 기술에 응용할 수 있다는 것 같다.

그리고 강력하고 좋은 공격은 다른 유파에 더 많다……?

마법과 스킬에 대입해 보자.

스킬이 변환무쌍류다. 그리고 마법이 다른 유파.

예를 들어 패스트 하이딩이라는 마법을 사용하도록 라프타리아에게 지시하고, 내가 에어스트 실드를 사용한다고 치자.

그러면 하이딩 실드라는 합성 스킬을 쓸 수 있고, 그러면 곧 형태가 보이지 않는 방패를 만들어내는 스킬이 탄생하게 된다.

반면에 필로가 쯔바이트 토네이도를 사용하고, 마찬가지로 내가 에어스트 실드를 사용한다고 생각해 보자.

그렇게 해서 완성된 스킬은 충돌한 상대를 날려 버리는 토네이드 실드가 될 것이다.

에어스트 실드 자체에도 의미가 있고, 역할도 존재한다.

한편으로는 다른 유파도 사용이 가능하다……. 합성 스킬로서 의미를 가진다.

대충 그런 뜻이리라.

유파라기보다는 개념에 가까운 것 같군. 무기에 연연하지 않는 것도 그것과 관련이 있겠지.

초보자는 변환무쌍류를 배우고, 중급자는 다른 유파를 참고해서 스스로를 갈고닦고, 상급자는 변환무쌍류의 극의를 익힌다……. 그런 식으로 설명하고 있다.

"이것이 공격의 기본입니다. 회피의 경우에는 얘기가 달라지지만 말입지요."

"흐음. 그런데 아까 리시아한테 재능이 있다고 했었는데, 그건 방금 한 얘기랑 무슨 관련이 있는 거지?"

"그게 중요한 겁니다! 이 아이는 기를 모으고 간직하는 자질에 있어서 남들보다 압도적으로 뛰어나단 말입니다!"

"리시아가 말이지……."

"후에에에에에에!"

할망구가 어루만지자 리시아가 절규를 내지른다.

"우선 습득이 빠른 표(表) 변환무쌍류를 가르치고, 그 후에 리(裏) 변환무쌍류를 습득시킬 예정입니다."

"표? 리?"

"말하자면 사용하는 용량에 큰 차이가 있습니다. 다만, 표는 아무나 습득할 수 있지만 리를 익히려면 재능이 필요합지요."

재능이 없으면 의미가 없다는 건가. 표만 있어도 강해질 수 있는 것 같지만…… 아무래도 좀 한계가 있다는 모양이다.

"나나 라프타리아한테는 재능이 있어 보여?"

"성인님은 용사시라서 잘 모르겠습니다만, 라프타리아 문하생에게는 재능이 있는 것 같습니다."

뭐가 이렇게 복잡해. 귀찮아 죽겠다.

하지만…… 아까 그 공격으로 보아, 이 변환무쌍류가 나에게도 필수적인 기술이라는 사실은 일목요연하게 알 수 있었다.

최소한 방어 비례와 방어 무시 공격에 대한 대응 수단을 익혀서, 글래스나 라르크 패거리와의 싸움을 유리하게 이끌어 나가야 할 필요가 있다.

"그럼 슬슬 아침밥을 먹으러 갈까. 할망구, 다른 용사에게도 똑같이 얘기해 줬으면 좋겠는데."

"물론 그럴 생각입니다."

"그래서? 그 유파를 습득하려면 뭐가 필요하지?"

"본격적으로 습득하려면 산속에서 수련할 필요가 있습지요. 재능이 있는 자라도 최소한 한 달은 틀어박혀서 수련을 해야 개념이나마 이해할 수 있습니다."

한 달……. 파도가 2주 앞으로 다가온 현재로서는 힘들겠군. 게다가 한 달이라는 기한도 어디까지나 최소한으로 잡은 거잖아?

"일반인은? 더 본격적으로 배우려면?"

"10년은 필요합지요."

길어도 너무 길잖아! 기껏해야 기초를 이해하는 정도가 고작이겠군.

그것 말고도 해야 할 일이 많고……. 파도에 의해 소환될 때까지 산속에서 수련하는 것도 나쁘지는 않지만, 지금은 해야 할 일이 산더미처럼 쌓인 상태다.

뭐, 파도가 끝난 후에도 수련을 계속하면 괜찮으려나?

"무슨 말인지는 알겠어. 용사에게는 편리한 이동수단도 있으니까, 산속 수련도 고려해 두도록 하지."

우리는 그길로 아침 식사를 하러 갔다.

제7화 습득 불가?

"그러니까…… 그게 네놈들의 논리란 말이냐?"

아침 식사를 마치고, 할망구가 전투 고문으로서 용사들에게 전투 방법을 가르친다.

그 방침을 얘기했더니, 다른 용사 놈들이 한결같이 수련을 포기했다.

나는 성의 정원에서 여왕, 에클레르, 라프타리아와 함께, 성에서 나가려던 세 용사들과 그 동료들을 불러 세웠다.

리시아에게는 변환무쌍류 할망구가 부를 때까지 성 도서실에서 공부하고 있도록 지시를 내려 두었다.

이츠키 패거리와 맞닥뜨리게 할 수는 없으니까 말이지.

필로는 키르와 함께 성 밖으로 내보냈다. 키르가 뭔가 소리를 질러 댔지만, 잘 안 들렸다.

"우리는 레벨이 높아. 전투는 이제 익숙하니까, 훈련은 필요 없어."

"자잘한 손기술보다 근본적인 문제가 있잖아? 우리는 한가한 사람들이 아니라고."

렌이 잘라 말하고, 모토야스가 창을 붕붕 돌리면서 맞장구친다.

"네, 그런 일에 시간을 낭비할 필요는 없어요. 더 강력한 무기가 필요하다고요."

한마디로 지금 자기들이 약한 건 무기 때문이라고?

렌의 경우는 뭔가 믿는 구석이 있어서 필요 없다고 한 모양이다.

"그리고 근본적인 문제가 있잖아?"

"그게 뭔데, 모토야스?"

"기 같은 걸 쓰는 건 당연히 권투사(拳鬪士) 같은 직업 아냐? 창을 쓰는 직업이랑은 상관없단 말이야."

"무슨 소리야? 그건 수도사겠지. 검을 못 쓰는 클래스니까."

"수행자예요. 아주 못 쓰는 건 아니지만 전용 무장은 아니니까요."

……으음, 이 녀석들의 논리를 내 나름대로 곱씹어 봐야겠다.

온라인 게임에 있어서는 직업이라는 구분에 따라 장착할 수 있는 무기, 사용할 수 있는 기술의 종류가 달라진다.

아무래도 이 녀석들은 '해당하는 용사가 아니니까 굳이

익힐 필요가 없다.' 라는 식으로 생각하고 있는 모양이다.

하지만, 이건 어떤 의미에서는 수확 아닐까?

이 녀석들은 저마다 다른 대답을 했지만, 그건 기라는 개념이 실제로 존재한다는 걸 간접적으로 증언한 것이기도 했다.

그건 다시 말해, 기라는 기능이 실제로 존재할 가능성이 높다는 뜻이 된다.

무기 강화 때도 그랬듯이, 이 녀석들의 얘기가 사실이라고 가정한다면 충분히 일리가 있는 얘기다.

"우리는 용사잖아? 용사들은 특별히 습득이 가능할 거라는 생각은 안 들어?"

"됐어, 됐어. 아무리 그래도 그런 것까지 익힐 수는 없을 거야. 무기의 계통이 완전히 다르잖아."

"맞아. 아마 칠성용사인 건틀릿이나 손톱의 용사가 습득할 수 있는 스킬일 거야."

모토야스와 렌의 논리도 아주 일리가 없는 건 아니다.

예를 들어 모토야스가 렌의 스킬을 습득한다거나 하는 건, 내가 생각해도 부자연스러운 일이니까.

모토야스가 "유성검!"이라고 소리치면서 창을 검으로 바꾸는 것과 같은 식이다.

하지만, 할망구는 분명히 무기를 가리지 않고 습득이 가능하다고 했었다.

게임에서 안 됐으니까 이 세계에서도 안 될 거라는 생각은 버리는 게 좋다.

어쩌면 다른 계통의 공격이 가능해질지도 모르니까.

그게 사실이라면 얼마나 좋을까. 내 입장에선 꼭 한번 시험해 보고 싶다.

"흐음……. 아무래도 방패 용사님과 다른 세 분들의 생각이 어긋나는 것 같군."

에클레르도 곤혹스러운 표정으로 다른 세 용사들을 바라보고 있다.

"너는 뭐지?"

렌이 에클레르를 노려본다. 이 녀석은 오늘 기분이 저기압인 모양이군.

파도 때 연전연패한 게 그렇게 분통이 터지나?

아직도 나를 치트 유저로 생각하고 있는 것 같으니까.

"나 말인가? 나는 변환무쌍류 노사와는 별개로 검술 지도를 맡게 된 에클레르 세이아엣트라고 한다."

"검술? 흥."

"……왜 웃는 거지?"

울분이 치민 에클레르가 한 발짝 앞으로 나선다.

"약한 녀석이 잡다한 잔재주를 익혀 봤자 결과는 불 보듯 뻔해. 레벨이나 좀 더 올리고 오는 게 좋을 거라고 생각한 것뿐이야."

“호오……. 검의 용사님은 검술에 자신이 있는 모양이군……. 그렇다면 한 수 배워 보고 싶은데.”

“에클레르, 좀 진정해.”

“방패 용사님에게는 미안하다. 하지만 나도 검술에는 다소 자신이 있어. 그 검술을 이렇게 무시당하면 나도 물러설 수 없지.”

아—, 하긴 무인다운 기질을 가진 녀석이니까. 건드려선 안 될 부분을 건드린 셈이군.

“좋아, 그렇게 원한다면 상대해 주지. 후회하지나 마.”

그렇게 말하며 칼자루를 움켜쥐고 자세를 잡는 렌을, 렌의 동료들이 걱정 어린 시선으로 쳐다보고 있다.

모토야스와 그 동료…… 빗치는 강 건너 불구경이다.

이츠키와 동료들은 하품을 하면서 구경하고 있다. 정말이지 의욕 없는 녀석들이군.

하기 싫으면 그만 돌아들 가. 라프타리아한테까지 무기력증이 옮으면 곤란하니까.

“우리 나라의 기사 에클레르와 검의 용사이신 아마키 님이 연습시합을 갖는다……. 이 조건이면 되겠습니까?”

여왕이 한 발짝 앞으로 나서서 말했다. 뭐, 그냥 뒀다가는 자기들끼리 알아서 싸움박질을 벌일 것 같은 분위기니까.

규칙이 없으면 완전히 개싸움이 돼 버릴 테고, 최악의 경우 중상을 입을 수도 있다.

"그럼, 각자가 가진 무기로 상대방의 급소를 공격하기 직전까지 밀어붙이면 승리하는 걸로 하겠습니다. 그 이상의 공격은 금지해 주시기 바랍니다."

"알았어."

"여왕님의 자비에 감사한다."

렌이 검을 뽑고, 에클레르도 허리에 찬 검을 뽑아서 자세를 잡는다.

"아, 규칙을 하나 더 추가해도 될까?"

"뭐지?"

"에클레르는 용사가 가진 스킬을 못 써. 그러니까 스킬 사용은 금지……. 에클레르가 사용할 수 있는지 어떤지는 모르지만 마법도 안 쓰기로 하고, 오로지 검술만으로 겨루는 거야. 그렇게 해도 되겠어?"

그러는 편이 기술적인 면을 확실히 알 수 있다.

렌이 말하는 '잔재주'가 어느 정도 영향을 끼치는지도 확인할 수 있다.

"알았다."

"기술은 사용해도 되겠지?"

렌도 조건에 수긍했다.

아아, 스킬 이외의, 이 세계 녀석들이 사용하는 공격 방법의 존재는 알고 있나 보군.

"알았다."

"그럼, 대결……."

여왕이 부채를 위로 들었다가 휘둘러 내린다.

"개시!"

신호와 동시에 에클레르와 렌의 검이 격돌했다.

"하앗!"

"으랏차!"

한바탕 힘 싸움을 벌인 후, 각각 한 발씩 물러나서 검을 치켜든다.

역시 렌 쪽이 더 빠르다. 연신 검을 휘둘러서 에클레르를 몰아붙인다.

하지만 에클레르도 렌의 칼놀림을 꿰뚫고 있는 듯, 종이 한 장 차이로 회피하고 검을 내지른다.

렌은 에클레르의 검 끝을 있는 힘껏 걷어 내거나, 상당히 과격한 자세로 크게 회피한다.

처음에는 정적인 검도 같은 분위기였지만, 어느덧 양쪽 모두 붕붕 바람을 가르며 경쾌하게 움직여댄다.

"생각보다 제법이군."

"나는 평생 이것만 하면서 살아왔다. 자, 검의 용사님, 더 힘껏 들어오도록!"

"뭐가 어째? 그럼 본격적으로 상대해 주마!"

렌이 그런 소리를 하며 있는 힘껏 칼을 휘두른다. 그리고 검을 되돌리면서 V자 모양으로 베었다.

*츠바메가에시? 검술에 대해서는 문외한이지만 그렇게 보였다.

하지만…… 어린애들 칼싸움 같은 움직임이었다. 공격에 무게감이 전혀 느껴지지 않는 것 같다.

에클레르는 검신으로 렌의 공격을 쳐내고, 검을 되돌리면서 렌의 안면을 겨누어 수평으로 휘두른다.

"?!"

렌은 놀란 표정으로 주저앉아서, 자세를 무너뜨리는 형태로 회피했다.

에클레르는 그 틈을 놓치지 않고 상단으로부터 검을 휘둘러 내렸다.

자신을 향해 날아드는 검을 확인한 렌은 힘껏 뒤로 물러나서 피한다.

"하앗!"

분위기를 역전시키겠다는 듯, 렌이 상단 자세에서 비스듬하게 베어 내린다.

에클레르가 반 발짝 오른쪽으로 비켜서서 회피했다가 다시 파고들어서 검을 내지르자, 렌은 몸을 젖히는 형태로 자세를 무너뜨렸다가, 등을 보이며 재빨리 물러나서 거리를 벌린다.

---

*츠바메가에시(ツバメ返し) : 일본의 검호 사사키 코지로가 사용하던 기술. 한 번 휘두른 검을 되튕겨서 끌어당김으로써, 빈틈을 노리고 달려드는 상대에게 반격하는 기술이다.

뭐야, 이 움직임은? 꼴사납잖아. 에클레르도 어쩐지 그 모습에 황당해하는 것 같았다.

서서히 렌이 방어 일변도로 내몰리고 있는 것 같은 느낌이 든다.

"호오……. 나의 이 공격을 피하다니, 재미있군."

"응? 잠깐, 검의 용사님? 조금 전의 회피 방법에 뭔가 의미라도 있었던 건가? 이세계의 검술은 뭔가 형태가 특이하군."

에클레르가 맥이 빠진 듯 묻고 있다.

내가 생각하기에도 뭔가 좀 이상한 것 같다. 등을 보이고 도망쳐서 거리를 벌리다니, 그게 뭐야? 뒤에서 칼부림이 날아오면 어쩌려고?

대화를 나누면서도 두 사람의 공방은 계속되고 있다.

아니, 현재로서는…… 에클레르가 일방적으로 밀어붙이고 있지만.

에클레르는 베거나 후리는 공격은 중지하고 찌르기 공격을 메인으로 삼고 있다.

렌은 고개를 젖히거나 옆으로 몸을 날리거나 하면서 회피하고 있긴 한데…… 뭐랄까, 에클레르로부터 거리를 벌리기 위해 무리한 동작을 취하고 있다는 걸 나도 알아볼 수 있을 정도다.

"핫!"

별안간, 렌이 있는 힘껏 뒤쪽으로 도약해서 거리를 벌린다.

뭐냐, 그 뒷걸음질은. 뭔가 의미라도 있는 거냐?

"안이하군!"

아, 뒷걸음질 쳐서 거리를 벌리려 한 렌 옆으로 에클레르가 달려든다.

그리고 렌의 가슴에 칼끝을 들이대고…….

"어림없다. 에어스트 배시!"

"큭……."

렌의 검이 번쩍이고, 에클레르의 검을 후려쳐서 떨어트린다.

"흥. 내가 스킬을 쓰게 만들다니, 실력 하나는 제법인 모양이군."

"그 이전에 네 반칙패잖아."

이 전투는 어디까지나 훈련의 일환이므로, 나는 직접 중간에 끼어들며 제지했다.

제아무리 똥폼을 잡고 있지만, 규칙을 어긴 건 어긴 거니까.

"봐주느라 그런 거야."

"내 눈에는 검술에서 패배하니까 꼼수를 부린 걸로만 보이는데……."

에클레르도 렌의 전투 방식이 불만스러운 듯 발끈한 표정이다.

"스킬을 사용하지 말라는 규칙은 나오후미가 일방적으로

얘기한 것일 뿐이야."

"그런 논리라면 에클레르가 마법을 사용해도 무방하다는 얘기가 되는데……."

아무래도 패배의 위기에 내몰리자 고의로 반칙패를 선택한 것처럼 보인다.

자기가 스킬을 사용하게 만들었으니 실력은 인정해 주겠다는 식으로.

아니, 그게 더 꼴사납다는 걸 모르고 이러는 건가?

"실전에서는 규칙 따위는 없어!"

"아아, 그러시겠지. 그냥 그렇다고 쳐 두자고."

모토야스와 이츠키도 기가 막힌다는 표정이다.

"레벨이 낮으니까, 내가 살짝만 힘을 발휘해도 이렇게 당하고 마는 거다. 좀 더 강해지도록 해."

"……검의 용사님, 할 말은 그게 전부인가?"

에클레르가 부들부들 떨기 시작한다. 분노하고 있는 게 분명하군.

그 기분은 나도 이해가 간다. 에클레르는 자신이 지금까지 검술 하나만으로 살아왔다고 했으니까, 무시당했다고 생각한다 해도 이상할 게 없다.

"뭐지?"

"이세계의 검술인 줄 알고 싸웠었는데, 그저 높은 능력치로 밀어붙이는 것에 불과해 보이더군. 솔직히, 검의 용사님에게서 배울 건 하나도 없었다."

"그렇게 생각하는 건 네가 미숙하기 때문이야. 더 강해지도록 해."

"그런가? 내가 보기에는 오히려 네가 더 미숙해 보이던데……."

내 말에 렌이 발끈한 듯 이쪽을 쏘아본다.

"나는 예전에, 다른 게임의 톱 플레이어였던 녀석과 브레이브스타 온라인에서 겨루어서 승리한 적도 있는 몸이다! 그런 내가 미숙할 리가 없잖아."

"무슨 개 풀 뜯어 먹는 소리야?"

"나오후미가 예전에 그랬었잖아! 다른 게임의 길드전인지 뭔지에서 톱 길드 중 하나를 관리했었다고."

아, 그러고 보니 렌과 다른 용사들에게 그런 얘기를 한 적이 있었다.

파도와 관련된 편대 항목이 존재하니까, 대규모 길드를 관리한 경험이 있는 나에게 맡기라는 얘기를 했었던 것이다.

"그것과 같은 거야. 내 검술 실력은 일급이다."

"이봐, 렌……. 내가 길드전이나 팀전 경험을 갖고 있는 거랑 네 전투 경험과는 경우가 전혀 다른 것 같은데?"

렌은 다른 게임에서 톱 플레이어였던 녀석을 이긴 걸 자랑스러워하고 있는 것 같지만, 그걸 현재 상황에 대입해 봤자 아무런 도움도 안 된다.

내가 그 좋은 예다.

어찌 됐건 나는, 원래 세계에서 플레이했던 온라인 게임에서 상위권으로 손꼽히는 길드를 운영했었다.

하지만, 지금은 아무것도 모르는 이세계…… 렌의 논리에 대입하자면 브레이브스타 온라인의 세계로 끌려온 상태다.

규칙은 알지만, 다짜고짜 적과 싸워서 승리한다는 건 무리가 있다.

이길 수 있을지도 모르지만, 게임 구조의 차이 때문에 원래 주로 사용하던 움직임을 제대로 구사할 수 없을지도 모른다.

그런 상황에서 본래의 힘을 낼 수 있을까?

실제로 나는 방패라는 제한을 받고 있는 통에, 본래 살던 세계에서 게임을 즐길 때와는 전혀 다른 전투 방식을 택하고 있다.

그런 마당에 다짜고짜 싸우면 승산이 있을 리가 없지 않나.

조작법을 알고 있더라도 게임이란 사람마다 상성이 다른 법이고, 하나의 게임에서 톱 플레이어라도 다른 게임에서는 일반인에 불과한 경우는 흔히 존재한다.

"다를 것 없어."

"다르다고. 갖고 있는 지식이나 이 세계의 구조가 달랐더라면 내가 너한테 질 수도 있고. 그리고 나는 어디까지나 경험이 있다고 했지, 그 경험이 반드시 도움이 될 거라는 소리는 한 적이 없을 텐데?"

"흥."

"코웃음 칠 일이 아냐. 너는 그 녀석을 이겼다고 득의양양해하는 것 같지만, 그때 싸운 환경이 그 상대가 진짜 실력을 발휘할 수 있을 만한 상황이었냐?"

내 물음에 렌은 시선을 홱 돌리고 팔짱을 낀다.

뭐냐, 그 태도는?! 보나 마나 자기가 유리한 상황에서 싸워서 승리한 거겠지.

네놈의 자랑거리는 구멍투성이라고!

"자랑을 하려거든 상대방이 유리한 상황에서 이기고 자랑하라고. 네 홈그라운드에서 이긴 건 아무 의미도 없어."

"그래, 그래! 이번만은 나오후미 말에 찬성! 자기가 하던 게임에서 다른 게임을 하던 녀석을 이긴 게 무슨 자랑거리라는 거야?"

"내키지는 않지만 저도 동감이에요……. 상대한테 난생처음 해 보는 RPG를 플레이하게 시켜 놓고 자기가 더 잘한다고 자랑하는 꼴이잖아요."

모토야스와 이츠키까지 내 말에 동의하자, 렌은 불쾌한 듯 미간을 찌푸린다.

"네놈들은 VR을 모르니까 그런 소리를 할 수 있는 거다!"

"그딴 만화 같은 요소를 우리가 무슨 수로 알아? 그나저나 그렇게 열을 내는 걸 보면, 네가 있던 세계의 게임 중에서는…… 브레이브스타 온라인보다 그 녀석이 원래 플레이하던 게임이 더 유명했던 거 아냐?"

얘기하다 보니 저도 모르게 억측이 튀어나온다.

유명인과 대전해서 이겼다! 라는 식으로 자랑하려 드는 걸 보니까 말이지.

나와 모토야스와 이츠키의 반응에, 렌은 자신이 불리함을 깨달은 듯 에클레르에게 칼끝을 겨눈다.

"어쨌거나, 넌 약해!"

"헛소리—."

에클레르가 고함치려 하자, 여왕이 둘 사이에 끼어들어서 에클레르를 노려본다.

"세이아엣트의 이름이 울겠네요. 진정하세요."

"……면목 없습니다."

"어쨌거나, 이건 용사님들께 최우선 사항으로서 의뢰하고 있는 조건이라는 걸 이해해 주십시오. 우리 나라의 전투 고문과 함께…… 훈련과 연습을 하는 것이 다음 파도 때까지의 과제입니다. 회의 때도 이미 연대의 중요성을 말씀드렸지 않습니까."

여왕은 상당히 고압적으로 이야기를 매듭짓는다.

나를 제외한 다른 용사들이 지나치게 약한 이 현실을 해결하지 못하면, 할 수 있는 일이 아무것도 없으니까.

"물론, 연습 때 이외의 행동에 대해서는 저희도 용인해 드리겠습니다."

내 목적은 세 용사들을 강하게 만드는 것이다. 녀석들이 강해질 수 있는 환경으로 억지로라도 녀석들을 끌고 가야 한다.

퉁명스러운 표정의 용사들과 그 동료들……. 도망칠 생각은 꿈도 꾸지 않는 게 좋을걸.

지금 우리에게 필요한 건 연대니까.

이렇게 해서 우리는 변환무쌍류 할망구를 따라 수행을 떠나게 되었다.

"산속 수련이라면 어디로 가는 거지?"

"걸어서 며칠, 말이나 필로리알을 이용하면 하루가 걸리는 산속에서 기를 감지하는 수련을 할 것입니다. 그럼 용사님들, 출발하십시다."

우리는 짐을 꾸려서 수련을 위해 출발한다.

성에서 마련해 준 필로리알이 끄는 마차를 타고, 우리는 거침없이 산속으로 나아갔다.

수련 개시 첫날……. 밤이 되면 포털을 이용해 이동할 예정이었으므로 숙박 시설은 없다.

인근에 드래곤 서식 지역이 있는 듯, 이따금 조우하곤 했다.

용사들도 있는 상황이니, 내가 앞장서서 드래곤을 틀어막기만 하면 큰 어려움 없이 격파할 수 있었다.

드래곤이라고는 해도 우리가 예전에 싸웠었던 드래곤 좀비 정도 크기의 개체는 존재하지 않고, 대개는 2미터, 그나마 큰 것도 3미터 정도의 개체들뿐이었다.

나를 제외한 용사들은 약하기는 하지만, 그리 강하지도 않은 드래곤을 상대로 고전할 정도로 막장은 아니다.

그렇게 해서 목적지인 산속에 도착……. 폭포가 있는 냇가였다.

시간은 점심때를 훌쩍 지나서, 저녁때에 가까운 무렵이었다.

"그럼 이제 기를 감지하는 훈련부터 시작하도록 하십시다. 자 여러분, 크게 심호흡을 하고, 가부좌를 트시지요."

"좌선이라……. 너무 스마트하지 못한 거 아냐?"

모토야스가 의욕 없는 표정으로 바위 위에서 가부좌를 틀었다.

아까부터 계속 투덜대기만 하고, 스마트하지 못한 건 네 놈이라고. 꼴사나운 자식.

"귀찮아―."

빗치가 들으라는 듯이 이의를 제기한다.

그림자가 나타나서 빗치의 귓가에 대고 주의를 주자, 짜증 섞인 눈매로 그림자를 쏘아보고는 모토야스 옆에서 가부좌를 튼다.

다른 녀석들 역시, 투덜거리면서도 일단은 다 같이 자세를 잡기 시작한다.

"나오후미 님."

"흐음……."

라프타리아도 모두를 따라 자리를 잡고 앉아서 눈을 감고, 심호흡을 시작했다.

나 역시…… 가부좌를 틀고 앉아 의식을 집중한다.

정신집중이라니 말이야 쉽지만…… 도대체 앉아서 뭘 느끼라는 거람.

애당초 기라는 게 뭔데?

아마도 마력과는 다른 것일 것이다. 에클레르가 검섬(劍閃) 같은 걸 날릴 수 있는 걸 보면, 실제로 존재하는 개념이긴 할 것 같다.

기가 뭔지를 알아 두면 습득도 빨라지는 것 아닐까?

용사에게만 존재하는 요소…… SP. 이거랑은 다른 건가?

SP를 회복하기 위해서는 혼유약을 사용하는데, 일반인들은 그 약을 의식 회복이나 집중력 향상을 위해 복용한다고 한다.

용사에게는 SP 회복이라는 요소가 있다.

어쩌면 기라는 건 SP를 가리키는 걸지도 모르겠군.

애당초 SP라는 건 뭐지? 소울 포인트(Soul Point)의 약칭?

……응? 뭔가 마음에 걸린다.

처음 마법을 습득했을 때의 감각과 같은 것일까?

그때 액세서리 상인이 건네주었던 조각과 접촉한 순간, 내 안에 있던 마력을 의식할 수 있었다. 이제 마력 부여 같은 걸 할 때면, 몸속에 있는 또 하나의 손 같은 손을 다루는 것 같은 감각으로 마력을 사용한다.

마법을 사용할 때와 비슷한 느낌이다.

그걸 응용하면 어쩌면 SP라는 개념도 비슷하게 사용할 수 있게 되는 것 아닐까?

마력을 구사할 때와 같은 방법으로 SP를 조종할 수 없는지, 시험 삼아 시도해 본다.

그런 느낌으로 30분쯤 지났을 때일까.

"됐습니다! 오늘 좌선은 여기까지!"

할망구가 짝 하고 손뼉을 쳐서 좌선을 종료시킨다.

"나 참……. 이게 대체 무슨 의미가 있는 건데?"

모토야스가 불만 어린 목소리로 불퉁거린다.

무의미한 시간이라고 생각할지, 자신을 되돌아보는 시간이라고 생각할지는 각자에게 달린 일이겠지.

렌과 이츠키도 모토야스와 마찬가지로 불만스러운 표정이었다.

"그럼 지금부터 대련을 시작하도록 하십시다. 용사님들, 제가 대련 상대가 되어 드리지요."

할망구가 팔짱을 끼고 내뱉는다. 용사들은 아마 무모한

노인네라고 생각하고 있겠지.

귀찮았는지, 용사 놈들은 누가 먼저 나설지를 두고 눈싸움을 벌이고 있다.

하아……. 할 수 없지. 나는 한 발짝 앞으로 나서서 손을 들었다.

"내가 1번 타자로 나서지."

"그럼 성인님, 잠시 대련을 해 보도록 하십시다."

"좋아."

나는 방패를 앞으로 내밀고 자세를 가다듬는다.

할망구가 나무 봉을 오른손에 들고, 왼손을 뒤로 펼쳤다.

"하아아앗……."

그리고 허리를 한껏 낮추는가 싶더니, 순간적으로 내 품속으로 파고들어 온다.

파고들 거라는 건 미리 예상하고 있었던 데다, 빠르다고는 해도 대처가 불가능할 정도는 아닌 정도.

나는 방패로 할망구의 공격을 막아낸다.

가장 큰 문제점은 할망구의 공격이 방어 비례 공격이라는 점이다.

묵직한 충격이 방패를 통해 내 팔을 지나, 가슴을 향해 몰려온다.

어딘가 약한 부분을 만들어서 빼내라고 했던가?

마력을 몸속에 순환시켜서, 할망구가 내 몸속에 쑤셔 넣은 무언가를 밖으로 유도한다.

우……. 상당히 어렵나. 의식을 집중해서 가까스로 어깨 언저리로 빼내는 데에 성공했다.

"역시 성인님. 그럼 이것도 한번 방어해 보시지요."

할망구가 연속으로 나무 봉을 내지른다.

그 하나하나가 방어 비례 공격의 효과를 갖고 있다는 걸 알 수 있었다.

크윽……. 이 많은 걸 다 처리하는 건 불가능하다.

"커흑……."

나는 복부를 있는 힘껏 구타당하는 감각에 휩싸여 배를 부여 잡는다.

제대로 대응하지 못했다.

아니, 이것도 엄청나게 봐준 것이다. 첫 번째 일격도 할망구가 마음먹고 후려쳤다면 충격을 빼낼 수 없었을 것이다.

"발상은 틀리지 않았지만, 방식이 잘못됐습니다."

"뭐라고?"

"마력만 갖고 하려고 들면 안 됩니다. 그것과는 다른, 생명력을 순환시키는 것입지요."

아니, 그게 뭔지 모르니까 마력으로 해결하려고 하고 있는 거잖아.

이거, 마력을 인식하듯이 기를 익히지 않으면 못 당해내겠는데.

그 후, 할망구는 용사들 전원에게 지도를 해 주었다.

렌, 모토야스, 이츠키……. 하나같이 할망구의 속도에 대처하지 못하고, 한 방씩 얻어맞았다.

이쯤 되니, 용사 놈들도 이제 할망구의 능력에 놀라고 있는 것 같았다.

다만, 그러고도 자기들이 패배했다는 사실에 투덜투덜 볼멘소리를 늘어놓고 있다.

뭐야, 이놈들. 수련을 시작한 뒤로 계속 불평만 해대고 있잖아?

레벨업이라면 환장하는 놈들이고, 수련도 레벨업과 비슷한 것 같은데…….

"방패 용사이신 성인님과 다른 용사님들은 전투 방법이 서로 다르니까요. 오늘 과제는 기를 이용해서 바위를 파괴하는 것입니다. 이렇게 말입지요."

할망구가 손가락으로 바위를 찌른다.

그러자 마치 두부라도 찌른 것처럼 할망구의 손가락이 바위 속으로 쑥 들어가고, 바위는 금이 가서 깨져 나간다.

"용사님들이 가지신 특별한 힘을 사용하지 않고 이걸 해내시면 됩니다. 깨진 모양을 보면 한눈에 알 수 있으니까 꼼수는 부리지 마십시오."

굉장한 힘이라는 건 인정하겠는데, 따라 하라는 건 무리 아닌가? 할망구도 참, 터무니없는 주문을 하는군.

용사 놈들은 진절머리가 난 표정으로 각각 할망구를 따라 바위에 손가락을 쑤셔 넣는 연습을 시작했다.

"나는?"

"성인님은 공격이 불가능하다고 알고 있습니다. 그러니 좌선을 속행해서, 기를 감지하도록 하시지요."

"그래…… 그러지."

나 혼자만 원래 작업으로 돌아가는 건가.

손가락으로 바위를 찌르는 라프타리아를 보고 있자니, 나도 한번 같이 해 보고 싶었는데, 라는 생각이 든다.

여기서도 나는 외톨이 신세구나.

어찌 됐건…… 좌선을 하다 보면 갖가지 생각이 밀려온다.

……정말이지, 기라는 건 뭘까? 마력이나 SP와는 다른 건가?

으음. 혼유약은 SP를 회복시켜 주는데, 그걸 마셨을 때 느껴지는 것이 기인지도 모르겠다.

할망구한테 물어볼까.

"이봐."

"왜 그러시는지?"

나는 좌선을 중단하고, 할망구에게 혼유약을 던져 준다.

"네가 얘기하는 기라는 게, 그걸 복용해서 보충할 수 있는 건지 어떤 건지 가르쳐줘."

"이건 혼유약이로군요. 성인님도 참 진귀한 물건을 갖고 계십니다그려……. 애석하지만 아닙니다."

"그렇군……."

아무래도 기는 SP와는 다른 것인 모양이다. 그렇다면 다른 요소인가?

"다만, 혼유약과 마력수를 복용하면 약간이나마 내면의 기를 회복할 수 있다는 말이 있습니다."

으음……. 뭔가 미지의 개념이 존재한다고 봐도 무방한 건지도 모르겠군.

다른 용사들이 모르는 요소가 존재하지 않는다는 보증은 없으니까.

생각하자. 뭔가…… 어쩌면 습득의 지름길이 될 수 있는 것을 찾아낼 수 있을지도 모르니까.

"그나저나, 이제 첫날인데도 불구하고, 용사님들은 약간이나마 실마리를 찾아내신 것 같군요."

연습 중인 용사들과 그 동료들을 바라보며 할망구가 뇌까린다.

아니, 무슨 소리를 하건 나는 전혀 이해가 안 간단 말이지.

대량의 마력을 퍼부으니 기를 사용한 것과 비슷한 상태를 만들 수는 있었지만, 진전은 그 정도가 고작이었다.

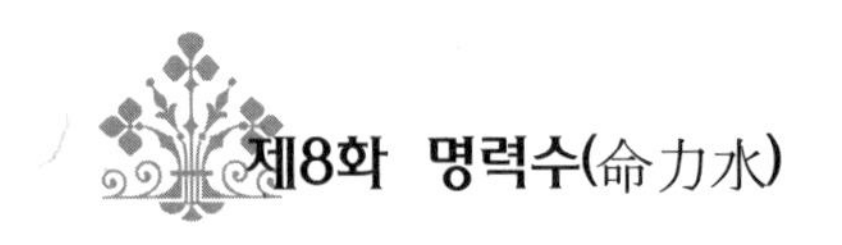

제8화 명력수(命力水)

그런 식으로 수련은 날이 저문 후까지 계속되었다.

수련을 마친 뒤에는 포털을 이용해 성으로 귀환했고, 그 이후는 자유행동 시간이 주어졌다.

"아—, 힘들어."

"확실히, 어쩐지 피곤하네요."

어제 에클레르와 훈련했을 때보다 훨씬 더 나른하게 느껴진다.

이제부터 또 리시아와 할망구와 함께 수련을 해야 한다고 생각하면 우울한 기분이 드는 것도 당연하다.

"라프타리아는 이제 에클레르랑 훈련하러 갈 거야?"

"네. 에클레르 양이 여러모로 가르쳐준다고 하셨거든요."

쉴 틈이 없네. 하지만, 그렇게라도 안 하면 다음 파도를 극복해 낼 수 없을 테니 어쩔 수 없겠지.

"그럼 난 그 시간에 영양제라도 만들어 둘까……. 겸사겸사 약재상에도 좀 들렀다 올 테니까, 라프타리아는 에클레르랑 같이 훈련하고 있어."

"네. 저녁 식사 후에는 성에 계신 마법사분들이 마법을 가르쳐주겠다고 했으니까, 무슨 일이 생기거든 그리로 연락해 주세요."

역시 스케줄이 상당히 빡빡해진 것 같은 기분이다.

훈련에 수련에 공부까지, 강해지기 위해 필요한 일이라는 건 알겠지만 돈벌이나 레벨업을 할 시간이 없다.

혹시 메르티도 이래서 레벨이 낮았던 건가?

생각해 보면 메르티는 레벨에 비해서는 강했었단 말이지.

그런 생각을 하면서, 나는 짧은 자유 시간을 활용해서 무기상과 약재상에 들르기로 했다.

무기상에 들렀지만, 의뢰했던 물건은 아직 완성되지 않은 상태였다.

고작 하루밖에 안 지났으니까. 당연히 그럴 만도 하지. 그래서 약재상으로 향했다.

"……무슨 일이야?"

여전히 무뚝뚝하지만 말투는 싹싹한 약재상이 나를 보자마자 묻는다.

"피로 회복 효과가 뛰어난 영양제를 만드는 법이 궁금해서."

"그거라면……."

무뚝뚝하지만 꼼꼼하게 필요한 약초를 가르쳐주었다. 그걸 들으니 퍼뜩 떠오르는 게 있었다.

분류로 따지자면 혼유약이나 마력수도 약재상의 관할 분야다.

할망구가 얘기한 '기' 라는 개념에 대해 효과를 가진 약을 알고 있을지도 모른다.

"이봐, 혼유약이나 마력수랑 비슷한…… 좀 특이한 약 같은 건 없어?"

"응? 그런 건 왜 묻는 건데?"

"그게 말이지, 혼유약이나 마력수로 미약하게나마 회복되는 항목이면서, 스테이터스 마법으로는 확인할 수 없는 무언가를 보충할 수 있는 방법을 찾고 있거든."

그렇다. 지름길을 찾으려는 건 아니지만, 내가 마력을 인식할 수 있게 만들어준, 액세서리 상인이 갖고 있던 그 조각 같은 도구가 있다면 습득을 앞당길 수 있다.

생각해 보면 지금은 당연하다는 듯 마법을 사용할 수 있지만, 처음 이 세계에 왔을 때는 마법 같은 건 전혀 쓸 줄 몰랐다. 그것과 비슷한 것이다.

"흐음……. 오래전에, 내 스승님의 스승님으로부터 전해져 온 레시피 중에 그런 약이 있었던 것 같아. 기다려 봐."

약재상은 가게 안쪽으로 들어갔다가, 잠시 후에 낡은 책 한 권을 가져왔다.

책장이 푸석푸석한 데다 너덜너덜하게 해져 있다. 도대체 얼마나 오래된 책이야?

"아마 이걸 거야."

"명……력……수?"

명력수라는 이름의 약인 모양이다.

생명력을 회복시키는 치료약과는 다른…… 활력을 주는 물건인 모양이다.

하지만, 상처를 치료하는 효과보다는 상처의 치유력을 높여주는 약이다. 다른 약과 복합적으로 사용해야 한다는 번거로움 때문에 시장에서는 유통되지 않는다고 한다.

혼유약은 용사 이외의 일반인이 복용하면 집중력을 회복시켜 준다고 그랬지, 아마.

"재료는…… 혼유약과 마력수, 여과와 원심분리를 거쳐 수집한다?"

공정이 꽤 특수한데. 원심분리에는 필로의 옷을 만들 때 사용됐던 보석이 사용되는 모양이다.

"고농도 혼유약과 마력수를 제조할 때 생성되는 폐기물을 가공한 거라고도 할 수 있어. 애초에 혼유약과 마력수 자체가 희귀한 거라서 사용하는 사람은 별로 없지."

약재상의 말에 나도 고개를 끄덕인다.

그렇군. 술지게미 같은 식으로, 물질을 추출하고 난 찌꺼기를 모으는 거다.

손해가 될 건 없지만, 혼유약과 마력수 자체가 희귀하다 보니 유통은 사실상 불가능하다.

고급 혼유약과 마력수를 만드는 데 필요한 재료는…… 뭐였더라.

상위 약을 만들 때 딱히 고농도 약을 만들 필요는 없다. 오히려 농도가 너무 높으면 몸에 독이 될 수도 있다. 그러니 아무도 만들지 않게 되고, 레시피는 사실상 버려지게 되었다……는 식인가.

애당초 상처 치유력을 높인다고 해도, 이 세계에는 회복 마법이라는 게 존재하고, 게다가 힐링 환약 같은 저급 회복약도 그럭저럭 효력을 발휘한다.

상위 회복약의 효과를 한층 더 강화해 준다면…… 팔이 날아가 버린다거나 했을 때 쓸 수 있을지도 모르지만, 그 정도 중상까지 고치는 효과는 기대할 수 없다고 적혀 있다.

하나같이 어중간한, 용도가 불분명한 약이군.

하지만, 이건 뭔가 도움이 될지도 모른다.

"마력수랑 혼유약만 있으면 만들 수 있는 건가? 원심분리기에 사용하는 보석은 마법상이 갖고 있어. 빌려다가 써도 돼."

"응? 뭐, 만들려고 하면 한나절이면 만들 수 있는데…… 설마 그걸 사겠다는 건가?"

"그래. 재료는 있어."

나는 방패의 기능을 이용해 조합해 만든 마력수와 혼유약을 꺼내서 약재상에게 건넨다.

"보수는 여과한 마력수와 혼유약의 일부……. 이 정도면 안 될까?"

난이도 자체는 그다지 높은 편이 아니다. 여과해서 원심분리만 하면 끝이니까.

나도 성의 기자재를 이용해서 따로 제작을 시도해 볼 생각이다. 하지만, 어느 정도 수량이 확보되지 않으면 실험도 불가능하다.

"좋아. 그 정도 보수면 내가 거스름돈을 줘야 할 정도니까."

약재상은 까다로운 녀석이지만, 장사에 있어서는 냉정하다.

훗날 알게 된 사실이지만, 수전노이자 내게 액세서리 제작법을 가르쳐준 인물인 액세서리 상인은 오랜 지인이라는 모양이었다.

그 액세서리 상인은 내가 만든 약에 들어있는 독특한 풍미를 통해서, 제작 요령을 가르쳐준 게 누구인지를 알아보았다고 했다.

"그래서 만들어 본 게, 바로 이 명력수야."

이튿날 저녁, 그날도 별다른 성과를 얻지 못한 채 수련을 마친 나는, 약재상에 들러서 부탁했던 약을 받아다가, 라프타리아와 동료들에게로 돌아왔다.

어제도 그랬지만, 라프타리아 등은 낮에는 용사들과 함께 수련하고, 밤에는 성에서 리시아와 함께 훈련하면서 마법

공부를 병행하고 있다.

휴식 시간은 있지만, 상당히 빡빡한 스케줄이다.

뭐, 야간 훈련은 리시아가 할망구나 나와 대련하는 게 전부이긴 하지만.

필로와 키르는 개별 행동을 하면서 레벨업을 하고 있다.

키르의 레벨이 25까지 올라 있는 건 꽤 만족스럽군.

성장통 때문에 오늘은 별로 움직이지 못했다는 모양이지만. 필로를 타는 데 지친 듯, 지금은 방에서 곯아떨어져 있다.

내일은…… 움직일 수 있으려나?

"그런 약이 있었습니까?"

할망구가 흥미를 느끼고 내게 묻는다.

"그래. 기라는 개념이 도통 감이 안 잡혀서 말이지. 어쩌면 이 약이 그걸 보충해 줄 수 있을지도 모른다……. 그렇게 생각한 것뿐이야."

"흐음……. 수련에 지름길은 없는 법이지만, 부정만 해서는 죽도 밥도 안 되는 법이지요. 리시아 문하생은 개인 사정 때문에 산속에서 기를 모을 수 없으니, 시험해 보는 것도 한 방법이겠군요."

"후에에에……."

아, 인체실험이라도 당할 거라고 생각했는지, 리시아가 얼빠진 소리를 내고 있다.

"걱정 마. 내가 아까 조금 먹어 봤지만, 아무런 문제도 없었어."

내가 원래 독 내성을 갖고 있는 걸 고려하더라도, 마셨을 때 이상한 점은 아무것도 느껴지지 않았었다.

마력수와 혼유약과 함께 방패에 흡수시켜 봤지만, 조합계 기술을 습득했을 뿐, 편리한 효과는 없는 것 같았다.

참고로 각 방패의 이름은, 마력수=에테르 실드, 혼유약=스피릿 실드. 명력수=아우라 실드다.

아우라 실드를 제외한 각 방패에는 전용효과로 마력 혹은 SP 회복(강)이 붙어 있어서, 자연 회복을 빠르게 해 주는 효과를 갖고 있다.

다만…… 영 마뜩지가 않단 말이지.

지금까지 등장한 다른 방패들도 다 그랬지만, 다른 용사들의 말을 믿은 후로 나타난 항목에 맞춰서 강화 한계 같은 것들이 출현했었다.

그러니 이제 내가 기의 개념을 시스템적으로 이해하면, 아우라 실드에 뭔가가 추가되는…… 그런 사태가 벌어질 것 같아서 무섭다.

"그런 약이 있었군."

에클레르도 내가 가져온 약을 보고 중얼거린다.

"그러게 말이야. 그쪽 상황은 좀 어때?"

"순조롭다. 라프타리아는 배우는 속도가 빨라서 눈부신 성장을 보이고 있어. 다음 파도 때는 지금과는 비교도 안 될 만큼 대활약을 보여줄 거라고 내가 보증하지."

"그렇군. 그건 그렇고 본론으로 돌아가서, 뛰어난 자질을 가진 리시아에게 이 약을 먹여 보고 싶어."

나도 마셔 봤지만, 뭔가 변화가 있는 것 같기도 하고 아닌 것 같기도 한…… 애매한 수준의 느낌이라 그다지 감이 잡히질 않았다.

그런데 할망구의 말에 따르면 리시아는 특출하게 뛰어난 재능을 갖고 있다고 하지 않던가.

그렇다면 그녀에게 먹이면 뭔가 다른 결과가 나오지 않을까 하는 생각이 들어서 한번 먹여 보려는 것이다.

"무슨 말씀인지 알겠습니다. 자, 리시아 문하생, 성인님이 처방하신 약을 먹고 성인님과 대결해 보시지요."

"우, 네에에……."

그렇게 와들와들 떨 것 없다니까 그러네.

리시아가 노골적으로 겁을 내며 나에게서 명력수를 받아 든다.

바들바들 떨면서도 손을 입가로 가져가서, 용기를 쥐어짜듯 눈을 질끈 감고 삼킨다.

"어, 어라? 안 쓰네……. 오히려 달 정도예요."

"마력수랑 혼유약으로 만든 약이니까 말이지……."

마력수는 소다 같은 맛, 혼유약은 인조적인 맛, 명력수는 스포츠 드링크 같은 맛 등, 세 약 모두 합성 음료 같은 맛이

나는 것이다. 과일즙 같은 걸 섞어도 효과에는 변화가 없다고 하고.

“오오? 리시아 문하생, 스스로의 변화를 느낄 수 있겠습니까?”

할망구가 목청까지 높여 가며 놀라고 있다.

“뭐지? 뭔가 변화가 생긴 건가?”

“역시 성인님, 그 약은 확실히 기의 회복을 도모할 수 있을 것 같습니다.”

“에? 에?”

리시아가 불안한 듯 두리번두리번 나와 할망구를 쳐다본다.

“그래서? 뭔가 변화가 나타났어?”

“저기…… 그게…….”

잘 모르겠나 보군. 뭐, 기대해 봤자 소용없겠지. 애초에 밑져야 본전이라는 생각으로 시험해 봤던 거니까.

그렇게 생각한 직후.

“몸이 어쩐지 따끈따끈 달아오르는 것 같아요. 그리고 뭔가 뻥 뚫리는 기분이에요.”

별 대수로운 일도 아니라는 듯, 리시아가 그렇게 대답했다.

어라? 내가 먹었을 때 그런 느낌은 전혀 없었는데?

“그치만 뭔가 조금씩 식어 가는 느낌이 들어요오.”

“리시아 문하생! 그 열을 의식적으로 몸속에 붙잡아 둬야

합니다!"

"후에에에에!"

할망구가 주의를 주자, 리시아는 여전히 어리바리한 표정으로 주춤주춤 자신의 배를 어루만진다.

그런다고 붙잡아 둘 수 있는 거냐?

"성인님, 아무래도 리시아 문하생은 붙잡아 두는 법을 모르는 모양입니다. 이 틈에 감각을 파악할 수 있도록 훈련을 하십시다."

"그래, 알았어."

나는 방패를 앞으로 내밀고 전투태세에 들어간다.

리시아의 스테이터스는 끔찍하게 낮다. 그러니 지원마법인 쯔바이트 아우라를 걸어 주어야겠다.

그러면 능력이 상승해서 움직임을 똑똑히 볼 수 있는 여유가 생길지도 모른다.

의식을 집중해서, 용사만이 취득할 수 있다는, 전 능력을 상승시키는 지원마법인 아우라를 훈련 상대인 리시아에게 걸어 준다.

"쯔바이트 아우라!"

내가 영창한 지원마법이 리시아에게 전해졌다. 그러자 리시아가 다시 고개를 갸우뚱거렸다.

"따끈따끈한 느낌이 더 강해졌어요. 갈게요!"

"음?! 성인님!"

리시아가 내달리는 것과 동시에 할망구가 말을 건다.

"뭐야? 훈련 시작하려는 마당에."

"성인님이 사용하신 마법에도 기를 활성화하는 효과가 있는 것 같아서 말입니다."

뭐라고?! 아니, 그러고 보면 기를 다른 표현으로는 아우라라고도 하잖아?!

명력수를 방패에 먹였을 때 출현한 방패도 아우라 실드 아니었나.

관계성이 옅다고 생각했었는데, 이건 전조가 괜찮은 것 같다.

"음?"

리시아가…… 전보다 눈에 띄게 빠른 속도로 내 앞으로 달려든다.

지원마법 덕분에 능력이 상승된 거라고만 보기에는 부자연스러운 속도다.

애초에 리시아 스스로도 놀라서 주체하지 못하는 것 같았다.

"후에에에……. 몸이 제멋대로오오오오."

한심하니까 울지 좀 마.

그렇게 생각하며, 나는 목검을 든 리시아의 손목을 붙잡고 꺾어서, 배후를 제압한다.

관절기로 간주되지 않도록 주의하면서 짓누른다.

어라? 완력도 향상돼 있는 것 같잖아.

푹 하고 리시아의 팔꿈치가 옆구리를 찔렀다.

아악?! 뭐야, 나는 리시아의 공격 정도에는 꿈쩍도 안 할 만큼의 방어력을 갖고 있는데?!

왜 내가 고통을 느끼는 거지?

“어이, 저항하지 마.”

“후에에에……. 저도 멈출 수가 없어요오오오오!”

이건 리시아에게 너무 과도한 자극을 준 탓이라고 생각해도 되는 건가?

그 후로 5분 동안, 리시아는 날뛰는 몸에 휘둘리고 있는 것처럼 보였다.

이윽고 기운이 빠지자 그 자리에 주저앉아서 멍하니 자신의 손을 쳐다보고 있다.

“저, 저한테 이런 힘이 있었다니.”

“그래서? 감각은 파악했어?”

“후에에……?”

잘 모르겠는 모양이군……. 뭐, 그렇게 쉽게 파악할 수 있는 거라면 고생할 일도 없었겠지.

“흐음, 방패 용사님에게 돌진할 때 보여준 리시아 님의 속도는 제법 볼 만하더군.”

“확실히 그렇긴 했죠…….”

에클레르와 라프타리아가 그런 리시아를 쳐다보며 감상을 늘어놓는다.

나도 동감이다. 명력수 한 병과 지원마법만으로도 이런 결과가 나타나다니, 상당한 효력이다.

"게다가 무의식중에 나에게 효과적인 공격을 가하는 것 같더군. 팔꿈치에 찍혔을 때는 제법 아팠어."

"후에에! 죄송해요."

"딱히 화나서 한 소리는 아니니까 신경 쓰지 마. 그 감각을 똑똑히 몸에 새겨 둬."

명력수가 무한정 있는 건 아니니까, 제어 불가능한 힘을 휘두르도록 하기 위해 소비할 수는 없는 노릇이다. 스테이터스 화면을 확인해 보지만, 눈에 보이는 변화는 찾아볼 수 없었다.

이것이 기술적인 강화……인가?

"그럼 다음은 라프타리아, 너도 한번 시험해 봐."

"아, 네."

약과 연습을 병용해서 습득 속도를 앞당길 수 있다면 꺼릴 이유가 없다.

라프타리아에게도 리시아 때와 마찬가지로 지원마법을 걸어 주고, 훈련을 시작한다.

하지만…… 리시아 때와 같은 극적인 변화는 느낄 수 없었다.

약간, 그야말로 아주 조금 빨라진 것 같은…… 느낌이 드는 정도다.

"보아하니 리시아 문하생은 약과 훈련을 병용하면 생각보다 빨리 기를 습득할 수 있을 것 같군요."

"네! 기대에 부응할 수 있도록 노력할게요!"

속물이 따로 없군. 그래도 그렇게 해서 강해질 수만 있다면야 용인해 주지.

운동선수가 도핑 약물을 사용하는 것 같은 느낌을 부정할 수 없다는 점이 무섭다……. 중독성이 나타나면 즉각 사용을 중지해야 할 것 같다.

"나오후미 씨……. 저, 최선을 다해 볼게요!"

리시아가 적극적으로 수련에 임하는 모습을 보이니, 우리도 열심히 노력해야겠다는 생각이 든다.

이튿날, 나는 용사들에게 명력수를 지급해서 복용시켜 보기로 했다.

나나 라프타리아에게는 효과가 미미했으니, 용사들에게 효과가 있을지 어떨지는 장담할 수 없었지만 말이지.

일단 마셔 주기는 했지만…… 역시나 효과는 시원찮은 모양이다.

바위에 손가락을 박는 수련은 그다지 순조롭지 못한 것 같았다.

그다음 날부터, 용사 놈들은 태업을 시작했다.

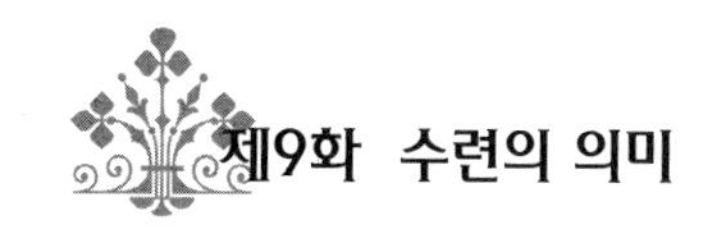

제9화 수련의 의미

수련 개시 나흘째, 렌이 불참했다.

작심삼일인가? 찾으러 갔더니 노골적으로 거부감을 드러내며 '그런 쓸데없는 짓을 할 시간이 있으면 강력한 무기를 찾는 게 낫다.' 면서 변명을 늘어놓았다.

그리고 그날 오후, 모토야스가 빗치 등과 함께 포털을 타고 도망쳤다.

거기에 편승한 이츠키도 어느새 종적을 감추었다.

뭐, 여왕이 관리하고 있으니 나라 밖으로는 도망칠 수 없었고, 길드에서도 성으로 돌아오라는 연락을 해 준 덕분에 마지못해 성으로 돌아오긴 했지만.

그런 소동 속에서 파도가 1주일 앞으로 다가왔을 무렵이었다.

성 밑 도시로 통하는 문 앞에서, 내가 도망치는 용사들을 불러 세웠다.

현재, 성의 훈련장에서는 에클레르와 할망구가 라프타리아와 필로, 키르와 리시아의 모의 훈련을 도와주고 있다.

처음부터 불온한 공기가 감돌았으니까. 괜한 훼방꾼이 끼어들지 않도록 미리 빼돌려 둔 것이다.

"왜 방해하시는 거예요?!"

"사돈 남 말 하고 있네! 왜 땡땡이치는 거냐?"

"의미가 없으니까요!"

"지원을 받는 이상은 상대방의 요망에도 부응해 주는 게 도리 아니냐? 우리의 현재 임무는 훈련이라고."

마물을 물리쳐서 레벨업을 하는 것만이 임무라면서 훈련을 얕잡아 보고 있는 건가?

아니면 퀘스트라는 명목으로 정의의 사자 놀이를 하고 싶은 거냐?

"너희 말이야……. 그렇게 무기가 필요하다면 국가의 대장장이한테 부탁해. 레벨은 이제 올릴 만큼 올렸으니까."

자기들이 약한 걸 가지고 무기 탓을 하는 둥 레벨 탓을 하는 둥, 넌덜머리가 난다.

내 쪽에서 아무리 강해질 수 있는 여건을 마련해 주고, 강해질 수 있는 방법을 권해 줘도 귀담아들을 생각을 안 하고, 불만이 생기면 철딱서니 없는 소리를 늘어놓으며, 연대를 할 생각은 전혀 하지 않는다.

할망구는 바위 격파 수련 이외에도 마물 퇴치 수련이라는 이름으로 드래곤 퇴치를 지시했는데…… 이 녀석들은 자기들 멋대로 스킬을 난사해 대기만 할 뿐이었다.

마물의 발을 묶고 있는 나를 거추장스럽게 여기는 것 같기까지 했고…….

솔직히 말하자면, 내 역할은 온라인 게임에 나오는 방패 사용 캐릭터와 별반 다를 게 없다.

그것까지는 상관없다. 문제는 자기들한테 공격이 향하면, 나와 연대할 생각은 않고 자기 동료들과만 연대해서 싸우려 드는 것이다.

그렇게 해서 좋은 소재라도 확보하려는 건가 싶었더니, 이미 갖고 있으니까 필요 없다는 식으로 나온단 말이지…….

"이 나라 대장장이들의 실력은 형편없어."

렌이 또 게임 속 지식을 토대로 지껄인다.

이런 소리를 들으면 무기상 아저씨가 욕을 먹은 것 같아서 기분이 더러워진다.

굳이 말싸움을 하자는 건 아니지만, 한마디 해 주지 않고는 못 견디겠다.

"그건 게임 속 지식이겠지. 실제로 부탁해 보긴 한 거냐?"

"…………."

정곡을 찔린 모양이군.

요즘 들어서는 나와 대화할 때면 항상 이런 식으로, 내 얘기 따위는 귀담아듣지도 않는다.

대화를 할 때마다 관계가 악화되는 것 같은 느낌이다.

모토야스나 이츠키는 이런 의견에 대해서는 긍정적으로 고개를 끄덕여 주기도 하지만, 렌은 게임 속 지식에서 벗어날 생각을 안 한다.

"좋은 무기를 만드는 데 필요한 재료가 부족하다고!"

결국, 최종적으로 모토야스와 이츠키도 같은 구실을 늘어놓으며, 국가의 대장장이에게 무기 제작을 의뢰히리는 의견을 기각했다.

내게는 무기상 아저씨가 있지만, 국가 소속 대장장이들의 실력도 괜찮다고 들었다.

"도대체 뭐가 그렇게들 불만인데?"

"뭐가 불만이냐고? 그럼 대답해 주지! 치터 녀석과 같이 훈련하라니, 도저히 못 해 먹겠다 이거야!"

모토야스가 나에게 삿대질하며 지껄였다.

"남들이 고생하는 걸 보는 게 그렇게 재미있나? 비겁한 자식."

렌도 모토야스의 의견에 동조해서 나를 노려본다.

"맞아요. 누명을 알아보지 못했다는 약점을 가진 저희한테 앙갚음하는 게 그렇게도 즐거우세요?"

아, 진짜…… 헛소리도 작작 좀 하라고!

렌의 동료들은 난처한 듯 어쩔 줄 몰라 하고 있을 뿐이다. 모토야스의 동료인 빗치와 그 패거리, 그리고 이츠키의 동료인 거만한 녀석들은 무슨 범죄자라도 보는 것 같은 눈초리로 나를 노려보며 삿대질하고 있다.

게임에서 익힌 지식과 테크닉을 써서 강해진 주제에, 자기들이 추월당했다고 해서 상대를 치터 취급하는 거냐?

자기들은 특별하다. 하지만, 자기들 이외의 특별한 자는 치터이니 존재를 인정할 수 없다……. 무슨 어린애냐?!

만약에 내가 정말 치터라고 해도, 적을 물리칠 수만 있다면 아무 상관없잖아.

그 이전에 적이 이쪽 못지않게 강한 마당에, 치트고 뭐고 가릴 상황이 아니지 않은가.

"치팅이나 하는 비겁한 놈을 지원하는 이 나라도 이제 지긋지긋해! 우리는 우리끼리 독자적으로 움직일 거다!"

렌이 그렇게 쏘아붙이고 불쾌한 표정으로 성큼성큼 떠나려 하고, 모토야스도 동의하듯 고개를 끄덕인다.

"나오후미, 교황을 물리친 후로 넌 너무 독단적으로 변했어. 같이 못 어울려주겠다고."

누가 누구 보고 독단적이라는 거냐?!

자신의 변변찮은 실력을 향상시키려고 노력해 보지도 않은 놈이, 뭘 못 어울려주겠다는 거냐!

"저도 솔직히 이 나라의 방침과 나오후미 씨랑은 못 어울리겠어요."

"맞아, 맞아! 역시 이츠키 님이십니다! 자, 이따위 나라는 버리고, 새로운 땅으로 떠나서 정의를 밝힙시다!"

갑옷남이 분위기에 편승해서 가증스러운 표정으로 도발하고, 이츠키의 뒤를 따른다.

"네, 그렇게 하죠. 언젠가 모두가 제게 의지하게 될 날이 올 거예요. 그때까지 잠시 작별하도록 하죠."

뭐냐, 그게. 패배자의 정신 승리도 말을 좀 알아들을 수 있게 하란 말이다.

애당초 전력 외 판정을 받은 네놈들에게 사람들이 의지할 거라니, 무슨 근거 없는 자신감이냐.

그런 상황은 상상하기도 힘들 지경인데.

나도 참는 데에는 한계가 있다고! 한마디 해 줘야겠다.

"렌, 너는 너무 독선적이야. 동료들과 연대할 생각을 조금도 안 해. 그런 식으로 가다가는 언젠가 사망자가 나오게 될걸."

동료들을 소개받았을 때부터 최근까지의 전투 양상을 지켜보다 보면, 그런 염려가 들지 않을 수가 없다.

내 게임 경험에 비추어 봐도, 렌과 같은 방식으로 싸우다가는 후배 플레이어를 죽음으로 내몰기 십상이다.

"모토야스, 넌 이세계에 하렘을 만들려고 여기 온 거냐? 자기보다 더 강한 상대랑 싸우면, 그 하렘도 다 박살이 날 텐데?"

틈만 나면 빗치를 비롯한 여자들 궁둥이만 쫓아다니고 있다.

용사의 힘 덕분에 그 신뢰 관계가 유지되고 있는 것인데, 자기들보다 더 강한 상대와 상대하게 되었을 때도 그 동료들이 따라와 줄까?

"마지막으로 이츠키, 자기가 만족할 만한 일만 하고 노력을 포기하는 게 정의냐? 힘이 없는 정의는 무력하지만, 정의가 없는 힘은 폭력일 뿐이야. 네놈 스스로가 정의라고 생각하는 게 뭔지를 객관적으로 바라보라고. 넌 모토야스랑 딱히 다를 게 없는 놈이야."

힘이 통하지 않는 적과 싸우는 순간, 이츠키를 정점에 둔 서열 관계는 손쉽게 와해될 것이다.

그렇게 되면 폭주한 동료들이 무슨 짓을 저지르게 될지, 나로서는 상상도 하기 싫다.

내 얘기에는 귀도 기울이지 않은 채, 세 용사들은 동료들을 이끌고 성 밖을 향해 떠나가려 한다.

"……그런 거였군요."

그때 여왕이 나타나서 부채로 입가를 가리고 고개를 끄덕인다.

"키타무라 님, 알고 계시다시피, 제 딸인 빗치는 국가에 빚을 지고 있어서 무단으로 떠날 수는 없습니다만?"

"꺄아아아아아아아아아아아아아아아아!"

분위기에 편승해서 도망치려던 빗치가 나뒹굴고, 모토야스가 허둥지둥 그녀에게 달려간다.

"이게 무슨 짓이야!"

모토야스가 여왕에게 창을 겨눈다.

크……. 결국 물러설 수 없는 곳까지 와 버렸나?

"카와스미 님의 부하 여러분, 망명은 가족들을 슬프게 만들 텐데, 괜찮으시겠습니까?"

"크……. 비겁하게……."

이츠키의 동료들이 저마다 이를 갈며 여왕을 노려본다.

이츠키 본인도 뒤를 돌아보고 이쪽을 향해 활을 겨누었다.

"우리가 인질 때문에 굴복할 것 같아요?"

두 사람의 살기를 무시하고, 여왕은 렌 쪽으로 고개를 돌린다.

"현재, 메르로마르크 국경 경비대에 용사님들을 내보내지 말라는 명령을 내려 둔 상태입니다. 동시에 길드에도 용사님들에게 의뢰를 주지 말도록 조치해 뒀는데…… 그래도 나가시겠습니까?"

이건 행동에 제한을 걸었음을 은연중에 내비치는 말이다.

상황이 이렇게 되면 이 나라에서 나갈 방법은 망명뿐이다. 하지만 메르로마르크와 연줄이 있는 나라라면, 용사의 이름을 칭하는 자를 받아들일 가능성은 전혀 없다고 해도 좋을 것이다.

메르로마르크에서 상당히 먼 곳이거나, 메르로마르크와의 관계 단절을 각오한 나라로 가지 않는 한, 뜻대로 행동하기 힘들 것이다.

렌도 칼자루에 손을 얹은 채 일촉즉발의 분위기를 자아내고 있다.

그런 가운데 여왕은 땅이 꺼질 듯 한숨을 짓고는, 어깨를 축 늘어뜨리고 고개를 들어 말했다.

"……알겠습니다. 지금부터 두 개의 의뢰만 완수해 주신다면, 제한을 해제해 드리도록 하지요. 원하신다면 방패 용사님도 다른 나라로 가셔도 좋습니다."

이것은 타협, 이것은 양보, 이것은 냉각기간, 이것은 유예.

갖가지 단어들이 내 머릿속을 스쳐 지나간다.

확실히, 지금의 이 녀석들은 불만이 꼭뒤까지 차오른 상태라서, 얘기가 전혀 통하지 않는다.

그런 녀석들을 어떻게 설득하면 될 것인가? 정답은 냉정함을 되찾을 때까지 방치하는 것이다.

세 용사들은 자신들이 패배한 이유를 레벨과 무기 부족 때문이라고 생각하고 있다.

그렇다면 그들이 만족할 때까지 자유로이 행동하도록 어느 정도 풀어 주고, 그러고도 벽에 부딪혔을 때…… 손을 내미는 수밖에 없다. 원하는 대로 하게 해 준 후에 고삐를 쥐는 방법……밖에 없는 건지도 모른다.

나도, 이제 넌덜머리가 난다.

강해질 수 있는 방법을 매일같이 가르쳐주고 직접 실천해 보이기까지 했는데도 들을 생각을 전혀 안 하는 이 녀석들을 상대하는 일이.

어쩌면…… 이제 남은 방법은 어딘가에서 따끔한 맛을 보게 만드는 식의 극약처방밖에 없는 건지도 모르겠다.

될 수 있으면 그런 일까지 벌어지지 않았으면 좋겠다. 그러다가 더 이상 싸울 수 없는 지경이 되거나 아예 죽어 버리기라도 한다면 말짱 도루묵이 되니까.

"……무슨 의뢰지?"

모토야스가 불쾌감 가득한 얼굴로 빗치를 부축해 일으키면서 묻는다.

"며칠 전부터 각국에서 정체불명의 마물이 출현하고 있다는 소식이 제 귀에 들어왔습니다."

"정체불명의 마물?"

"네. 증언이 제각각이라 자세한 부분까지는 뭉뚱그려서 말씀드리기 힘들지만, 지금껏 한 번도 목격된 적이 없는 마물이라더군요."

세계 곳곳에 출현하고 있는 정체불명의 마물?

무슨 일이 일어나고 있는 거지? 그런데 그런 마물 퇴치가 용사들까지 나서서 해결해야 할 만큼 중요한 문제인가?

각국……이라는 점이 마음에 걸리는데.

"제가 부탁드리고자 하는 의뢰는, 이 마물들을 토벌하는 것과, 1주일 후에 일어날 파도에 참전해 주시는 것입니다. 이 두 가지를 달성하시면 용사님들의 자유를 약속해 드리지요."

"빗치의 자유도?!"

"키타무라 님, 그건 별개의 얘기입니다. 무엇보다 빚 상환 문제가 남아 있으니까요. 하지만 자유로이 행동할 수 있는 유예는 약속하겠습니다."

"얘기할 가치도 없잖아!"

모토야스는 발끈하고 나섰지만, 그랬다가 존재 자체가 해악인 저 여자가 도망이라도 치면 성가시기 짝이 없을 거 아닌가.

"빗치, 당신에게는 죗값을 치러야 할 많은 죄와, 국가에 대한 빚이 남아있습니다. 이건 양보할 수 없는 문제입니다."

"엄마! 나를 그렇게 괴롭히는 게 뭐가 그렇게나 재미있어?"

"사자는 자기 새끼를 천 길 낭떠러지 밑으로 떨어트린다는 얘기도 있습니다. 제 뒤를 잇고 싶다면 그 정도는 극복해 내세요."

여왕의 대답에 빗치는 우는 시늉을 멈추고 여왕을 매섭게 째려본다.

이거 전혀 반성하는 기색이 없잖아. 빗치를 동정하는 건 불만을 품은 녀석들뿐이다.

"용사 여러분! 이런 엄마가 왕이라는 걸 인정—."

"그 이상 말을 계속한다면 이 얘기는 없었던 걸로 하겠습니다만, 그래도 괜찮으시겠습니까?"

이 상황은…… 내가 끼어들지 않으면 상황이 더 복잡해지겠는데.

"여기서 여왕을 죽인다고 해서…… 근본적인 해결이 될 것 같아? 파도를 극복해 낼 수 있을 것 같아?"

나는 여왕과 용사들 사이에 끼어들어서 용사들을 노려본다.

그리고 오른손을 치켜들고 도발하듯 뇌까렸다.

"너희, 수련 따위 하고 있을 시간이 없으니까 나라를 떠나려는 거랬지? 그래 놓고, 내 눈앞에서 여왕을 죽이는 식의 쓸데없는 짓을 할 생각이냐?"

카르밀라 섬에서의 파도를 겪으면서, 다른 용사들과 나의 실력 차이는 이미 판명이 끝난 상태다.

내가 비록 공격이 불가능한 방패 용사일지언정, 내게 대미지를 입히지도 못하는 피라미 용사들의 발을 묶는 것 정도는 식은 죽 먹기다. 그런 상황이라면, 이 나라 녀석들의 힘을 빌려서 용사들을 하나씩 해치우는 것도 얼마든지 가능할 것이다.

물론, 실제로 그럴 생각은 추호도 없다.

단지 내가 장사를 하면서 익힌 교섭 방법을 사용하려는 것뿐이다.

장사에 필요한 것은 상대방이 원하는 걸 제공하는 것, 그리고 상대에게 얕보이지 않는 것이다.

지금, 여왕은 의뢰를 완수하면 자유를 주겠다는 조건을 내걸었다.

그런 조건에 응하지 않고 짓밟는…… 그런 짓을 저지하기 위해, 내가 이렇게 앞으로 나서서 윽박지르고 있는 것이다.

이렇게라도 하지 않으면 돌파를 강행할 기색까지 느껴질 만큼, 현재 용사들이 가진 불만은 극에 달해 있는 상태다.

고작 1주일 만에 이 지경이라니…… 근성이 없어도 너무 없는 거 아닌가.

빗치는 더 이상은 악다구니를 쓰지 못하고, 울화가 치민 눈길로 나를 홱 째려본다.

더 좋은 방법이 있지 않았을까 하는 후회만이 뇌리를 스치지만…… 근본적으로 이 녀석들한테는 무슨 소리를 해도 소용없는 게 아닐까 하는 생각도 들기 시작했다.

"……알았어. 그 의뢰를 달성하면 되는 거지?"

"칫! 할 수 없지. 이번이 마지막인 줄 알라고!"

"그래요. 이번 일이 끝나면 저희는 자유롭게 떠날 테니 그런 줄로 알아 두세요."

우리 쪽을 깔아뭉개는 게 불가능하다는 걸 깨달은 용사들은, 울분에 찬 표정으로 무기를 거두었다.

여왕도 긴장했던 것이리라. 어깨에 주었던 힘을 이제야 빼고 있는 것 같았다.

"그럼 각자에게 지시서를 배부하겠으니, 여러분은 각자 국내를 순회하고 계십시오. 뭔가 문제가 생기면 보고해 주시길 부탁드리겠습니다."

여왕 옆에 그림자가 나타나서, 각 용사에게 스크롤을 건넨다.

"더불어, 하루를 마칠 때는 반드시 우리 성에 와 주시기 바랍니다."

"도망 못 치게 하겠다는 심산이군."

"흥."

"어쩔 수 없죠……."

용사들은 마지못해 고개를 끄덕이고, 그 자리에서 떠나갔다.

"그래서? 이 의뢰는 나한테도 와 있는 거야?"

"네. 이와타니 님도 출발해 주셨으면 합니다."

"흐음."

나는 건네받은 스크롤을 펼쳐서 의뢰 내용을 확인한다.

남서쪽 마을이라면 바이오플랜트가 있었던 곳? 그 인근에 정체불명의 마물이 출몰하고 있다는 얘기다.

보상에 대한 내용은 적혀 있지 않다. 뭐, 국가의 전면적인 원조를 받고 있는 형편이니 그게 당연한 거겠지.

"그동안 수련은 어떻게 하지?"

"일시적으로 보류해 두시고, 사건 해결을 먼저 부탁드립니다."

"흐음……. 알았어."

솔직히 리시아의 훈련은 성과가 좋았지만, 나나 라프타리아는 거의 진전이 없었으니까.

그냥 애매모호한 정도밖에 진행된 게 없었다.

그래도 몸속 깊은 곳에 있는 무언가를 느끼는 단계 정도까지는 다다랐다.

피곤할 때 명력수를 마셨더니 리시아가 언급했던 '따끈따끈' 이라는 감각을 실감할 수 있었다.

마력으로 할망구의 방어 비례 공격을 비껴내는 것도 다소나마 가능해졌고……. 본격적인 습득까지는 아직 갈 길이 멀지만.

"에클레르와 변환무쌍류 할망구는 어쩔 거지?"

"이와타니 님과 동행을 부탁드릴까 생각하고 있습니다."

"알았어. 그럼 나도 출발 준비를 하도록 하지."

나 원 참……. 카르밀라 섬에서 돌아온 후로, 아무런 진전도 없이 고생 거리만 몰려드는 것 같은 느낌이다.

별 탈 없이 넘어가면 좋겠지만, 아마도 그렇게 순조롭게 풀리지는 않겠지.

글래스가 다음 파도 때 나올 가능성도 있으니까.

전력에 보탬이 될지 의심스러운 녀석들만 수두룩하지만, 이번에야말로 오랜 악연에 종지부를 찍어야만 한다.

그럼, 출발 전에 수련의 성과를 어느 정도 정리해 두는 게 좋겠다.

놀랍게도 라프타리아는 클래스 업의 영향으로, 환영 마법 이외의 다른 적성들까지 더 발현한 듯, 스펀지가 물을 빨아들이는 것처럼 다양한 마법들을 익혀 나가고 있다고 한다.

하지만 아무리 그래도 주어진 시간이 고작 2, 3일뿐이었기에, 엄청나게 강력한 마법까지는 익힐 수 없었다나.

그래도 조금만 더 노력하면 드라이파 클래스의 마법까지 익힐 수 있을 거라면서, 궁정 마법사는 가르치는 게 즐거운 듯 라프타리아에게 강의를 펼치곤 했다.

장래가 촉망되는군.

필로는 키르의 레벨업이 어느 정도 끝난 후부터는 줄곧 메르티랑 같이 놀러 다닌다.

메르티 말로는 필로와 함께 공부를 하고 있다고 했지만.

필로의 학습 능력이 은근히 높아서 성의 교육자들이 고민이 많다나……. 영 의심스러운 얘기다.

겸사겸사 훈련에도 일단 참여는 하고 있는데, 할망구 왈, 배우지 않아도 선천적으로 기를 사용할 줄 안다고 한다.

마물로서 지닌 일종의 본능 같은 건지도 모르겠다.

어떻게 하는 거냐고? 나도 필로한테 물어봤지만, 꾸—욱 하고 힘을 쑤우—욱 하면…… 이런 식으로 메르티조차 해독하지 못하는 감각적 설명으로만 끝났지 뭐.

리시아는 명력수의 영향으로 어느 정도 기를 의식할 수 있게 되었다……는 모양이다.

확실히, 최근 1주일 사이에 기술적으로 가장 큰 발전이 있었던 건 리시아였을 것이다.

첫날에는 둔하기 짝이 없었던 움직임이, 지금은 어느 정도 개선돼 있다.

다만 본인의 성격 때문인지, 자신감이 없어서 기를 제대로 구사하지 못하고 있는 것 같지만.

키르는 레벨이 급격하게 성장하면서, 성장통을 느낄 만큼 눈에 띄게 키가 자라고 있다.

그래도 라프타리아를 따라잡기에는 시간이 좀 더 걸릴 것 같다.

레벨은 34. 전투 경험이 부족하기에 한창 에클레르에게서 검술 훈련을 받고 있는 중이다.

"이제 슬슬 출발하자고!"

"잠깐만요!"

이제 마차 준비도 끝나고, 라프타리아와 필로 등이 오기만을 기다리고 있는 상황이다.

특이한 마물의 출현이라……. 어떤 마물일지는 확인해보기 전에는 알 수가 없다.

"혹시, 거기 계신 분은……."

"응?"

부르는 목소리에, 나는 고개를 돌린다.

거기에는 로브를 푹 뒤집어쓴…… 나보다 훨씬 작은 키의 수상쩍은 녀석이 서 있었다.

"당신은 방패의 성무기(聖武器)……를 소유하신 분이 맞지요?"

그 수상쩍은 녀석은, 뒤집어쓰고 있던 로브의 후드 부분을 벗어서 얼굴을 드러낸다.

제법 가지런한 이목구비를 가진 라프타리아나 리시아에게 익숙해진 나조차도 미인이라는 표현밖에 떠올릴 수 없을 만큼, 사람을 매혹시키는 얼굴이었다.

그러면서도 한편으로는 빗치나 여왕 같은…… 굳이 표현하자면 요염함도 풍겨 나오고 있다.

나이는 몇 살쯤일까? 20대 중반…… 아니, 그보다 좀 더 젊으려나?

여왕이 나이에 걸맞지 않은 외모를 갖고 있는 바람에, 내 연령 인식 능력도 의심스러워지기 시작했다.

리시아도 아직 중학생처럼 생겼는데 실제로는 열일곱 살이니까.

머리칼은 투명감이 감도는 갈색……. 라프타리아와는 색조가 다르군.

머리카락을 틀어 올려서 고정시켜 놓은 경단머리에 눈길이 멎는다. 어쩐지 중국풍 같은 느낌이다.

가슴도 커서, 로브 차림인데도 대강의 체형을 파악할 수 있을 정도다.

손을 보니, 살결도 보드랍고 매끄럽다. 보아하니 다리도 긴 것 같다.

쭉 찢어진 눈매가, 뭐랄까…… 동양적인 분위기다. 구태여 비유하자면 여우 같은 이미지의 인물이라고나 할까?

어쩐지 마음에 안 드는 타입이군……. 남을 이용해 먹을 것 같다. 종합하자면 빗치에 가까운 외모다.

"성무기라는 건 잘 모르겠지만, 방패 용사인 건 맞아. 그런데 나한테는 무슨 용건이지?"

말없이 마주 보고만 있는 것도 좀 어색해서 대꾸해 본다.

만약에 나를 향해 교태를 부리면서 접근하려고 든다면, 앞뒤 잴 것 없이 거리를 벌려야겠다.

하지만 이 여인은…… 아양 떠는 태도는 전혀 보이지 않은 채, 어디까지나 겸손하게…… 정말로 곤경에 처해서 어쩔 줄 모르는 기색으로 내 손을 잡고 고개를 숙였다.

"부탁드려요. 부디, 저를 어서 해치워 주세요."

"엉?"

밑도 끝도 없이 다짜고짜 자기를 해치워 달라고? 무슨 소린지 영문을 모르겠다.

나는 방패 용사라서, 공격 수단은 한정되어 있다.

게다가 그나마 있는 공격 수단들은 하나같이 커다란 위험부담을 감수해야 한다.

"이대로 가면 사명을 완수할 수 없습니다. 그러니까…… 성무기 소지자 분께 도움을 청하는 거예요!"

여인이 그렇게 말한, 바로 그때였을까. 방패의 보석 부분이 번쩍 빛난 것처럼 보였다.

응? 뭐지? 무슨 일이 일어난 거야?

“무슨 짓을……?”

뭐지? 이 여자가 하는 말이 어째 마음에 걸린다.

무슨 말을 전하려는 건지 감이 잡히질 않는다.

하지만 방패가 반응하는 걸 보면, 내가 모르는 뭔가가 이 여자에게 있다고 봐도 좋을 것이다.

“저는…… 저기에 있겠습니다. 제발 막아 주세요.”

여자는 그렇게 말하며 동쪽 하늘을 가리킨다.

“이봐, 사정을 모르면 나도 뭐라고 대답을 해 줄 수가 없는데―.”

“나오후미 님!”

“우리 왔어!”

그때 라프타리아와 필로의 목소리가 들려왔기에, 그리로 고개를 돌리고 손을 흔든다.

“왜들 이렇게 늦어?”

“―부탁드리겠습니다. 안 그러면 무의미한 희생이 늘어날 테니까. 아아―.”

“그러니까, 사정을 얘기해줘야 대답을 하든지 말든지―”

다시 뒤를 돌아본 나는 숨을 죽였다.

왜냐하면, 조금 전까지 거기 있던 여인이 어느새 사라져 있었기 때문이다.

라프타리아와 필로가 오는 걸 보고 서둘러 도망친 건가?

아니, 아무리 그래도 너무 빠르다. 마치 순간이동으로 사라져 버린 것 같다.

"조금 전까지, 분명히 내 앞에 여자가 있었지?"

"네?"

"필로도 봤지?"

"응……?"

"리시아도 보지 않았어?"

"네?"

라프타리아와 필로, 리시아는 서로의 얼굴만 마주 보고 있다.

"있었던 것 같기도 하구…… 없었던 것 같기도 했달까?"

필로가 내 쪽으로 다가와서 킁킁거리며 주위의 냄새를 맡고 있다.

"으응……."

이게 어떻게 된 거야?

……아니, 무슨 마법을 쓴 건지는 모르지만, 지금은 그런 이상한 녀석을 상대하고 있을 시간이 없다.

어쩌면 괴물이나 유령 같은 부류인지도 모르겠다.

이 세계에는 언데드도 있는 모양이니, 겁을 주려고 대낮부터 출몰했다거나…… 그런 것일 수도 있겠고.

자기를 해치워 달라는 영문 모를 소리를 지껄이는 수상한 녀석의 존재는 기억 한구석에 처박아 두고, 나는 당장 해야 할 일을 하기 위해 입을 열었다.

"그럼 출발하자. 다들 뒤처지지 말고 마차에 타."

이렇게 해서, 우리는 사건 해결을 위한 길에 나섰다.

제10화 인형옷

사건 해결에 임하기 전에, 제작 의뢰 진척 상황을 물어보기 위해 무기상에 들르기로 한다.

에클레르와 할망구에게는 마차에서 기다려 달라고 부탁했다. 할망구의 아들이 밖에서 보초를 서고 있다.

"여어, 형씨들 왔군."

"경과는 좀 어때?"

"글쎄……. 새 아가씨가 친구를 데리고 놀러 왔지 뭐요."

친구라면…… 아마 메르티겠지.

그래 봬도 이 나라의 제2왕녀라고. 아, 지금은 유일한 왕녀겠군. 빗치는 왕족 자격을 상실했으니까.

애당초 내 지명수배 전단을 봤더라면 당연히 알고 있으련만.

그나저나 그런 고초를 겪고도 몰래 놀러 다니다니, 메르티도 꽤 여유 넘치는 녀석이군.

"아니, 그런 걸 물어본 게 아니라고."

"나도 안다우. 그것도 다 관련이 있어서 한 얘기라니까. 이걸 좀 보슈."

아저씨는 그렇게 말하고, 가게 안쪽에서 무기를 가져다준다.

우선 라프타리아의 검이다.

어쩐지 카르마 래빗 소드를 연상케 하는 외형……. 이 검은 원래 검신이 거무스름한 검이었는데, 지금은 하얀색이 되어 있다.

"아마 음험한 힘을 갖고 있는 녀석이겠지? 형씨가 성에 부탁해서 배달해 준 검은 토끼 소재를 사용해서 강화해 봤더니, 반대로 하얗게 변하더라니까."

"호오……."

"블러드 클린 그리스로 가공해 뒀수. 코팅만큼은 아니지만 피가 배는 건 막아 줄 거요."

블로드 클린 그리스? 방금 그 얘기로 짐작건대, 코팅보다 한 수준 아래의 가공인가 보군.

"아……. 어쩐지 예전보다 손에 착 감기는 느낌이 들어요."

"절삭력도 향상되고, 부여효과도 상승돼 있지. 내가 생각해도 잘 만든 것 같다니까."

"뭔가 굉장해요."

"새 아가씨한테 줄 손톱도 같은 식으로 시도해 봤더니, 이쪽도 잘되더군. 이쪽은 검은 개였던가?"

"와아—!"

필로의 손톱도 마찬가지로 하얗게 변해 있다.

뭘까. 저주가 풀렸다거나 한 건가? 가만히 이 두 개의 무기를 감정해 본다.

우사우니 소드

품질 고품질

부여효과 「민첩성 상승」「마력 상승」「검술 위력 향상」「블러드 클린 그리스」

이누루트 클로

품질 고품질

부여효과 「민첩성 상승」「마력 상승」「손톱 위력 향상」「블러드 클린 그리스」

마이너스 효과가 사라지고, 좋은 부분만 남아있다. 이거 꽤 굉장한 작업을 해낸 거 아냐?

아이템 제작이 가능한 게임에서 마이너스 효과를 제거하려면 상당한 공을 들여야 한다.

아무리 여기가 게임 같은 세계라 해도, 이렇게까지 하는 건 쉬운 일이 아닐 것이다.

그렇게 생각할 만도 한 것이, 내가 액세서리 제작을 하다가 마이너스 효과가 붙어 버렸을 경우, 그걸 제거하는 데 성공해 본 적은 한 번도 없었던 것이다.

"정말 대단한 실력이란 말이야."

"새삼스럽게 뭘 그러슈."

사용하기가 편해졌다니 한번 기대를 걸어 볼 만도 할 것 같군. 애초에 이름이 달라져 있다는 건, 야만인 갑옷의 옵션 개조 같은 것과는 다른 종류라는 건가?

우사우니……. 이누루트……. 카르밀라 섬에 전해지는 전설의 마물이다.

페클 인형옷도 그렇지만, 그 섬의 보스는 정체불명의 무기나 방어구를 떨어트리곤 했었다.

"그 검, 라프타리아 거야?"

키르가 라프타리아가 든 검을 쳐다보며 묻는다.

"맞아요."

"오? 이건 처음 보는 손님인데? 형씨의 새 동료요?"

"그래, 키르라는 녀석이야. 라프타리아와는 동향 친구라더군. 잘 대해 줘."

"잘 부탁해요!"

키르가 활기차게 무기상 아저씨에게 인사한다.

"그래. 그런데 이 아이 무기는 어쩔 거지?"

"적당히 견적을 봐 줘. 일단은 검술을 가르치고 있긴 해."

"호오……. 이 꼬마, 손톱이나 *자마다르 같은 게 잘 맞을 것 같은데."

"그걸로 할래?"

"내가 어떻게 알아."

"뭐, 그건 나중에 차차 시작해도 괜찮지 않겠어? 지금은 검이면 충분하겠지."

"그래?"

"형씨, 나한테서 무기를 사는 것도 좋지만, 이 꼬마한테는 지금 가진 검이 더 나을 것 같구려."

아아, 그러고 보니 키르에게는 성의 창고에 있던 검을 들려 준 상태다.

그렇게 값비싼 물건은 아니지만, 지금의 키르에게는 딱 맞는 물건이라는 얘기이리라.

"무작정 물건을 팔려고만 들지 않는다는 게 아저씨의 장점이라니까."

"몸에 안 맞는 무기를 들려 주면 무기가 불쌍하니까 말이지."

바로 이런 점이, 무기상 아저씨의 가게가 잘나가는 이유일 것이다.

편파적인 시선이 들어갔을지도 모르지만, 성의 대장장이

*자마다르(jamadhar) : 인도에서 사용되는 단검류 무기. 카타르(katar)라고도 부른다. 손잡이가 수직 방향으로 쥘 수 있는 구조로 되어 있어서, 주먹으로 움켜쥐는 식으로 쥐고 사용할 수 있다.

보다 솜씨가 뛰어나다고 나는 망설임 없이 말할 수 있다.

"문제는 형씨가 의뢰한 인형옷 개조 쪽인데……."

그렇게 말하고, 아저씨는 민망한 듯 가게 안쪽에 들어가서, 원래는 페클 인형옷이었던 무언가를 들고 온다.

"어이……. 인형옷의 외형을 유지한 채 개조하다니, 생각이 있는 거야 없는 거야?"

전체적으로 하얗게 변한 인형옷 같은 물건을 본 내가 지적한다.

"내가 생각해도 내 머리가 어떻게 된 거 아닌가 싶더라니까. 그런데 말이지, 새 아가씨가 친구를 데리고 놀러 왔던 날 밤에 퍼뜩 아이디어가 떠오르는 걸 어쩌겠수? 나도 이거 만드느라 얼마나 고생했는지 모른다오."

"……무지하게 불길한 예감이 들어. 펼쳐 보지 마."

"뭘요?"

"어이, 리시아!"

리시아가 망설임 없이 인형옷을 펼쳤다……. 이건…….

"이봐 아저씨, 아무리 그래도 이건 좀 아니잖아?"

"나도 내 머리가 어떻게 된 건가 싶더라고."

아저씨는 한탄하듯 고개를 푹 숙인다.

그렇다……. 페클 인형옷은, 다른 것도 아닌, 필로리알 인형옷으로 변모해 있었던 것이다.

게다가 한눈에 척 봐도 모델은 필로가 분명했다. 필로리알 퀸 형태일 때의 필로와 비슷한 모양을 하고 있으니까.

길게 생각할 것도 없이, 필로 인형옷이라고 이름을 붙이자.

필로 인형옷

방어력 상승 / 민첩성 상승(대) / 충격 내성(소) / 바람 내성(대) / 어둠 내성(소) / HP 회복(약) / 마력 상승(중) / 자동 수리 기능 / 견인 기능 향상 / 적재량 향상 / 사이즈 보정 / 종족 변경

— 마물 착용 시, 종족변경 이외 미적용

……아저씨와 나는 일제히 필로 인형옷으로부터 시선을 외면한다.

"와—, 필로를 본뜬 거야?"

"쏙 빼닮았네요."

"필로랑 똑같아!"

"근사한 인형옷이네요."

"야! 네 멋대로 입으려고 들지 마!"

리시아가 허락도 없이 인형옷으로 갈아입기 시작한다.

"어때요? 크에크에."

……인간형 필로 옆에 마물 형태의 필로가 한 마리. 뭐, 원본에 비하면 약간 작긴 하지만.

안타까운 광경이다.

가만히 리시아의 스테이터스를 확인한다.

높아! 장비의 보정에 의한 효과가 높아도 너무 높아!

라프타리아 스테이터스의 3분의 1까지 상승해 있잖아! 한 자릿수 레벨이었던 키르와 비슷한 정도였었는데…… 엄청난 상승 폭이다.

장비 하나 착용했다고 이렇게까지……. 종족 변경 효과 때문에 필로리알의 보정이 들어간 모양이군.

어찌 됐건, 효과는 높으니 상관없겠지.

"응. 생긴 건 좀 그렇지만…… 괜찮은 것 같군. 아예 키르한테도 입힐까?"

"뭐?!"

키르가 나를 보며 얼어붙는다.

리시아가 벗어 놓은 페클 인형옷이 하나 더 있으니까.

효과 하나는 끝내주니까 키르한테도 입혀 볼까? 그렇게 생각하고 있자니.

"그런 걸 어떻게 입어?!"

"너무해!"

"키르 씨. 리시아 양이 입고 있잖아요."

라프타리아가 키르에게 주의를 준다. 하지만 리시아는 딱히 신경 쓰지 않는 눈치였다.

'후에에.' 하는 얼빠진 소리는 바로 이럴 때 내야 하는 거라고. 나 원 참.

뭐, 그건 상관없다. 리시아가 싫어하지 않으니 그냥 입혀

두자.

"맞아. 모양에는 엄청나게 문제가 있지만, 효과 하나는 탁월한 녀석이라고. 강해지고 싶다면 수단을 가려서는 안 돼."

"주인님까지 너무해~!"

필로가 항의해 댄다. 알 게 뭐야.

"현재까지 완성된 건 이 정도라오. 이제 아가씨 갑옷만 만들면 일단락되는 셈이군."

"내 건?"

"갑옷을 두고 가면 만들어 주긴 하겠지만, 시간이 맞을지 어떨지 모르겠군."

"마침 잘됐어. 우리도 이제 성을 좀 떠나 있을 예정이거든. 나중에 만들어 줘."

"알았수다. 그리고 인형옷 아가씨한테 작은 검이라도 만들어 줄까 했는데, 아직 작업에 착수하기 전이라오."

"그랬군……. 뭐, 다음 파도까진 아직 시간이 남아 있으니까. 맡겨 둬도 되겠지?"

"나만 믿으슈."

뭐, 방패 강화가 진행된 덕분에 갑옷은 나중에 강화해도 될 것 같으니까, 좀 참는 수밖에.

"그럼 다음에 다시 올게. 잘 부탁해."

"그런데 형씨."

"뭐지?"

"방패를 만든다는 방법도 있는데 말이지."

하긴 그렇다. 특이한 재료를 이용해서, 아직 해방되지 않은 방패의 제작을 부탁하는 방법도 있단 말이지.

방패에 흡수시키면 원본 소재는 사라지는 모양이니, 아저씨에게 제작을 의뢰한 후에 복제하는 편이 경제적일 것이다.

다음 파도의 보스에게서 얻은 소재를 가져다가 아저씨에게 제작을 부탁해 봐야겠다.

"특이한 재료를 구하면 부탁하러 올지도 몰라. 그때도 부탁 좀 하지."

"기대하겠수, 형씨."

무기상을 떠난 우리는 마차에 올라타고 출발했다.

라프타리아가 새로 얻은 검을 본 에클레르가 감탄 어린 탄성을 내뱉었다.

뭔가 시끌벅적한 게, 동료가 늘어난 게 실감이 난다.

응. 이 공기는 제법 마음에 든다.

"방패 형, 이제 어디로 가는 거야?"

"응. 나라 곳곳에서 소동을 벌이고 있는 특이한 마물을 토벌하러 가는 거야. 그렇게까지 강한 마물은 아니라는 모양이니까, 아마 좋은 경험이 될 거야."

"그렇구나!"

키르는 의욕 충만한 표정으로 검의 칼자루를 움켜쥐고 있다.

나는 키르와 시선을 마주하고 어깨를 툭 두드린다.
“의욕을 보이는 건 좋지만, 무모한 돌격은 절대로 하면 안 돼.”
“그건 나도 알아!”
“라프타리아도 전에 내 지시를 무시하고 무작정 돌진한 적이 있었어. 지금의 너는 그때의 라프타리아와 닮은 구석이 있어서 이렇게 주의를 주는 거야.”
“응? 라프타리아가?”
키르가 라프타리아 쪽을 돌아본다. 그러자 라프타리아도 고개를 끄덕인다.
“맞아요. 그러다가 하마터면 크게 다칠 뻔한 적도 있었는걸요. 그러니까 조심하셔야 해요.”
“아, 알았어.”
그런 얘기를 나누면서, 우리는 남서쪽 마을로 향했다.

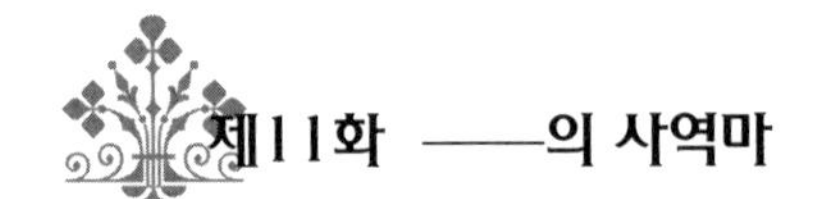

제11화 ——의 사역마

필로의 걸음으로 하루 반.
우리는 일찌감치 남서쪽 마을에 도착했다. 마을은 밀림처럼 변해 있었다.

"이건 나 때문이겠지……?"

"아마도요……."

울창하게 우거진 플랜트 숲을 헤치면서 나아간다.

키르는 이게 내가 저지른 일이라는 걸 알고 깜짝 놀란 기색이었다.

개량한 바이오플랜트 씨앗을 마을 사람에게 주었었는데…… 설마 도로 아미타불이 되었을 줄이야.

나도 모토야스를 비난할 입장이 아니었군. 마물이란 원래 이런 건가? 전부 나 때문에 이렇게 된 건가?

그런 생각을 하고 있을 때, 근처를 지나가는 모험가의 목소리가 들려왔다.

"이 부근에 출현하는 마물들도 재료가 된다고."

"정말인가요?"

"뭔 의심이 그렇게 많아? 뭐, 여기보다 좀 약한 마물이 나오는 곳으로 가는 게 나을 거야."

"그러면 강해질 때까지 시간이 더 많이 걸리지 않나요? 쓸데없이 시간을 낭비하고 있을 때가 아닐 텐데요?"

"걱정할 것 없다니까요. 저희가 도와드릴 테니까 다음 파도 때까지 열심히 해 봐요."

"네……."

지나가는 모험가들도 파도에 대비해서 열심히 준비하고 있는 모양이군.

모험가들은 지금까지 파도에 대한 자세한 얘기를 전해 듣지 못하고 있었다고 했으니까.

용사들의 무능 때문에 편대를 이용하지 않고 있었던 게 그 원인이었고.

여왕이 내건 공고를 본 메르로마르크의 모험가 길드들이 앞다투어 대원을 모집하고 있다고 들었다. 아까 저 모험가들도 그런 부류이리라.

"으응?"

필로가 아까 그 모험가들을 찾으려고 두리번거리고 있다.

"왜 그래?"

"그게 있지~, 낫을 든 사람이랑 반투명한 사람…… 그리고 반짝반짝 빛나는 언니였던 것 같아서."

설명은 좀 이상하지만, 필로가 알고 있는 인물 중에서 그 설명에 부합하는 건 라르크와 글래스와 테리스잖아?!

그 녀석들, 또 이 세계에 와 있는 건가?

도대체 무슨 수로……. 어찌 됐건, 가까이에 있다면 일찌감치 승부에 종지부를 찍어야 한다!

"정말이야?"

"으응……. 자신은 없어. 그냥 닮은 사람들이었던 것 같기도 하고……. 아."

필로가 드디어 발견한 모양이다.

"어땠어?"

나는 마차에서 몸을 내밀어서 밀림 안을 살핀다.

어? 뒷모습이 얼핏 보인다.

……아니군. 머리색과 헤어스타일이 다르다.

멀리서 본 것이긴 하지만, 글래스와 비슷한 덩치를 가진 녀석은 머리가 빨간색인 데다 양쪽으로 갈라 묶고 있고, 옷도 기모노가 아니라 경갑옷이다.

"아닌…… 것 같지?"

"완전히 다르잖아."

얼굴까지는 확인하지 않았지만, 아무리 봐도 다르잖아.

"으응……?"

필로는 고개를 갸우뚱거린다. 나 참, 네가 비슷하다는 소리를 해서 괜히 경계했잖아.

머리색이나 헤어스타일이야 위장할 수 있겠지만, 그 일당에게서 느껴졌던 압박감이 전혀 느껴지지 않은 걸 보면, 잘못 본 게 분명하다.

"그러고 보니, 마물이 거의 안 보이네~."

필로가 주위의 기척을 살피면서 중얼거린다.

"그런가."

혹시 이전보다 강력해졌다거나 하면 어떡하나 생각하던 참이다.

아까 그 모험가들은 사실 바이오플랜트에서 출현한 이상한 마물이었다…… 라는 식이라면 좀 무섭겠는데.

"정말, 이상할 정도로 하나도 안 보이는걸?"

"그건 오히려 좋은 일 아냐?"

그때, 풀숲을 헤치고 온, 마을 사람으로 보이는 녀석과 조우했다.

"아, 방패 용사님."

어쩌지? 일단 도망치는 게 좋으려나?

나 때문에 마을이 이 지경이 되고 만 것이다. 대하기가 거북하기 짝이 없다.

"방패 용사님 덕에 안심하고 작업할 수 있게 됐지 뭡니까."

"엉?"

나는 주위를 둘러보며 마을 사람에게 묻는다.

"이게?"

"네, 여기는 이제 밭이 됐습니다만?"

"내가 보기에는 그냥 밀림처럼 보이는데?"

"방패 용사님이 주신 씨앗을 이용해서, 대규모 농업 사업을 전개하고 있는 거죠."

마을 사람은 그렇게 말하며 위쪽을 가리킨다.

토마토 같은 빨간 과일이 주렁주렁 매달려 있다.

"열매가 한 종류밖에 맺히지 않는다는 게 좀 아쉽긴 합니다만, 지금은 마을의 명물이 되어 있지요."

"잽싸기도 하군."

바이오플랜트 사건이 있은 지 두 달쯤 됐나? 정말이지 왕

성한 장삿속이다.

"그럼 이 바이오플랜트 때문에 뭔가 문제가 있었던 건 아니라는 건가?"

"네."

"그렇다면…… 괜찮은 건가?"

내 말에 마을 사람도 쓴웃음을 짓는다.

오랜 옛날, 바이오플랜트를 만든 연금술사가 있었다고 한다.

그, 혹은 그녀는, 지금 내 앞에 펼쳐져 있는 광경을 보고 싶어 했을지도 모르겠다.

……정말이지 기괴한 풍경이긴 하지만 말이지.

"방패 용사님은 어쩐 일로 오셨는지?"

"이 주변에 이상한 마물이 출현한다는 얘기를 들었거든."

"그러셨군요! 방패 용사님이 그 일을 해결하러 오셨다니, 이렇게 든든할 수가!"

"자세하게 얘기해 줘."

그렇게 얘기를 나누고 있으려니—.

꼬르륵…….

"필로 배고파."

"나도!"

토마토처럼 생긴 과일을 쳐다보며 필로와 키르가 공복감을 호소한다.

그러고 보니 예전에 여기서 받은 식물을 필로에게 먹였던 적이 있었지.

"드시지요."

마을 사람은 큼직한 과일을 가리키며, 먹어도 좋다고 필로와 키르에게 말한다.

"와아~!"

환호하며 과일을 먹어치우기 시작하는 필로와 키르의 뒤를 이어, 우리도 과일을 받아 든다.

맛은 토마토 같기도 하고…… 귤 같기도 한 미묘한 맛이다.

어쨌거나 맛이 없는 건 아니지만, 내 기준으로 따지면 좀 어중간하다.

하지만 라프타리아나 필로는 맛있게 먹고 있다. 내가 이세계인이라서 입맛이 다른 건가?

점심 식사도 할 겸 휴식을 취하고 있을 때, 마을 쪽에서 마을 사람이 몇 명 나타나서 조리된 음식을 주었다.

"여러모로 신경 써 줘서 고마워."

"별말씀을요."

"일단은…… 조심하라고."

바이오플랜트는 위험한 식물이기도 하니까, 라는 뜻이 함축된 말이다.

"방패 용사님이 이런 식물을 만든 건가. 정말 대단한 일이군……."

에클레르도 열매를 먹으며 감탄하고 있다.

"그림책 속 세계에 온 것 같아요."

리시아가 바이오플랜트를 바라보며 중얼거렸다……. 뭐, 사실 나는 책 속 세계에 온 거나 다름없는 신세지만.

"역시 성인님이십니다."

할망구도 마찬가지로 열매를 먹고 있었고…… 이렇게 식사를 마친 우리는 마을 쪽으로 가서 사정을 듣기로 했다.

"그래서? 어떤 마물이 출현한 거지?"

"그게…… 오늘은 아직 못 봤습니다만, 인근 마을이나 모험가들이 피해를 입고 있습니다. 목숨을 잃은 분까지 계시고…… 모쪼록 토벌해 주셨으면 합니다."

그렇게 말하고, 마을 사람은 보관하고 있던 마물의 시체를 보여준다.

뭐야, 이건? 나도 모르게 고개를 갸웃거릴 수밖에 없었다.

한마디로 표현하자면 등딱지가 달린 외눈박이 박쥐 같은 마물……이다.

지금까지 본 여러 마물들 중에서도 상당히 이질적인 형태다.

외눈박이인 건……. 뭐, 이세계라서 그런 거라고 친다고 해도, 여기에 이런 마물이 살았던가?

"한가한 부자 녀석이 취미 삼아 기르던 마물이 도망쳐 나온 거 아닐까?"

난 예전에 그런 마물과도 싸워 본 적도 있었으니까.

"도대체 뭘까요……. 이 마물은……."

라프타리아가 마물을 뚫어지게 쳐다본다.

에클레르와 할망구도 그 마물을 보며 생각에 잠겼다.

“너희도 전에 본 적 없어?”

“그래. 나도 처음 보는 마물이다.”

“저도 마물과 자주 싸우는 편입니다만, 본 기억이 별로 없는 마물입니다……. 적어도 이 나라에서는 본 적이 없군요.”

“이 나라에서……. 그럼 다른 나라에서는 본 적이 있다는 건가?”

“비슷한 마물을 들자면, 포브레이 쪽에 있는 윙 플로트 볼이라는 외눈박이 벌룬 정도가 있습니다만……. 그것과는 확연히 다른 것 같군요.”

할망구가 박쥐같이 생긴 외모를 근거로 그렇게 부정한다.

“이건……?”

인형옷 차림으로 이 자리의 분위기를 홀로 깨부수고 있는 리시아가 마물의 시체를 살펴보고 있다.

“뭔가 짐작 가는 거 없어?”

“그게…… 어디선가 본 적이 있긴 한데…… 기억이 안 나요.”

“넌 박식한 녀석인 것 같으니까. 기억해낼 수 있도록 최대한 노력해 봐.”

리시아가 고개를 갸웃거리면서 입가에 손을 대고 생각에 잠긴다.

“그나저나, 이 녀석 한 놈만 나타난 건 아닐 거 아냐?”

“네. 숫자가 워낙 많고, 게다가 느닷없이 출현하는 통에 대처에 애를 먹고 있는 형편입니다.”

“일단 한번 방패에 흡수시켜 봐도 될까? 정체를 알 수 있을지도 모르니까.”

“그렇게 하시지요.”

승인을 얻은 나는, 정체불명의 마물을 방패에 흡수시켜 본다.

――의 사역마(박쥐형) 방패의 조건이 해방되었습니다!

――? 문자가 나타나지 않는다.

사역마……? 이 녀석은 사역마인가?

그렇다면 술사나 본체가 어딘가에 따로 있다는 뜻이 되는 건가……?

“아무래도 이건 사역마인 모양이야.”

“사역마……. 그렇다면 사역하는 자가 있다는 거군.”

“그렇게 되겠지. 그 녀석을 찾아보는 수밖에.”

다른 용사들이 받은 의뢰도 궁금하긴 하지만, 일단 이 사건부터 해결하는 게 급선무이리라.

그렇게 분석을 하고 있는데, 밖에서 마을 사람이 소리쳤다.

“마물이 나타났다!”

황급히 건물 밖으로 나와, 목소리가 난 쪽으로 시선을 옮긴다.

그러자 아까 그 사역마들이 수십 마리나 무리를 지은 채 하늘에서 이쪽을 향해 날아오는 모습이 눈에 들어왔다.

그리고 그 정체불명의 마물은 눈에서 열선을 내쏘면서 공격해 오는 모양이었다.

"꺄아아아아아!"

"끄아아아아아아!"

뭐야?! 이 마물, 약한 마을 사람들을 우선적으로 노리고 있잖아!

현재 마을에 머무르고 있는 모험가들도 스스로를 보호하기에 급급한 모양이다.

나는 피해를 입고 있는 마을 사람들 쪽으로 달려가며 스킬을 사용한다.

"에어스트 실드!"

열선의 사선상에 에어스트 실드를 쫙 전개해서, 마을 사람들을 보호한다.

"너희는 빨리 공격해!"

"네!"

"네에!"

"전투 의욕이 근질거리는군."

"후에에에에."

"열심히 싸워 볼게!"

그렇게 해서, 내가 데려온 녀석들이 정체불명의 마물을 향해 제각기 공격을 개시했다.

하늘을 날아다닌다는 게 성가시다. 움직임까지 날쌔서 상대하기가 까다롭다.

"필로!"

"왜애?"

"바람 마법을 사용해 줘. 거리가 있어서 물리 공격은 적중시키기가 어려워."

라프타리아는 한 마리 한 마리씩 상대해 나가고 있는 것 같았지만, 보호해야 하는 사람이 워낙 많은지라 나로서도 감당하기가 벅차다.

"마을 사람들은 한곳에 모여 있어! 다들 서둘러 한곳으로 모여!"

"방패 용사님 말씀이다! 모두 서둘러서 모여!"

"네!"

내 부탁을 들은 마을 사람들은, 마물들에 대한 공포에 시달리면서도 한곳에 모여든다.

그걸 본 마물들도 마을 사람들을 공격하려 달려들었지만, 그건 도리어 우리에게 기회가 될 뿐이다.

"에어스트 실드! 세컨드 실드! 드리트 실드!"

세 장의 방패가 마을 사람들을 보호하듯 뻗어 나간다.

"다음은……."

마을 대표에게 편대 항목을 보내서 파티를 맺도록 지시했다.

"이건 뭡니까?"

"따지지 말고 파티에 가입하기나 해. 안 그러면 나도 지켜주기 힘들어."

마을 대표가 고개를 끄덕이고 그 자리에 있던 마을 사람 전원에게 가입을 권유해서, 파티가 결성되었다.

좋았어!

"유성방패!"

결계를 만들어서 반경 2미터 안에 있는 동료들을 보호하는 스킬을 발동시켜서, 보호 범위를 한층 더 확대시킨다.

이 스킬의 문제점은 아군…… 즉, 파티 멤버가 아닌 녀석을 결계 밖으로 쳐낸다는 점이다.

다시 말해, 편대라도 좋으니 내 동료로 들어와야만 보호해 줄 수 있다는 것이다.

그리고 예전보다 강화된 내가 만든 경계는, 어지간한 공격에는 꼼짝도 하지 않는다.

정체불명의 마물이 내쏘는 열선 공격을 막아내고 있는 사이에, 필로가 마법을 완성시킨다.

"쯔바이트 토네이도!"

필로의 마법에 의해 발생한 돌풍이 정체불명의 마물(박쥐

형)의 비행 자세를 흐트러뜨린다.

"야압!"

"하아아아앗!"

"아뵤!"

그 틈을 노리고, 라프타리아, 에클레르, 할망구가 마물들을 격추시켜 나갔다.

리시아와 키르는 상황에 어찌 대처할지 몰라서 우왕좌왕하고 있는 느낌이다.

그나마 키르는 힘이 빠진 마물들을 향해 칼부림이라도 하니, 그나마 나은 편이군.

"후에에에에에에에!"

"한심한 소리 좀 내지 마! 빨리 싸워. 이츠키랑 같이 싸울 때와 다를 게 없는 상황이잖아."

"아, 알았어요오오오오!"

리시아도 검을 치켜들고 돌격해 나간다.

허리에 힘이 하나도 안 들어갔잖아. 움직임이 훈련 때보다도 못하다고.

"에잇!"

하지만 리시아도 결국 공격을 적중시키는 데에는 성공했다. 날개가 떨어져 나간 정체불명의 마물이 곤두박질친다.

그 마물에게 최후의 일격을 날리려고 했지만, 허둥대느라 그런지 딱딱한 등딱지 부분을 찍는다.

훈련 때는 성적이 좋지만 정작 시합에서는 실력 발휘를 못하는 타입인가?

정신적인 부분에서의 문제만 해소하면 스테이터스가 낮아도 많이 성장할 수 있을 거라는 기대를 갖게 하는 녀석이다.

"눈 부분을 찔러!"

"아, 네!"

리시아는 내 지적을 받고서야 겨우 마물을 해치운 모양이었다.

으음……. 불안하기 짝이 없다.

단순히 마물의 강함만 따지자면, 움직임의 재빠름, 공격력, 키르가 고전하는 정도로 미루어 보아 레벨 35 전후쯤 될까? 은근히 강하다.

라프타리아나 필로, 할망구는 일격에 해치우고 있는 것 같았지만, 에클레르와 리시아는 약점인 눈을 몇 번 찌르지 않으면 해치우지 못한다. 에클레르에게는 기술이 있으니, 그걸 쓰면 일격에 해치울 수 있는 모양이다. 키르는 완전히 공격력 부족이다. 마물의 힘을 깎는 정도가 한계인 것 같다.

"저, 저도 한번 해 볼게요!"

아, 리시아가 검에 힘을 불어넣고 있다. 훈련 중에 가끔 성공시켰던 기술을 쓰려는 건가.

"에잇!"

푸슉 하는 소리와 함께, 리시아가 내지른 검이 정체를 알

수 없는 마물의 눈을 뚫고, 등딱지를 관통한다.

게임 용어로 말하자면 크리티컬 히트다.

이제 제법 쓸 만한 공격을 하는데 그래?

"후우……."

"일단 전부 다 해치운 건가요?"

"그런 것 같군."

나는 경계태세를 풀고 주위를 확인한다.

마을의 건물들은 거의 피해를 입지 않았다. 집요하게 사람들만 노렸던 모양이다.

이렇게 의식적으로 사람들만을 표적으로 삼았던 마물이 있었던가? 파도 때 출현한 마물들은 사람들뿐 아니라 건물들도 파괴하니까 경우가 약간 다르다고 할 수 있다.

나는 정체불명의 마물이 나타났던 방향으로 걸어간다.

"응?"

그 방향에는, 이 일대에 서식하는 마물들의 시체가 나뒹굴고 있었다.

"이봐, 이렇게 마물도 죽은 걸 보면…… 인간만 덮치는 게 아니었나 보군."

구역 다툼일 가능성이 상당히 높다고 봐도 무방하리라. 본체가 어디 있는지는 모르겠지만.

"그렇게까지 엄청나게 강한 상대는 아닌 것 같으니, 키르 이외에는 각자 산개해서 주위 상황을 확인해 줘. 무슨 일이 있으면 보고…… 아니, 부상당한 마을 사람에 대한 처치를 우선시하도록 해."

"네!"

"알았어!"

이렇게 해서 정체불명의 마물을 상대로 한 전투는 종료되었다.

라프타리아 등에게 주위 탐색을 지시했지만, 본체가 발견된 것 같지는 않다.

야생 소녀인 필로의 후각을 동원한 수색까지 펼쳤지만, 역시 찾을 수 없었다.

"이걸 어쩐다……."

현실을 게임과 착각하는 건 아니지만, 어떤 힌트라도 없으면 적의 정체를 파악할 수가 없을 것 같다.

일대에 해가 저물고, 서서히 땅거미가 깔리고 있다.

얘기에 따르면, 요 며칠 동안 마을 사람들은 뜬눈으로 밤을 지새웠다는 모양이었다.

"뭔가 이 일대에 전해지는 마물의 전승 같은 건 없어?"

"죄송합니다. 짐작 가는 게 없습니다."

"방패 용사님 일행 분들이 오시기 전에도 주위를 정찰해봤었습니다만…… 발견된 건 딱히……."

마을 사람들에게 물어봐도 해답은 나오지 않는다.

그렇다면 정보 정리를 위해서 성에 한 번쯤 돌아갔다 오는 것도 한 방편이겠군. 하지만, 마을 사람들을 보호해 주지 않으면 위험한 것 역시 사실이다.

모험가들도 촌민 호위 임무를 맡아 주고 있긴 하다.

하지만, 은근히 강한 이 마물들과의 싸움은 방어 일변도의 싸움이 되는 양상이라 해결의 실마리를 좀처럼 찾을 수가 없다.

"다만."

"응? 뭔가 알고 있는 게 있는 거야?"

"그 마물들이 동쪽 하늘에서 왔다는 것만은 알고 있습니다."

동쪽이라…….

출발 전에 만났던 수상한 여자도 동쪽에서 온 것처럼 얘기했던 것 같은데, 인과관계가 있는 건가?

"정보교환을 하러 한번 성에 다녀와야겠어. 라프타리아, 너희는 마을 호위를 맡아 줘."

"알았어요."

"네에. 있잖아, 주인님."

"왜 그래?"

"있잖아. 아까 그 마물 말이야. 다른 마물들을 잔뜩 죽이고 있는 것 같았어."

그러고 보니, 필로가 여기 올 때 마물이 안 보인다는 얘기를 했었다.

확실히…… 마물의 수가 눈에 띄게 감소한 것 같은 느낌이다.

라프타리아와 다른 동료들도 마물 시체를 다수 발견했다고 보고했다.

"알았어. 그럼 다녀올게."

해가 진 것을 확인한 후, 나는 용사들과의 정보교환을 위해 포털을 타고 성으로 날아갔다.

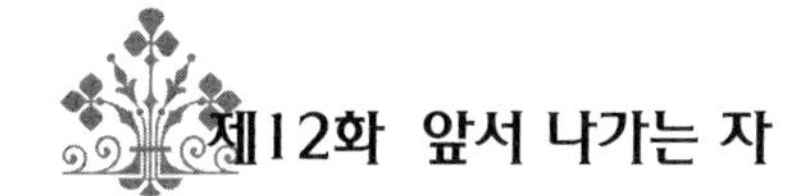

제12화 앞서 나가는 자

"내가 싸운 마물들은 이런 녀석들이었어."

성으로 돌아오니, 여왕의 지시대로 용사들이 일시 귀환해 있었다.

다른 용사들 역시 나와 마찬가지로 거북이 등딱지 같은 걸 짊어진 마물과 조우했다고 한다.

"이렇게 광범위하게 출현하는 게 말이 되는 건가……?"

나는 용사들의 얘기를 정리하던 여왕에게 묻는다.

여왕은 곤혹스러운 표정으로 미간을 찌푸린 채 생각에 잠겨 있다.

그러다가 이윽고 입을 열어 말한다.

"솔직히…… 같은 마물이 이렇게 광범위한 규모로 출현한 걸 보면, 뭔가 예측 불가능한 사태가 일어나고 있다고 생각해도 좋을 것 같아요."

"파도인가?"

"전혀 가능성이 없는 얘기는 아닐 것입니다. 하지만……."

하긴, 그러고 보면 파도라고 생각하기에는 여러모로 이상한 점이 많다. 무엇보다 다음 파도의 도래 예정 시간은 1주일 후……. 이제 6일 후가 되는군.

원래 파도란 건 무슨 일이 일어나도 이상할 게 없는 현상이지만, 아무리 그래도 이건 좀 말이 안 된다.

"너희는 뭔가 알아낸 거 없어?"

세 용사들에게 묻는다.

그러자 세 사람 모두, 뭔가 고민에 잠기는 표정을 지었다.

이윽고—.

"아니."

"모르겠는데."

"네, 아무것도 모르겠어요."

오늘 낮의 그 불온한 기색들은 다 어디로 갔는지, 하나같이 부자연스러우리만치 담백하게 나를 쳐다보며 대답한다.

……분위기가 어째 좀 수상한데.

"사역마를 부리는 주인의 정체가 판명이 안 되고 있어. 너희, 게임을 할 때 경험한 것 중에 뭔가 짚이는 거 없어?"

용사들은 여러 면에서 게임 지식을 기반으로 행동하고 있다.

이제 그 지식에만 기대기 힘든 부분도 많긴 하지만, 뭔가 힌트가 될 만한 걸 알고 있을지도 모른다.

"……전혀 모르겠는데."

"짚이는 게 하나도 없어."

"도무지 짐작도 안 가네요."

세 사람은 서로를 마주 보며, 어쩐지 가벼워 보이는 말투로 내뱉는다. 꼭 기다리기라도 했다는 듯 대답이 바로 튀어나오잖아.

요즘에는 불만에 가득 차서, 나와 대화할 때면 마지못해 한다는 감정이 팍팍 묻어나던 놈들이었건만.

셋이서 서로를 보며 고개를 끄덕거리고 있는 건 대체 뭐야?

"너희…… 진짜 아무것도 모르는 것 맞아?"

내 직감이, 이 녀석들은 뭔가 알고 있는 게 있다고 가르쳐 주고 있다.

"모른다고 했잖아!"

조금 전까지 평온한 척을 하고 있던 렌이 제일 먼저 언성을 높이고 등을 돌린다.

왜 발끈하는 거냐. 오히려 더 수상하게 느껴지잖아.

"나오후미, 네가 무슨 용사들의 리더라도 되는 건 아니잖아? 그만 좀 따지라고. 우리는 아무것도 모르니까."

"저희에 대한 신뢰가 부족한 거 아니에요?"

용사들은 내 속을 뒤집어놓는 말로 대화를 거부하고 등을 돌린다.

제기랄……. 내가 언제 리더처럼 굴었다는 거냐!

수상하니까 따져 물은 것뿐이잖아! 아니, 화내 봤자 녀석들은 아무것도 자백 안 할 테지.

낮에 있었던 일도 있어서, 녀석들은 나와의 대화를 거부하고 있다.

"어쨌거나 우리는 지정받은 곳을 지켜야 해. 보고는 끝났으니까 이제 그만 가 봐야겠어!"

렌이 소리치고, 모토야스도 동의하고, 이츠키도 분위기에 편승해서 떠났다.

그 후, 그들이 포털을 타고 사라지는 모습을 목격했다.

수상하기 짝이 없는데…….

"여왕."

"알고 있습니다. 그림자에게 잠입 추적 명령을 내려서 정보를 수집할 테니 잠시만 기다려 주시길."

용사 놈들이 엉뚱한 짓을 하면 내가 난처해질 수도 있다고.

의지해 볼 만할지 어떨지는 모르지만, 어쨌거나 용사 놈들의 행동이 수상한 상황이니 여왕과 그림자들을 믿어 보는 수밖에 없다.

"그건 그렇고, 사역마라……."

"듣자 하니 인근 각국에서도 동일한 보고가 들어오고 있는 모양이더군요."

여왕이 지도를 펼쳐서 동일 마물 출현 보고가 들어왔다는 범위를 표시해 나간다.

범위는 메르로마르크와 그 주변……보다 더 넓군.

……세계지도 단위로 목격되고 있는 모양이다.

그리고…….

"동쪽에서 서쪽으로 향하고 있잖아?"

"그런 것 같습니다."

여왕이 정리한 마물 출현 위치와 날짜 일람을 보니, 동쪽에서 서쪽을 향해 뻗어 가고 있다는 것을 알 수 있었다.

그러고 보니…….

"출발 직전에 이상한 여자가 나한테 말을 걸었었어."

"네?"

나는 자신을 해치워 달라고 호소하던 여자에 대해 여왕에게 얘기했다.

그 여자가 동쪽을 가리켰다는 것. 나도 모르는 사이에 바람처럼 사라져 버렸다는 것. 단순히 내 착각으로 치부하기에는 아귀가 들어맞는 부분이 많다. 뭔가 연관이 있다고 봐도 좋을 것이다.

"확실히 상황에 부합하는 부분이 많군요. 그나저나 성무기라니…… 사성무기를 가리키는 말이었을까요?"

"그런 것 아닐까? 뭐랄까, 고풍스러운 명칭 같은 거."

"그건 그렇고, 해치워 달라는 건 무슨 말일까요? 어쨌거나, 조사를 해 보도록 하지요."

"부탁할게."

나는 보고를 정리하고, 라프타리아와 동료들이 경비를 맡고 있는 마을로 귀환했다.

"다녀왔어."

"아, 나오후미 님!"

성에서 돌아오니, 라프타리아가 다급한 표정으로 내게 달려왔다.

"무슨 일이야?!"

"키르 군이!"

"뭐야?!"

나는 라프타리아를 따라서, 마을 치료원으로 황급히 달려간다.

치료원에서는 등에 커다란 화상을 입은 키르가 고통을 참으며 치료를 받고 있는 중이었다.

"아, 방패 형."

"괜찮아?!"

"으, 응. 무지하게 아프긴 하지만, 생명에 지장은 없대……. 아야야야야!"

나는 치료사와 함께 키르의 등에 회복마법을 걸고, 동시에 치료약을 환부에 바른다.

"어쩌다가 이렇게 된 거야?"

"그 마물 한 마리가 혼자서 날아다니고 있는 걸 보고, 나 혼자서도 해치울 수 있을 것 같아서 다가갔지 뭐야……."

"나 참, 그런 무모한 짓을! 그러다 죽으면 어쩌려고 그러세요?!"

라프타리아가 눈물이 그렁그렁한 눈망울로 키르를 질책하고 있다.

에클레르와 할망구도 걱정하는 동시에 화를 내고 있는 것 같다.

"키르, 너는 아직 혼자서 싸우기는 일러. 무슨 일이 생기면 다른 동료들한테 보고하라고 했을 텐데?"

"아, 알았어. 다시는 안 그럴게."

생각보다 상처가 깊잖아……. 대체 어떻게 된 거야?

응……? 키르의 등에 뭔가가 박혀 있다.

이 증상은…….

"키르, 그 마물이 너한테 무슨 짓 안 했어?"

"응? 열선을 맞고 쓰러진 내 등에 달라붙긴 했지만…… 그 직후에 바로 라프타리아랑 다른 사람들이 구해줘서 나도 잘 모르겠어."

큰일 났다! 이건 더 볼 것도 없잖아.

마물들이 왜 이렇게 대량으로 나타나는지, 그 수수께끼가 풀렸다.

“아플지도 모르지만 좀 참아!”

“뭐, 뭘 하려는 거야!”

나는 보따리에서 치료약을 꺼내서 뚜껑을 열고, 키르의 상처 부위에 벌컥벌컥 들이부었다.

“끄아아아아아아아아아아아아악!”

고통을 견디다 못한 키르가 비명을 지른다.

하지만 문제는 그게 아니라고! 이걸 방치했다가는 목숨이 위험해져!

쩌어억 소리를 내며, 키르의 등 안쪽에 달라붙어 있던…… 거북이 등딱지 같은 무언가가 떨어져 나온다.

“하아…… 하아…….”

“나, 나오후미 님? 도대체 어떻게 된 일이에요?”

“정말이지, 이 마을에는 이런 악연이 따라붙는군.”

내 대답에…… 라프타리아는 무슨 일이 벌어진 건지를 알아챘다.

남서쪽 마을은 폭주한 바이오플랜트에게 점거당한 적이 있었다. 그리고 바이오플랜트는 인근에 있는 인간에게 씨앗을 뿌리고, 기생해서 조종하는 단계에까지 다다를 지경이었다.

그렇다. 정체불명의 마물은 키르의 등에 알 같은 걸 심어 두었던 것이다.

"꾸으으……."

"어쩐지……. 회복이 너무 더뎌서 좀 이상하다 싶더라니."

그 짧은 시간에 이런 짓까지 저지르다니, 이거 꽤 성가신 놈들인데……. 어라?!

"주인님!"

주위를 경비하고 있던 필로가 커다란 목소리로 부른다.

"왜 그래?!"

"지금 말이야, 마물 시체에서 그 마물이 쩍 하고 튀어나오는 모습이 보였어!"

뭐라고?! 보아하니 시체 같은 걸 매개체 삼아서 머릿수를 늘리는 성질을 갖고 있는 모양이다.

"빨리 가서 근처의 마물들…… 생물들의 시체를 한곳에 모아! 그리고 모조리 불태워서 처분해야 해."

그런다고 해결되리라는 보증은 없다. 하지만 이렇게라도 하지 않으면 피해가 날로 늘어날 가능성이 높다.

"키르 군, 괜찮으세요?"

"이, 이런 상처쯤 끄떡없다고. 어라……?"

일어서려던 키르가 치료대 위로 풀썩 고꾸라진다.

"힘이 안 들어가."

"지금은 치료를 우선시해. 너한테 일을 시킬 수는 없어."

"너무해! 나도 다른 사람들이랑 같이 싸우고 싶은데!"

"지금의 너는 무리해서 움직일 수 있는 상황이 아냐. 더 큰일 벌어지기 전에 치료부터 해."

"우우……."

스스로의 무력감을 절감한 키르가 베개에 얼굴을 묻고 신음한다.

이제 막 치료된 그 등을, 라프타리아가 다정하게 쓰다듬어 주고 있었다.

"주인님!"

"또 왜 그래?"

"지금까지 나온 거랑은 다른 마물이 나타났어!"

"젠장! 쉴 새도 없이 튀어나오잖아!"

나는 허겁지겁 치료원에서 뛰쳐나와 필로 쪽으로 향한다.

라프타리아와 에클레르와 할망구도 내 뒤를 따른다.

"후에에에……."

필로와 한 팀을 이루어 경비를 맡고 있던 리시아가, 어둠 속에 숨어있는 마물 앞에서 얼빠진 목소리를 흘린다.

나는 그 방향으로 시선을 집중했다.

거기에는…… 마물이 있다.

신장은 약 2.5미터. 필로리알 형태의 필로와 거의 같은 신장을 가진, 온몸이 털로 뒤덮인 설인(雪人) 같은 마물. 등에는 역시나 거북이 등딱지 같은 걸 짊어지고 있다.

마물의 이름을 판독해 본다.

――의 사역마(설인형)

크윽……. 역시 본체의 이름이 안 나오잖아!

거북이 등딱지를 짊어진 설인이 주먹을 치켜든 채 이쪽으로 달려든다.

아까 그 녀석들과 마찬가지로 약한 마을 사람들을 공격하려는 것 같다.

"다들 준비해! 간다!"

"네!"

내 목소리에 모두가 고개를 끄덕이고, 내달렸다.

거대한 주먹을 내가 막아내고, 덕분에 움직임이 둔해진 녀석을 전원이 단숨에 공격해서 해치웠다.

딱히 고전하지는 않았지만, 손에 들어온 경험치는 카르밀라 섬 활성화 때의 경험치를 제외하면 상당히 높은 편이다.

"에클레르와 할망구, 일반 모험가가 이 녀석과 제대로 맞서 싸우려면 어느 정도 레벨이 필요할 것 같아?"

"어디까지나 추측입니다만, 단독으로 싸우려면 최소 45는 필요할 겁니다."

"아무리 무술에 재능이 있는 자라도, 그 정도는 필요할 거다."

최소한 45……. 게다가 기술적으로 우수한 녀석이라는 전제까지 달려 있다니.

그렇다면 기본적으로 55 정도는 필요하다고 봐도 좋을 것이다.

국가의 클래스 업 허가를 받지 못해서 레벨이 40 이상을 넘지 못한 모험가라면 고전을 면치 못할 괴물이잖아, 이 녀석.

아무래도 박쥐형만큼 흔한 녀석은 아니어서 그런지, 마을 사람들도 모르고 있었던 모양이다.

어쨌거나 이런 녀석도 존재하는 것이다.

거북이 등딱지를 달고 있다는 공통점을 지닌 이 녀석들의 본체가 어디에 있는지를 확인해야만 한다.

"후에에에……."

겁에 질린 리시아가 쓰러진 마물을 조사하고 있다. 그렇게 무서우면 조사는 왜 하는 거냐.

"저기, 그게……."

리시아가 어쩔 줄 몰라 하며 나에게 뭔가를 말하려는 것 같다.

미간을 찌푸리면서 캐물으면 괜히 더 겁에 질려 버릴지도 모른다.

그래서 가능한 한 평정을 유지한 채 묻는다.

"왜 그래, 리시아?"

"그게 말이죠, 예전에 책…… 이야기책에서 이 마물에 대한 얘기를 읽었던 것 같아서요."

"뭐라고?!"

"히이익!"

겁내지 말라고 주의를 주고 싶지만, 상대는 리시아다.

진정하자……. 용사 놈들보다는 훨씬 더 캐묻기 쉬운 상대 아닌가.

"미안. 그래서? 무슨 얘기인지 가르쳐주면 안 될까?"

"후에에에……. 죄, 죄송해요. 거기까지는 기억이 안 나요."

얼빠진 목소리에 약간 짜증이 치밀지만, 어쨌거나 유익한 얘기를 들었다.

이 정도면, 리시아와 함께 다니는 것에는 확실한 의미가 있다고 해도 좋을 것이다.

방구석 폐인 만세……. 전투는 아직 풋내기지만.

"무슨 얘기였는지 기억해 내줘. 아니, 기억이 나거든 가르쳐줘. 그게 해결의 실마리가 될지도 모르니까."

"아, 네!"

서로 교대로 휴식을 취하며 마을을 호위하는 게 좋을 것 같다.

말썽은 메르로마르크 국내 곳곳에서 일어나고 있으니, 이 마을만 지킨다고 해서 딱히 의미는 없지만…… 아무것도 안

하고 있는 것보다는 훨씬 낫다.

날이 밝거든 당장 여왕에게 보고하러 가자. 용사들 일도 있으니까.

……그날을 끝으로, 용사들은 다시는 보고를 하러 나타나지 않았다.

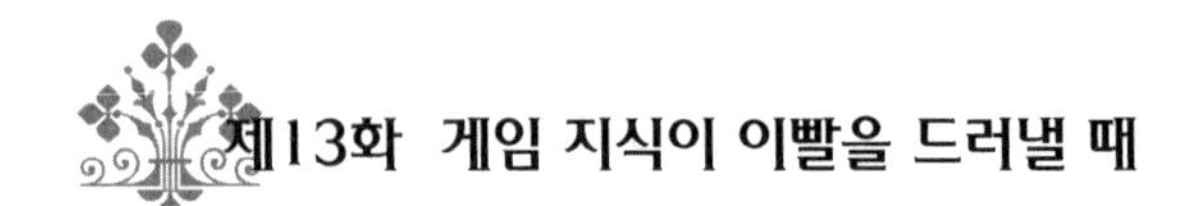

제13화 게임 지식이 이빨을 드러낼 때

"그 바보 자식들!"

남서쪽 마을 호위와 사건 조사를 시작한 지 사흘째 밤.

이틀째 밤에 용사들은 보고를 위해 나타나지 않았다.

용사의 동료들 쪽을 추적하고 있던 그림자의 보고가 들어온 게 사흘째 오후. 용사들이 사건 해결을 맡은 담당 지역으로부터 이동을 개시했다는 얘기였다.

보고가 들어왔을 때 나는 담당 구역 조사 때문에 자리를 비운 상태였기에, 그 얘기를 들은 건 밤이 된 이후였다.

키르는 성의 치료원에서 검사를 받고, 본격적인 치료를 받고 있다.

리시아는 뭔가 짐작 가는 게 있다고 해서, 성의 도서관에 보내서 조사를 시키고 있는 중이다.

그 정체불명의 마물은…… 역시 수를 점점 불려 가며 인근 마을이며 도시를 덮치고 있는 것 같았다.

박쥐 쪽은 위협이 될 정도는 아니라서 대처가 용이했지만, 설인 쪽은 수는 적을지언정 일반 모험가들을 고전하게 만들고 있다.

이미 모험가 길드 쪽에도 의뢰가 들어가서, 숙련된 모험가들을 파견하고 있다.

그리고 본론으로 돌아가서, 용사 놈들……. 뭔가 숨기고 있다 싶었더니 결국 꼬리를 드러냈다.

용사 놈들은 메르로마르크 국경을 강행 돌파해서 전진하고 있다고 한다.

"국경을 돌파할 당시의 정황에 대한 증언이 들어와 있습니다. 이것이 그 당시의 증언을 기록한 것입니다."

"어디 보자……. '이번 사건을 해결하기 위한 일이다! 방해하지 마라.'?"

그림자가 건네준 종이에 적혀 있는 내용의 이면을 파악한다. 역시 뭔가 알고 있었던 거군.

그 외에도 '여왕과의 약속을 어긴 건 아니다.', '사건 해결을 위해서는 불가피한 일이다.' 등등의 구실들이 적혀 있다.

"어쩌지? 추적할까?"

녀석들이 어디로 향하고 있는지는 모르겠지만, 괜히 싸돌아다니다가 죽어 버리기라도 하면 내 입장에서도 더없이 난처한 일이다.

"글쎄요……. 하지만 이제 와서 추적하는 건 상당히 버거울지도 모르겠습니다."

"왜지?"

"도중에 비룡이나 필로리알을 갈아타 가면서, 쉴 새 없이 나아가고 있다고 했거든요."

으음……. 그건 좀 성가신데.

내 이동수단은 필로다. 필로 자체는 걸음이 상당히 빨라서, 일반적인 말이나 필로리알로는 따라잡기 힘들 만큼의 속도를 낼 수가 있다.

하지만, 아무리 그래도 필로는 자동차가 아니라 생물이다. 휴식이 필요하다.

게다가 용사 놈들이 비룡을 갖고 있다면 더더욱 성가시다. 그건 지형을 무시하고 날 수 있기 때문이다.

비룡과 필로리알을 갈아타 가면서 내달리고 있다면, 필로의 주력만 가지고는 따라잡을 수 없다.

그들과 같은 방식으로 갈아타 가면서 추격해서 속도를 맞추는 방법도 있지만, 그러면 기껏해야 같은 속도이니 따라잡는 건 불가능할 것이다.

갈아타고 이동하면서 중간중간 필로를 타고 가면 따라잡을 수 있을까?

하지만, 용사 놈들은 각각 다른 루트를 통해 어딘가로 향하고 있다.

세 팀으로 나누어서 쫓아갈 수도 있지만…… 애초에 녀석들을 따라잡는다 해도 녀석들을 저지할 수단이 막막하다.

실력으로 제압했다가는 소동이 더 커질 테고, 다음 파도까지는 이제 나흘밖에 안 남았다.

추적하는 도중에 파도에 휘말릴 게 뻔하다.

다른 나라의 파도에 참가……. 아니, 용사 놈들도 메르로마르크의 파도 때 돌아오는 것 아닐까?

어찌 됐건, 나는 내 나름대로 파도에 대비하는 수밖에 없는 건가…….

"용사들이 어디로 가려는 건지는 알아냈어?"

"각 용사들이 향하고 있는 방향으로 미루어 보아 추측해 보면……."

여왕이 가리킨 곳은 메르로마르크에서 꽤 떨어진 동쪽 나라였다.

……또 동쪽. 이쯤 되면 그 수상한 여인이 이번 사건과 인과관계가 있다고 확신해도 되리라.

"현재의 진행속도로 보아, 용사님들은 사흘 후 정도면 도착하실 수 있을지도 모르겠습니다."

"파도 하루 전이라……. 녀석들이 뭘 하려고 할 것 같아?"

"아마도 경계해 두는 편이 좋겠지요. 그나저나…… 이 마물들은, 설마…….”

포털로 갈 수 있으면 좋으련만……. 골치 아픈 일이다.

한 번 가서 등록한 곳 이외에는 포털을 쓸 수 없으니.

……응?

“추격할 수 있는 방법이 하나 생각났어. 좀 기다려 줘.”

나는 포털을 이용해 라프타리아 등과 합류하고, 필로에게 말한다.

“뭔데에, 주인님?”

“피트리아와 얘기를 좀 하고 싶어.”

“알았어~.”

라프타리아와 에클레르, 할망구가 고개를 갸우뚱거리고 있다.

“있잖아, 왜애? 라고 그랬어.”

나는 지도를 펼쳐서 용사들이 향하고 있는 곳을 가리키며 묻는다.

“네 전송 능력으로 우리를 여기로 데려다줄 수 없을까? 용사 놈들이 그리로 가고 있어. 뭘 하려는 건지, 쫓아가서 따지고 싶어.”

그러자 필로의 바보털이 쫑긋쫑긋 움직였다.

“응, 응. 알았어~. 있잖아, 거기에 가는 건 피트리아의 관할 밖이라서 못 데려다준대.”

"엉? 어이, 잠깐, 용사 놈들이 뭘 할지 알고 있는 거야?"

"응. 마음 같아서는 도와주고 싶지만, 사성용사가 이렇게까지 사이가 안 좋다면…… 세계를 위해서 단념해 달래."

설마 이건…… 피트리아 녀석, 예전에 '……몇 번째 파도 이후인지는 모르지만, 세계가 모든 목숨의 희생을 강요하는 때가 올 거야.' 라고 언급했던 바로 그때가 다가오고 있다는 얘기를 하려는 건가?

『사람들을 위하는 길과 세계를 위하는 길. 만약 다른 용사들과 도저히 친해질 수 없거나 사명을 포기하려면, 그때까지 살아남아. 그때 세계를 위한 길을 선택한다면, 막대한 희생은 생길지언정 사명은 완수할 수 있으니까.』

이번이…… 바로 그때라고?

"잘만 되면 이번이 마지막 파도가 될지도 모른다고 그러는데?"

"이게 예전에 얘기한 그때라는 거야?"

"저기, 나오후미 님, 필로…… 아니, 피트리아 양이랑 무슨 얘기를 하고 계신 거예요?"

"아아, 예전에 피트리아와 만났을 때 둘이서 한 얘기가 있었어. 세계를 위해서 모든 생명의 희생을 강요하면 세계를 구해낼 수 있다고 했던가……?"

"그 용사들이 세계를 위해서 뭔가를 하려는 건가?"

에클레르가 몸을 쑥 내밀며 묻는다. 당장은 믿기 힘든 얘기지만 말이지.

"어쨌든 무슨 일이 일어날지는 모르지만, 이번 사건, 나아가서 파도 전체가 지금 용사들이 하려는 행동 덕분에 해결될지도 모른다는 모양이야."

"괜찮은 건가?"

"약간 불안하긴 해. 보호해야 할 지역이 너무 많아서 감당이 안 돼……. 하지만."

나는 필로의 바보털을 향해 입을 열었다.

"포기할 수는 없을 것 같거든. 쫓아가 봐야겠어."

"있잖아~, 그럼 잘해 보래. 피트리아는 멀리서 지켜보고 있겠대."

나 참, 필로리알의 여왕은 인간의 일에 대해서는 아무런 관심도 없고, 가르쳐주지도 않겠다는 건가.

어쩌면 피트리아는 나를 비롯한 사성용사들을 포기한 건지도 모른다.

그것도 그럴 만하다는 생각이 들었다.

이렇게 긴박한 상황이건만, 용사라 불리는 녀석들이 싸움박질이나 하고 있으니까.

내가 피트리아였더라도 포기했을 거다.

그래도 너는 기대하고 있겠지?

사람들을 위해 싸워 주었으면 한다고 했던 그 마음으로……. 하지만 쉬운 길로 가게 하지는 않겠다는 건가.

나는 동료 모두를 데리고 여왕이 있는 성으로 이동해서 사정을 설명했다.

"알겠습니다……. 역시, 용사님들이 무엇을 향해 가고 계신 건지를 파악하셨군요."

"거기에 뭐가 잠들어있는 거지?"

그때 리시아가 옥좌가 있는 방으로 달려와서 나에게 말을 걸었다.

얼굴이 새파랗게 질려 있었다.

보아하니 리시아도 여왕과 마찬가지로 무언가를 알아낸 모양이군.

"후에!"

"하려는 얘기가 뭐야?"

"후에에…… 아, 맞아. 그게……."

"응? 뭐지?"

"이츠키 님이 어디로 가시는지를 알고 나니, 그 마물이 뭐였는지 떠올랐어요."

"오? 알아낸 거야?"

"네. 과거의 용사 전승에 나왔던 거였어요. 영귀라는 마물의 사역마가 그렇게 생겼다는 얘기를 읽은 적이 있어요."

"네, 아마 그게 맞을 겁니다."

"영귀……?"

영귀라면 '유령'의 '영(靈)'에 거북 귀(龜) 자를 써서 영귀인가?

영귀는 내가 살던 세계에서는 전설 속에 존재하는 환수(幻獸)의 이름이었던 것 같은데.

뭐, 게임에서 자주 등장하는 사성수(四聖獸)에 비하면 마이너한 편이긴 하지만…….

그래도 이쪽 역시 사령(四靈)이니 서수(瑞獸)니 하는 부류에 속하는, 만만치 않은 입지를 가진 생물이다.

청룡, 주작, 백호, 현무를 사성(四聖), 혹은 사신(四神)이라 부르고, 기린, 봉황, 영귀, 응룡(鷹龍)을 사령이라 부른다.

비슷한 생물이니 같은 거라고 착각하는 사람도 있겠지만, 엄연히 다르다.

영귀 역시 마찬가지다. 비슷한 입지에 해당하는 환수는 현무다.

영귀는 봉래산을 등에 짊어진 거대한 거북이.

현무는 꼬리가 뱀 모양으로 그려지는 경우가 많고 긴 다리를 가진, 북방의 수호신.

봉래산은 동쪽에 있는 선인이 살고 있는 산이라 하니, 그걸 북방의 수호신이 짊어지고 있을 리는 없다.

"그래서? 이번에 메르로마르크에 출현한 정체불명 마물

의 정체는 영귀의 사역마라는 거야?"

"아마도요……."

……뭔가 장난 아니게 위험할 것 같은데. 내가 나서야만 할 상황이 될 것 같다.

"흐음……."

내 세계에서의 영귀는 치수(治水) 같은 것에 관련된 환수였던 걸로 기억한다.

그 외에도 미래의 길흉을 예지한다거나 하는 다양한 전승이 있었다.

"그런 괴물이 이번 사건의 흑막이란 말이지……."

용사들은 나를 제치겠다는 생각에, 그 자리에서 내게 얘기하지 않고 자기들 멋대로 앞서 나간 것이리라.

녀석들의 꿍꿍이를 짐작하는 건 어렵지 않다.

아마 녀석들에게 영귀는 강력한 무기를 떨어트리는 마물 정도에 불과할 것이다.

영귀를 요령껏 해치우기만 하면, 세계를 위협하는 사건을 해결하는 동시에 강력한 무기를 손에 넣을 수 있다.

그리고 사람들은 나보다 자기들을 더 칭송할 게 분명하다……. 그런 식으로 생각하고 있는 게 분명하다.

"하지만 영귀는 과거에 용사들에 의해 봉인됐고, 봉인 해제 방법도 용사들이 무덤 속까지 가져갔다고 알고 있습니다."

"원래부터 그 세 용사 놈들은, 자기들이 이 세계의 정보를 훤히 꿰뚫고 있다고 생각하고 있었으니까."

내가 플레이했던 게임에서는……이라는 식으로, 실전된 봉인 해제 방법을 알고 있을 것 같다.

아마 자기들이 플레이했던 게임 속 지식을 이용해서 봉인을 풀려는 것이리라.

그러고 보니, 돌이켜 보면 이츠키가 이렇게 될 걸 암시하는 발언을 했었던 것도 같다. '언제까지 그렇게 건방지게 굴 수 있는지 두고 보자고요.' 라고.

그때는 단순히 감정에 휩쓸린 정신 승리 발언 같은 거라고 생각했었는데, 이것 때문이었군.

세 사람 모두 같은 곳을 향해 가고 있는 걸 보면, 레벨 80 전후의 실력이면 물리칠 수 있는 적이라는 건가? 어쩌면 '그것' 만 믿고 만만하게 보고 있는 건지도 모르겠군.

또 게임 지식인가. 이제 제발 작작 좀 하란 말이다.

다음에 만나면 다시 녀석들에게 한 소리 하지 않고는 못 배길 것 같다.

"하지만 사역마들이 이렇게 날뛰고 있는 상황인 걸 보면, 봉인은 이미 풀려 있는 것 아닐는지요?"

"하긴 그렇군."

이건 용사들과는 무관한 일이라는 건가.

"만일에 대비해서 전투 준비를 해 줘."

피트리아의 얘기에 따르면…… 여기서 내가 아무것도 안 하고 방치해 두면 파도가 저절로 잠잠해진다는 것 같지만, 무슨 일이 일어날지는 알 수 없다.

희생을 강요한다는 건 무슨 뜻일까. 아마 피트리아 스스로도 잘 기억이 안 날 것이다.

그렇다 해도, 아무것도 안 하고 가만히 있을 수는 없다.

"혹시 모르니까, 우리는 용사들을 추격해 볼게."

"알겠습니다. 이와타니 님의 협조 덕분에 원인도 어느 정도 밝혀졌고, 마물에 대한 대처는 모험가 길드에 위탁했습니다. 부디 용사님들께 힘이 되어 주시기를 부탁드립니다."

"나 원 참, 뭐 그렇게 이기적인 놈들이 다 있는지, 넌덜머리가 난다니까."

"네. 영귀가 봉인되어 있는 나라에 연락해서, 다른 용사님들이 입국할 때 최대한 시간을 끌어 달라고 부탁해 두겠습니다."

이건 편리한데. 내가 따라잡을 때까지 시간을 벌어 줄 수 있다니.

문제는, 별개로 존재하는 메르로마르크의 파도에 어떻게 대처하느냐 하는 점이다.

일단 수행의 성과를 이용해서 해결할 수 있으면 좋으련만.

에클레르와 할망구까지 동료로서 함께하고 있으니, 지난번보다는 선전할 수 있을 거라 믿고 싶군.

이렇게 해서 옥좌의 방을 떠난 우리는 타이밍을 보아 포털을 타고 남서쪽 마을로 돌아가서, 필로가 끄는 마차를 타고 출발했다.

아무래도 나는, 세계가 파도를 극복해 낼 수 있을지 여부를 가리는 절체절명의 싸움에 몸을 맡기게 될 것 같다.

메르로마르크 국경을 넘어 이웃 나라로 이동한 것은, 나흘째 아침 무렵이었다.

필로가 마차를 끌고 밤새 달렸는데도 이제야 겨우 국경이다……. 아직도 갈 길이 멀군.

흔들리는 마차 속에서, 에클레르와 리시아가 멀미에 지쳐 쓰러져 있다.

"바, 방패 용사님……. 제발 그만—, 우욱."

"후에에에에……. 우욱……."

"멈추면 따라잡을 수가 없잖아."

간밤부터 계속 이 소리다. 이 녀석들, 이쯤이면 위장 속에 들어있던 게 다 바닥났을 텐데도 또 토하려 하고 있다.

하지만 필로도 이제 서서히 피곤한 기색을 드러내고 있다.

"할 수 없지. 시간이 아깝긴 하지만, 휴식을 좀 취하고 갈까?"

"네에……. 필로 피곤해~, 졸려~."

마차를 세운 필로는 곧바로 곤히 잠들어 버린다.

마차를 이용한 추적은 헛수고로 끝날 것 같은 분위기다.

중간중간에 있는 도시에서, 그림자들에게 용사들의 현재 위치를 물어본다.

아직 목적지인 국가에 입국하지는 못한 모양이다.

그래도 파도 하루 전에는 도착할지도 모른다고 한다.

내 쪽은…… 도착하기도 전에 시간이 다하고 말 것 같다.

이런 식으로 추격극을 벌이고 있던 것이, 파도가 도래하기 이틀 전의 일이었다.

—별안간, 유리 깨져 나가는 소리가 귓가에 울려 퍼지고, 머릿속을 뒤흔드는 듯한 거대한 충격이 몰아쳤다.

파도가 일어날 때의 소리와 비슷하지만…… 미묘하게 다르다.

"방금…… 뭔가 일이 터졌어!"

"네?"

주위를 둘러본다.

파도 때문에 전송된 것인 줄 알았으나, 나는 아무 곳에도 전송되지 않은 채, 여전히 마차 속에 있었다.

"갑자기 왜 그러세요?"

"뭔가가 일어난 건 확실해. 필로, 혹시 이거, 영귀의 봉인이 풀리는 소리 아냐……?"

용사들이 이미 도착했다고 봐도 좋은 건가?

나는 시야 구석에 있는, 파도 도래 시간을 알리는 빨간 모래시계 아이콘을 불러낸다.

―카운트다운이 '파도까지 앞으로 2일' 이라는 시점에서 정지되어 있었다.

그리고 그 옆에 또 하나의―, 파란 모래시계가 나타나 있고, 거기에는 '7' 이라는 숫자가 새겨져 있다.

"모래시계가 하나 더 나타났어. 7이라는 숫자가 적혀 있는데, 이게 뭘 뜻하는 숫자인지는 모르겠어."

도움말을 호출해서 새로운 항목이 없는지를 확인한다.

하지만…… 이렇다 할 정보는 보이지 않는다.

이때의 나는, 혹시 이제 방패 용사로서의 사명을 내려놓을 수 있게 된 것 아닐까 하는 기대와, 희생을 강요한다는 명목으로 세계를 버리는 것 아닌가 하는 죄책감 사이에서 망설이고 있었다.

"어, 어쩌면 좋죠?"

"이대로 계속 추격하는 수밖에 없겠지."

무슨 일이 일어난 건지는 모르지만 그렇다고 아무것도 안 하고 있을 수는 없다.

"혹시 포털을 쓸 수 있으려나?"

나는 포털 실드를 사용해서 확인한다.

……응. 일단은 가능한 모양이다.

하지만 대체 무슨 일이 일어난 건지 짐작도 가지 않는다.
유력한 가설은, 동쪽 나라에서 무슨 일인가가 일어났다는 가능성이다.
용사들이 뭔가 일을 일으킨 건가……?
우리는 그대로 필로의 마차를 타고 하루 정도를 달렸다.
그때, 도중에 들른 도시 앞에서 그림자가 나타나 우리를 불러 세운다.
"방패 용사님, 부디 메르로마르크로 일시 귀환해 주십시오."
아, '소이다'가 아니다.
그림자들 중에는 말끝마다 '소이다.'를 붙이는 특이한 녀석이 있다.
그 이외의 녀석들은 솔직히 누가 누군지 분간이 안 간다.
"뭔가 일이라도 생긴 건가?"
"그게—."

사건은 여기서부터 시작된 것이었다……. 피트리아의 꿍꿍이도, 나의 생각도, 용사들의 폭주도…… 그 모든 것들을 깨부수고 벌어진, 세계를 뒤흔든, 말 그대로 대사건의 시작이었다.

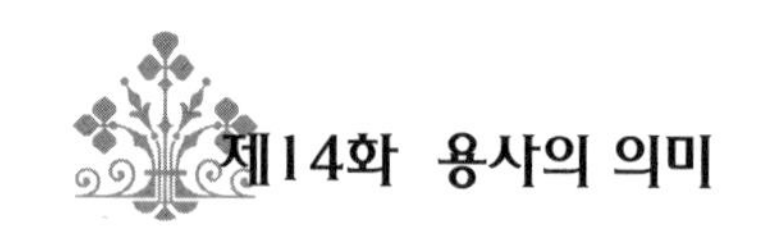

제14화 용사의 의미

“영귀가 인구 밀집 지역으로 이동 중입니다. 여왕께서 방패 용사님의 귀환을 요청하고 계십니다.”

“뭐라고?”

봉인을 해서 가둬 둬야 할 정도의 괴물이 인구 밀집 지역으로 가는 중이라니……. 뭐야, 이거 엄청나게 위험한 상황 아냐?

“용사 놈들을 추적하고 있던 그림자들의 보고는?”

“각 용사들에게 붙여 두었습니다만…… 소식 불명 상태입니다.”

“흐음……. 알았어. 그럼 일시 귀환하지.”

우리는 포털 실드를 사용해 메르로마르크로 귀환해서, 여왕과 얘기하기 위해 옥좌가 있는 방으로 향했다.

“길 떠난 지 얼마 되지도 않아서 이렇게 되다니 못 해 먹겠네.”

“정말 죄송합니다.”

“그래서? 용사 놈들 추적은 어떻게 되고 있지?”

아마 목적지인 나라에 도착하자마자 게임 지식에 의지해서 봉인을 해제했다거나 하는 몰상식한 짓이라도 저지른 거겠지.

"네. 그게, 용사님들이 영귀가 봉인되어 있는 지역에 진입하기 전에 영귀가 먼저 움직여서…… 그 혼란의 와중에 용사님들이 자청해서 영귀 쪽으로 향했다고 합니다."

"그래서?"

여왕의 시선이 방황한다. 들으나 마나 황당한 대답이 돌아오겠지.

"소식 불명…… 상태라고 합니다."

바보들 아닌가? 당해내지도 못할 상대에게, 게임 지식만 믿고 돌격하다니…….

뭐, 용사들 때문에 봉인이 풀린 건 아닌 것 같다는 건 그나마 다행이군.

그놈들이라면 '영귀는 약하니까 봉인을 풀어도 괜찮아!' 라고 진심으로 떠들고도 남을 테니까.

여왕의 안색이 파랗게 질려 있다. 그녀의 친딸도 그 자리에 있었을 가능성이 높은 것이다. 이런 반응을 보이는 것도 이상할 게 없다.

"이츠키 님!"

리시아가 어딘지도 모르는 사건 현장을 향해 내달린다.

"필로, 리시아를 붙잡아 와."

"네에."

필로는 재빨리 리사아의 뒤를 쫓아가서 붙잡는다.

"이거 놓아 주세요! 저는 이츠키 님을 구하러 갈 거예요. 이츠키 님!"

그렇게 처참한 대접을 받았는데도 변치 않는 일편단심을 유지하고 있다니, 이츠키도 복에 겨운 놈이군.

"좀 진정해."

"후에에에에에!"

"엉엉 울어대지 좀 마!"

"후에?!"

"얼마나 대단한 마물인지는 모르지만, 아직 죽었다고 판명된 건 아니잖아. 마지막 순간까지 포기하지 말란 말이야."

"그, 그치만……."

"어찌 됐거나 그 녀석들도 악운 하나는 타고난 놈들이니까 좀 믿어 주라고."

예를 들어, 글래스한테도 패하지 않았던가. 교황에게 기습을 당했을 때도 살아남았다. 그리고 라르크의 공격을 받았을 때도 전투 불능이 되었을 뿐, 죽지는 않았다.

세 번이나 살아남은 것이다. 어쩌면 죽지 않았을지도 모른다.

끄어어어어어, 하고 신음하면서 영귀의 발치에 기절해 있겠지. 아마도.

그런 식으로 상상이라도 하지 않으면 견딜 수가 없을 것 같다.

"아, 알았어요. 이츠키 님, 부디 무사하시길……."

기도하는 리시아를 보니 황당한 기분이다. 엉뚱한 점에서 단순하고, 두부와도 같은 나약함을 지니고 있지만, 한편으로는 강철과도 같이 단단한 정신을 갖고 있다.

신기한 녀석이야, 너란 애는.

"어찌 됐건, 영귀라는 녀석을 보러 가는 수밖에 없지 않겠어?"

"대량의 희생자를 발생시키는 게 구제 방법이라고 해서, 그냥 묵과하고만 있을 수는 없는 노릇입니다. 최대한 맞서 보는 수밖에 없습니다."

이틀 후.

여왕이 편성해 준 기사단을 거느리고 길을 떠난 우리는, 영귀와의 전투에 대비해 이웃 국가와 연합군을 구성하게 되었다.

최전선을 담당하는 건 바로 나.

전장으로 가는 도중에, 영귀에 의한 피해 상황이 잇달아 전해져 왔다.

이미 도시 다섯 개, 요새 세 개, 성 두 개가 함락당했다. 희생자 수도 상당한 수치에 달해 있는 모양이다.

영귀는 거대한 괴물이며, 그 주위로 영귀가 만들어낸 사역마들이 모여들고 있다고 한다.

지금껏 봉인당해 있는 동안에 사역마를 늘려 두었었고, 봉인이 약해지면서 사역마들이 날뛰기 시작한 것……이라고 보면 되려나.

영귀 자신이 입히는 피해도 있지만, 가까스로 도망친 사람들을 사역마들이 쫓아가서 숨통을 끊어 놓곤 한단다. 의도적으로 사람들이 많은 지역으로 이동 중이라는 분석도 나와 있는 상태다.

"용사들이 살아 있을 것 같아?"

"생존은 확실할 것입니다."

"그걸 어떻게 알지?"

"포브레이의 사성교회에는 사성용사의 생존 여부를 확인하는 장비가 존재합니다. 만약에 대비해 확인을 요청해 보니, 용사님들의 생존은 확실하다는 대답이 돌아왔습니다."

그건 낭보로군. 리시아의 얼굴에도 안도한 기색이 떠올라 있다.

어떻게든 영귀를 물리치기만 하면, 아직 희망이 남아있다고 봐도 무방하다.

가장 무서운 상황은, 이미 모든 용사들이 죽어 있고 사성용사 중에 남은 사람은 나 혼자인 상태에서 영귀를 물리치는 것이다.

그러면 세계를 위한 일이라면서 피트리아가 나를 죽이러 올 것이다.

"칠성용사라는 녀석들도 오는 거야?"

"요청은 해 두었습니다만…… 우리 쪽이 며칠 먼저 도착할 예정입니다."

칠성용사가 도착하기를 기다리는 것도 좋겠지만…… 그러는 사이에 희생자가 늘어나면 용사로서의 체면이 말이 아닐 것이다.

애당초 칠성용사의 힘에 의지하는 것 자체가 약간 무리가 있는 일이다.

애초에…… 나 역시도 이번엔 좀 위험할지도 모른다.

잠자코 지켜보고만 있으면 파도가 끝날 거라고는 하지만…… 이렇게 많은 희생자가 발생하는 마당에 도망칠 수도 없지 않은가.

죽지 않는 선에서라도, 영귀와 맞서 싸워야 한다.

그나저나…… 피트리아의 말이 사실이라면, 영귀가 마음껏 날뛰도록 내버려 두면 파도는 정말 잠잠해지는 건가?

"어찌 됐건 붙어 보는 수밖에 없겠군. 그런데 우리 쪽 병력은 어느 정도지?"

"인근 국가들의 기사, 병사, 모험가를 규합한 연합군이 모여 있습니다. 다만…… 일부 국가들이 앞서서 교전을 벌였다가 참패한 모양입니다."

"용사가 도착하지도 않았는데 덤빈 거야?"

"자신들의 나라가 눈앞에서 멸망당할 위기에 처해 있었

으니까요."

"……그랬군."

무모한 짓인 걸 알면서도 나서서 싸울 수밖에 없었다는 건가.

그 감정 자체는 이해가 간다.

"의지할 수 있는 용사는 나 하나뿐인 건가……."

솔직히 용사다운 짓이라곤 어울리지 않지만.

이렇게 엄청난 피해를 발생시킨 마물을 상대로 용사 한 명, 그것도 방어에만 특화된 방패 혼자서 맞서는 건 약간 무모한 짓이라 생각한다. 그래도, 일단 이 괴물이 어떤 녀석인지 확인해보지 않으면 죽도 밥도 안 된다.

"이제 슬슬 보이는 것 같습니다."

필로의 마차와 나란히 달리며, 여왕이 손가락질한다.

나는 지평선을 쳐다보고— 말문이 막혔다.

"저기…… 지평선 너머에서 산 하나가 움직이고 있는 것처럼 보이는데……."

저런 녀석과 싸워야 하는 건가?

아직 너무 멀어서 잘은 안 보이지만, 몬스터를 헌팅하는 게임에 등장하는 산처럼 거대한 드래곤보다도 더 큰 것 같다.

고대의 세계지도에 나오는, 세상을 떠받치고 있는 것으로 여겨지던 거북이를 상상하는 게 가장 유사한 광경일지도 모른다.

그 위에는 마을의 잔해 같은 게 얹혀 있다. 산 같은 등딱지를 짊어진 괴물.

이것이 영귀인가.

"그런데 여왕, 영귀와의 싸움이 등장하는 용사 전승에서는 저 녀석이랑 어떻게 싸우지?"

"등에 짊어지고 있는 산맥을 통해서 몸속으로 침투하고, 내부에서 심장을 봉인하는 방법을 써서 가까스로 봉인에 성공했다고 합니다."

그렇다면 저 괴물의 발을 묶어 놓은 후에 몸속으로…… 아니, 저 괴물의 발을 묶는 것부터가 불가능할 것이다. 그런 시도를 하는 동안에 연합군에 막대한 피해가 발생한다.

"짜 둔 작전은 있나?"

"일단 있기는 합니다. 아무래도 영귀는 인구가 많은 지역을 중점적으로 노리는 습성이 있는 것 같습니다. 그러니까 진행 방향에 있는 마을이며 도시, 요새에 있는 사람들을 피난시키고, 공격하기 용이한 곳으로 유도해 거기서 공격하는 작전을 고려하고 있습니다."

"그게 작전의 전부는 아닐 거 아냐?"

"네. 전승에 따라 용사님을 영귀의 몸속에 들여보내서, 심장부를 공격할 계획입니다."

라스 실드의 아이언 메이든이나 블러드 새크리파이스로 공격하는 방법인가?

간신히 방패의 저주를 해제한 지 얼마 되지도 않았지만,

지금 저 상황을 본 이상 감수하는 수밖에.

"하지만 그 방법을 쓰면 피해도 막대하게 발생하는 거 아냐?"

우리가 몸속으로 들어가 있는 사이에도, 영귀는 계속 날뛰어댈 테니까.

그렇다면…… 완전히 물리칠 때까지 상당한 피해가 발생한다.

"……네."

"이거 놔라! 나는, 나는 안 싸울 거다! 방패! 방패가 가란 말이다아아아아아!"

"……."

쓰레기가 여왕의 옆자리에서 악다구니를 써댄다.

여왕은 쓰레기의 머리통을 한 손으로 붙잡고 물 마법으로 가면을 만들어서 입을 틀어막는다.

이 녀석은 정말 구제 불능이군.

"알고 있습니다. 하지만 확실한 방법으로 저 괴물을 물리치는 수밖에 없습니다."

쓰레기 때문에 분위기가 엉망진창이 됐다.

그나저나 이놈이 왜 여기 있는 거야? 장군 신분으로 데려왔다는 모양이지만, 이따위로 굴면 차라리 없는 편이 낫다.

"글러 먹었군. 여러 가지 의미로."

"무슨 말씀이신지?"

"네 남편도 글러 먹었지만, 방금 그 작전은 피해가 너무 많이 발생해."

무모하기도 하고, 피해가 늘어난다.

일단 영귀의 공격이 어느 정도의 위력인지를 확인하는 게 급선무다.

지금 갖고 있는 건, 이 세계 녀석들이 어떻게 싸우다가 패했는지에 관한 정보뿐이다.

"일단…… 연합군의 회의에 출석하시지요."

"알았어."

본진으로 돌아온 나는 라프타리아와 동료들을 대기시켜 두고, 작전 회의가 열리는 연합군 군영으로 향했다.

"오오……! 방패 용사님!"

"제발 세계를 구해 주십시오."

"부탁드립니다. 우리 나라는 저 녀석 때문에……."

연합군 고위층의 안색이 좋지 않다. 워낙 절망적인 상황이니 그럴 만도 하다. 여기서 나까지 도망치면 더 이상은 어찌해 볼 수단이 없다.

"일단 어떻게 저 거구와 싸울지를 궁리하는 게 먼저겠지요."

여왕이 심각한 표정으로 입을 연다. 쓰레기는…… 이 자리에는 없는 모양이군.

뭐, 있었다면 괜히 방해만 될 뿐이었겠지만.

"맞아. 저런 녀석을 상대로 용사가 도움이 되긴 하는 거야?"

용사인 나 스스로가 묻는다.

이전에, 나는 상당히 커다란 마물인 차원의 고래를 저지하는 데 성공한 적이 있었다.

하지만, 그것보다 훨씬 더 거대한 영귀를 상대로도 그렇게 할 수 있을 거라는 자신은 없다.

"일단 확인해 보겠는데, 현재 영귀를 봉인하는 수단이 존재하나?"

"네. 조사 결과, 마법을 이용한 방법이 가능하다고 합니다."

"우리가 다룰 수 있는 마법이야?"

"그건……."

여왕이 말끝을 흐린다. 보아하니 우리가 쓰기는 힘든 마법인 모양이군.

하긴, 일이 그렇게 순조롭게 풀릴 리가 없지.

"그렇군……."

"연합군 마법부대의 집단 마법을 이용해서야 겨우 재현할 수 있는 상황입니다."

"그렇다면 영귀의 힘을 빼놓은 후에 그 집단 마법으로 봉인하려는 건가?"

"……네."

테이블 위에 펼쳐진 지도에서, 영귀가 있는 지점과 인근 도시를 확인한다.

너무 가까운데. 이대로 가다간 피해를 입겠어.

"피난 유도는 완료됐나?"

"여의치 않은 상황입니다."

"그렇단 말이지? 그럼 우리가 시간을 버는 수밖에 없다는 거군……."

제대로 싸울 수 있을지 어떨지는 모르지만, 일단 해 보는 수밖에 없지 않은가.

가까이 다가가기만 하는데도 땅의 진동이 느껴진다.

위치에 따라서는 땅이 갈라져 있는 곳도 있고, 이거 장난이 아닌데.

게다가 상대는 명확한 목표를 갖고 진군하고 있는 괴물이다. 주민들을 피난시켜야만 한다.

"진행 위치에 있는 도시의 피난 유도가 끝나려면 얼마나 더 걸리지?"

"영귀가 도착할 때까지 마치는 건 도저히 불가능합니다."

어마어마한 수의 피해자들이 속출하고 있군……. 어쩌면 좋지?

세계를 위해 희생……. 여기서 도망치면 가짜 용사라는 오명을 뒤집어쓰겠지만, 파도로부터는 살아남을 수 있다.

하지만, 나는 가능한 한 맞서 싸우고 싶다.

딱히 정의감에 눈뜨거나 한 게 아니라, 나를 믿어 주는 라프타리아를 위해서…….

내가 침묵에 잠겨 있는 동안, 여왕은 연합군에게 영귀의 목적을 설명했다.

"설마…… 어찌 그런 일이……."

"그게 사실인가?"

"네. 영귀가 날뜀으로써 파도가 잠잠해진다는 얘기를 들었습니다."

"그런 얘기를 어떻게 믿으라는 건가! 그런 식이면 파도가 잠잠해지는 것도 의미가 없잖나!"

"하지만…… 세계를 멸망시키는 것과, 일부 사람들이 살아남아서 세계를 연명하는 것……. 어느 쪽을 선택해야 하겠습니까?"

썩 전향적인 사고방식은 아니군.

희생을 치르면서 세계를 구할 것인가, 눈앞의 사람들을 위해 세상을 희생시킬 것인가. 양쪽 모두 꺼림칙한 선택지뿐이다.

나는 작전 회의가 벌어지고 있는 텐트에서 휴식 중인 필로에게로 시선을 옮긴다.

피트리아라면 정면 대결을 펼쳐도 이길 수 있을 것 같단 말이지.

부질없는 생각이다. 그 녀석은 이미 용사들을 포기했다.

용사들은 아직 살아 있긴 한 모양이지만, 앞으로 친하게 지낼 자신은 없다.

그래도…… 패배해서 스스로의 나약함을 실감하고 있다면, 조금은 내 얘기에 귀를 기울여 줄지도 모른다. 잘만 되면 피트리아의 생각이 달라질 수 있을지도 모르고.

"어떻게 하시겠습니까?"

"포브레이는 뭘 하고 있는 건가?!"

"그 나라는 항상 어기적거리기만 하고, 문제가 터진 뒤에야 대처하려고 든다니까!"

"방패 용사를 축으로 삼고, 칠성용사가 도착하기를 기다리는 게 현명한 방법이야!"

"하지만 칠성용사가 올 때까지 얼마나 많은 도시와 요새가 희생될지 알고는 있는 건가?!"

"아직 자기 나라가 피해를 안 입었으니 그런 소리가 나오는 거라고! 한시라도 빨리 물리쳐야 해!"

"그것도 세계를 위한 일 아닌가?!"

"벌써 검, 창, 활의 용사가 행방불명됐지 않나!"

회의가 아주 난장판이군.

나로서는 사성용사의 입장이 위태로운 이 상황을 개선해야 하는 형편이니, 섣부른 소리는 할 수 없다.

뭔가 말했다가는 보나 마나 반론이 나올 테니, 오히려 이쪽에서 반격을 준비하는 게 낫겠다.

용사들이 아직 살아 있다면, 내가 이 사태를 해결하는 수밖에 없는 건가…….

솔직히 말하면 이 세계 녀석들이 몇 놈이 죽든 내 알 바 아니다. 지금까지 실컷 내게 못되게 굴어 온 녀석들이니까.

하지만 나는 나를 믿어주는 사람을 위해서 싸우기로 맹세했다.

라프타리아는…… 내가 적은 희생으로 세계를 구해 줄 거라고 믿고 있는 것이다. 난 어디까지나 라프타리아의 부모 역할이지만, 그래도 멋진 모습을 보여주고 싶은 게 인지상정이니까.

그리고 이런 방법으로밖에 구할 수 없는 세계 따위는 애초부터 필요도 없는 것 아닌가.

피트리아도 이미 알고 있다.

"저 녀석을 물리치고, 희생자를 한 명이라도 줄여야 해."

상황이 이렇게 된 이상, 나는 지금까지 해 왔던 것처럼 움직일 수는 없게 되었다.

방패 용사는 세계를 구하는 정의의 용사라는 면을 적극적으로 공표해 놓아야만 한다.

비록, 자신의 마음을 속이는 일이 되더라도.

……나를 믿어 주는 녀석들을 위해서라도 말이다.

"일이 이렇게 된 건 다 사성용사들이 시원찮은 게 원인 아닌가! 지금도 이 자리에는 방패 용사밖에 없고! 나머지 세 명은 어디 간 건가!"

"나 이외의 용사들은 현재 행방불명 상태야."

"그것 보라고! 입으로만 잘났다고 떠벌려 대더니! 애초에 공격도 못하는 방패 용사 혼자서 뭘 할 수 있다는 건가!"

"그럼 너희한테 묻겠다. 용사란 뭐지?"

"그, 그건……."

내 질문에 말끝을 흐리는 사람들.

"용사란 강한 힘을 올바른 일에 사용하는, 용기 있는 자를 가리키는 말입니다."

여왕이 내 생각을 읽어낸 듯, 곧바로 대답했다.

좋아, 그쪽이 알아들어 준다면, 예정했던 대로 가도록 하지.

"용사란 마음이야. 그 어떤 절망적인 상황에 처하더라도 포기하지 않는 마음, 사람들을 지키려는 의지가 바로 용사가 되는 거다!"

나란 놈은 도대체 어떤 녀석인 거냐.

내 입으로 지껄인 말이지만, 그 말을 들으니 오한이 들 지경이다.

미안하지만 나는 그렇게 착한 녀석이 아니다.

하지만, 다들 좋아하잖아?

정의라느니, 지킨다느니, 의지라느니, 마음이라느니 하는 거.

"여기 있는 모든 자들에게 힘이 부족하다면, 내가 방패가 되어 힘을 빌려주지."

"방패 용사님……."

얘기를 듣고 있던 자가 감명을 받은 듯 단식을 흘린다.

나는 일부러 최대한 언성을 높여 말했다. 밖에서 듣고 있던 자들도 많을 것이다.

"방패 용사님, 조금 전의 무례를 용서해 주십시오."

"마음 쓸 것 없어. 무력한 용사에 대한 귀공의…… 아니, 모든 사람들의 분노를 내가 모조리 떠안아 주지."

그리고 나는 타국의 장군으로 보이는 인물에게 손을 내민다.

"그러니까, 지금만이라도 좋으니 힘을 빌려줘. 힘을 모아서 녀석을 해치우자!"

"네!"

장군은 내가 내민 손을 붙잡고 힘차게 고개를 끄덕였다.

너무 쉽게 넘어오는군.

이제 영귀를 해치운 후의 문제는 정리됐다. 덤으로 연합군의 사기도 다소나마 올라갔으리라.

남은 일은 영귀를 물리칠 계책을 고안하고, 내 스스로 공언한 대로 정의의 용사로서 싸우는 것뿐이다.

"그럼 본론으로 들어가지. 모두들, 절망적인 상황에 굴하지 말고, 한 명의 희생이라도 더 줄일 수 있는 방법을 궁리해 줘."

……여왕이 떨떠름한 표정으로 나를 쳐다보고 있잖아.

뭐, 내 본성을 알고 있으니, 내가 원래 이런 놈이 아니라는 걸 단박에 알 수 있겠지.

그리고 여왕은 고개를 한 번 끄덕이고 회의를 재개했다.

"그럼, 준비가 갖추어지는 대로 작전을 개시하겠습니다."

회의를 마치고 텐트를 나서자, 라프타리아가 약간 한숨 섞인 목소리로 말을 걸었다.

"나오후미 님, 또 뭔가 일을 벌이신 거예요?"

뭐, 일부러 바깥까지 들리도록 우렁차게 선언한 거였으니까.

하지만 이 반응으로 보아, 똑똑히 들리지는 않았던 모양이군.

"그래. 카르밀라 섬의 사기꾼 상인한테 엄포를 놓던 때와 비슷한 거야."

"하아…… 무슨 일인지는 모르겠지만, 납득이 가네요."

"언니, 주인님이 있지, 모든 사람들의—."

"입 닥쳐, 필로."

라프타리아가 안 들었다면, 그거면 됐다.

솔직히, 또 떨떠름한 표정만 지을 테니까.

응? 리시아가 조심스럽게 나를 올려다보고 있다. 왜 눈을 그렇게 초롱초롱 빛내는 거냐.

"저, 감동했어요! 무섭긴 하지만, 열심히 싸워 볼게요!"

필로뿐만이 아니라, 리시아도 듣고 만 건가.

왜 라프타리아에게만 안 들린 거지?

참고로 그 해답은 '물을 얻으러 갔다 왔기 때문' 이었다.

그리고 돌아왔을 때에는, 주위 상황이 마치 내가 말썽을 일으켰을 때와 같은 분위기가 되어 있었다.

지금까지 나는 뭔가 일을 벌였다 하면 나쁜 일뿐이었으니까. 그런 식으로 생각해도 이상할 게 없지.

"흐음. 나도 감동할 정도의 연설이었다. 방패 용사님은 단순히 입만 험한 사람인 줄 알았는데, 그래도 할 땐 하는 사람이었군."

날 그런 식으로 생각하고 있었던 거냐, 에클레르.

고지식한 성격인 것 같으니, 내 행동을 탐탁지 않게 여기고 있을 거라고 짐작은 했지만.

"도대체 무슨 말씀을 하신 거예요? 좀 가르쳐주세요."

"아아, 방패 용사님은—."

"더 이상은 말할 필요 없어. 어차피 별 의미 없는 허세였으니까."

"허세……였다고?"

"거기서 도망쳤다간 용사에 대한 평판이 땅에 떨어질 게 불 보듯 뻔하니까, 새빨간 거짓말을 늘어놓은 거야."

"나오후미 님……. 역시 뭔가 얘기하신 거군요."

라프타리아가 눈치를 챘는지 한숨을 짓고 있다.

에클레르는 그와는 딴판으로 말문이 막혀 있다.

"난 항상 내가 손해 보지 않는 쪽으로 행동하고 있을 뿐이야."

"그렇게 득의양양하게 하실 말씀이 아닌 것 같은데……."

"감동했던 내 기분을 돌려놔!"

에클레르가 분노하고 있지만 내 알 바 아니다.

"나는 지금껏 누명과 맞서 싸워 왔어. 겁을 집어먹거나, 상대방의 의견을 곧이곧대로 받아들이기만 했더라면 내 결백을 증명할 수 없었을 거야. 가끔은 허장성세도 중요하다는 걸 기억해 두라고."

"에클레르 양. 나오후미 님은 말씀은 험하셔도 할 때는 하는 성격이고 행동은 똑바른 분이시니까 믿어 주세요."

"으음……. 라프타리아가 그렇게 얘기한다면……."

으음……. 라프타리아에게 설득당하는 에클레르를 보니, 약간 심란한 기분이군.

이건 질투인가? 아니, 그 포지션이 원래 내가 종종 위치하던 자리였기 때문인지도 모른다.

"가끔은 허장성세도 중요하고말고요. 저는 예전에 그런 허세를 부려서 성과를 이끌어냈던 칠성용사를 알고 있습지요."

할망구가 흡족한 듯 연신 고개를 주억거린다.

칠성용사와도 안면이 있었던 건가, 이 할망구는.

"그 용사도, 빨리 용사의 사명에 눈을 떠 주면 좋을 텐데 말입니다…….”

누굴 두고 하는 얘기지?

뭐, 상관없다. 언젠가 어디선가, 할망구가 아는 그 용사와 만날 날도 올 테니까.

“그럼, 회의에서 결정된 사항을 얘기해 주지.”

“네.”

“우리가 앞장서서 영귀에게 맞설 거야. 연합군이 후방에서 강력한 마법을 사용해서 엄호해 준다더군.”

“지금까지 파도 때 해왔던 것과 비슷하네요.”

“비슷하지만 심플하잖아? 걱정 마. 그냥 덩치만 크고, 실은 별것 없는 놈일지도 몰라. 일단 우리가 맞서 싸울 수 있을 만한 녀석인지 간부터 보자 이거야. 그리고 시간도 벌어야 해. 녀석의 진행 방향에 있는 도시 중에, 피난이 덜 끝난 곳이 있다는 모양이니까.”

“그렇다면…… 해 보는 수밖에 없겠네요.”

“네에!”

“알았어요. 하지만 나오후미 님은 괜찮으시겠어요?”

“사역마의 공격 따위는 간지럽지도 않아. 영귀의 공격을 견뎌낼 수 있을지 어떨지만 시험해 보면 돼.”

최악의 경우, 라스 실드를 사용해서 영귀의 공격을 막아내 봐야겠다.

문제는 그랬다가 증오에 지배당하지 않을까 하는 점이 되겠군……. 이번에도 라프타리아와 필로를 믿어 보는 수밖에 없다.

“리시아, 겁내지 마.”

“네. 열심히 싸울게요!”

사랑에 빠진 소녀는 한편으론 타산적이군.

“그러고 보니 생각나는데, 넌 말버릇 좀 고쳐.”

“후에에…….”

“바로 그거 말이야. 넌 뭔가 상황이 자기한테 불리하게 돌아가면 그 소리를 내잖아. 듣고 있자면 열불이 난다고.”

“후에에에?!”

“지금 나한테 시비 거는 거냐?! 너는 정신만 똑바로 차리면 훨씬 강해질 수 있을 거라고. 우선 그 말버릇부터 고쳐 둬.”

“노, 노력해 볼게요…….”

이 말투를 고치지 않으면 리시아는 정신적으로 성장할 수 없다. 우선 마음을 개선하는 게 급선무다.

라프타리아도 처음에는 이런 성격이었으니까. 조금씩 개선해 나가면 된다.

“리시아, 넌 상황에 따라서 여왕에게 연락을 전하는 전령 역할을 맡아 줘.”

“하, 하지만.”

“무슨 말을 하려는 건지는 나도 알아, 여왕. 하지만 리시아는 저 인형옷의 힘 덕분에 걸음이 빨라져 있어. 그리고 제대로 싸울 수 있을지 없을지에 대한 판단도 필요해."

그렇다……. 보아하니, 상대는 용사의 힘만으로 물리칠 수 있는 녀석이 아니다.

하지만 그렇다고 겁을 집어먹고 도망칠 수 있는 상황도 아니다.

저런 산 같은 몬스터가 나오는 그 게임에서도, 무섭다고 도망만 쳐서는 영원히 적을 물리칠 수 없으니까 말이지.

우선 싸울 수 있을지를 알아보는 게 먼저다.

"알겠습니다. 상황에 따라서 작전을 변경하도록 하지요."

"후방 지원을 부탁할게. 최악의 경우, 나도 후퇴해서 칠성용사의 도착을 기다릴 거야."

"알겠습니다. 이와타니 님, 차후 연합군의 사기도 달려 있습니다. 반드시 귀환해 주십시오."

"알았어. 필로, 저 덩치 쪽으로 가자."

"네에!"

"라프타리아, 평소에 하던 대로 하면 돼."

"알았어요."

"리시아, 너는 너 자신만 생각해. 최악의 경우 전장에서 이탈해서 여왕에게 보호를 부탁해."

"아, 네."

"에클레르, 너 정도 실력이면 걱정할 필요 없겠지. 렌과 싸우던 때처럼만 하면 돼."

"알았다. 그런데 왜 여기서 검의 용사 이름이 나오는 거지?"

"할망구…… 너한테는 딱히 할 얘기 없어. 그냥 하고 싶은 대로 하면 돼."

"그렇게 합지요!"

각자에게 명령을 내리고, 태세를 정비한다.

"간다아~."

필로가 내달리고, 우리는 영귀를 향해 돌격을 개시했다.

제15화 영귀

"가까이서 보니까 엄청나게 크네요."

눈앞에서 거대한 거북이가 한 발짝, 또 한 발짝 가까워져 온다.

그 한 발짝을 걸을 때마다 주위의 지축이 뒤흔들려서, 저도 모르게 다리가 휘청거린다.

"그러게 말이야."

"……도망치고 싶어져요."

"그 기분은 나도 이해해."

불과 한 달 전만 해도 다른 용사들이 흘린 콩고물이나 주워 먹는 입장이었건만…… 어느새 다른 용사들이 당해내지 못하는 상대와 싸워야 하는 처시가 되었다.

……길고 짧은 건 대 봐야 아는 법이다. 상황이 위험해지면 즉시 퇴각하면 된다.

나 자신에겐 아무런 손해도 없다. 피트리아가 한 말에 현혹된 건 아니지만, 이렇게 해서 최종적으로 세계를 구할 수만 있다면 이것도 한 방법이다.

영귀와의 싸움을 눈앞에 두고, 소지하고 있는 방패들 가운데 가장 강력한 전투용 방패로 변환시킨다.

고래 마법핵 방패(각성) +6 45/45 SR

능력해방 완료……장비 보너스, 스킬 『버블 실드』「선상 전투 기능2」

전용효과 「물속성」「열선 방패(중)」「마법 보조」「마력 회복(소)」「잠수 시간 연장」

숙련도 65

아이템 인챈트 레벨6「화염 내성 15% 향상」

카르마 펭 파밀리아 스피리트 「물속성 장비 능력 향상」

스테이터스 인챈트 「마법 방어25+」

차원의 고래에서 얻은 이 방패가 소울 이터 실드보다 성능이 약간 더 높다.

고래의 열선 방출 기관인 커다란 구형 수정을 반으로 쪼

개 놓은 것 같은 방패로, 말 그대로 열선을 내쏘는 카운터 효과를 갖고 있다.

물속성을 가진 방패이니, 불과 물에 대한 방어력 상승을 기대해 볼 수 있을 것이다.

이것도 어디까지나 게임 지식을 바탕으로 한 설명이지만, 게임에 따라 차이가 있긴 해도, 대개 불 공격은 물속성에 대해 별 효과를 발휘하지 못하고, 물속성 공격도 같은 물속성에 대해서는 무속성보다도 못한 위력밖에 내지 못한다.

그 외의 속성이 존재한다면, 상황에 따라 적절한 방패를 사용해서 효과적으로 방어력을 높일 수 있다.

전용효과에 있는 마법 보조는 마법 사용을 용이하게 해주는 효과로, 마법에 소비되는 마력을 감소시켜 준다.

게다가 마력 회복을 촉진하는 회복(소)도 붙어 있어서, 스킬 사용이 중심인 소울 이터 실드보다 사용하기 편할 것 같다.

"엄청 큰 거북이네."

"후에에에에에에에에! 이츠키 님!"

영귀의 사역마(박쥐형)이 무리 지어 몰려온다.

그렇다. 정체가 판명되고 나니 이 녀석들의 이름을 확실하게 인식할 수 있게 된 것이다.

"유성방패!"

나는 유성방패를 전개하고, 리시아를 뒤쪽으로 물러서게

한다.

"헤이트 리액션!"

마물을 유인하는 스킬을 사용한 우리를 향해, 영귀의 사역마들이 눈에서 빛을 발사하면서 몰려 들어온다.

엄청난 수다. 눈앞을 새까맣게 뒤덮어서 아무것도 안 보일 지경이다.

깡, 깡 하고 마물이 결계에 충돌하는 소리가 울려 퍼진다.

아직 결계가 파괴되는 일은 없을 것 같지만, 이래서야 본체에 다가가는 것만 해도 한 고생이겠군.

"저에게 맡겨 주십시오! 아뵤오오오오오오—!"

할망구가 결계를 뛰쳐나가서, 빙글빙글 돌며 발차기를 날려대는 것 같았다.

그것만으로도 회오리가 일어나서, 영귀의 사역마들을 쓸어버린다.

"나도 질 수 없지! 하앗!"

에클레르도 검 끝에 손을 얹고 마력을 흘려 넣은 후, X자를 그린다.

그러자 그 검 끝이 검섬(劍閃)이 되어 날아간다.

다만, 할망구에 비해서는 위력이 훨씬 뒤떨어지는 듯, 영귀의 사역마 몇 마리를 해치우는 게 고작이었다.

그 대신 재사용의 템포가 빠르다. 그런 걸 보면 용사의 스킬 같은 쿨타임은 존재하지 않는 모양이다. 아니면 있더라도 짧거나.

편리한데. 현재 레벨이 얼마인지는 모르겠지만, 1부터 차근차근 레벨을 올려 가면 꽤 강해지지 않을까?

이 싸움이 끝나고 시간이 확보되면 꼭 노예로 삼고 싶다.

……내가 생각해도 참 엄청난 발상이군. '강해지고 싶다=노예로 삼고 싶다' 라는 식으로 생각하고 있잖아.

대놓고 면전에서 말했다가는, 아까 일에 대한 원한까지 겹쳐서 날 두들겨 패려고 것 같다.

카르밀라 섬의 파도 때 이 두 사람이 있었더라면 조금이나마 결과가 달라지지 않았을까?

"에잇!"

"으랏차!"

라프타리아와 필로가 결계를 뛰쳐나가서 영귀의 사역마를 공격한다.

"끼이이익!"

영귀의 사역마는 각각의 공격을 얻어맞고 숨통이 끊어진다.

이쪽에는 강자들이 모여 있다. 믿음직하긴 하군.

이대로 잘만 풀리면 좋을 텐데…… 하고 생각했지만, 또 다른 영귀의 사역마들이 엄청난 무리를 이루어 몰려든다.

"타앗!"

"으랴아아아!"

라프타리아와 필로가 영귀의 사역마를 척척 쓸어버리고 있다.

생각했던 것보다 훨씬 더 잘 싸우고 있다고 분석해도 좋을 것 같다.

뭐, 애초에 영귀의 사역마는 보통 모험가들에게는 성가신 상대지만, 우리의 적수는 못 된다.

유성방패도 뚫지 못하는 걸 보면, 잡몹이라고 봐도 좋다.

"괜찮아?"

"네. 수가 좀 많긴 하지만 물리치지 못할 정도는 아니에요."

"알았어."

쿠쿵 하는 소리가 울려 퍼지고, 영귀로부터 뭔가가 쏟아져 나온다.

……이번에는 거북이 등딱지를 짊어진 고릴라 같은 마물이 우리를 향해 몰려든다.

영귀의 사역마(설인형)이군.

"쯔바이트 아우라!"

모두에게 순차적으로 지원마법을 걸어 준다.

"패스트 가드!"

동시에 리시아가 나를 향해 방어력 상승 마법을 걸어 주었다.

판단 자체는 나쁘지 않군. 역시 스테이터스와 지능은 별

개인 모양이다.

"갑니다! 음양검!"

라프타리아의 검이 흰색과 흑색으로 번갈아 번쩍이며 마물을 찢어발긴다.

일도양단된 마물이 각각 흰색과 검은색의 구슬로 변해서, 각 구슬이 다른 마물에게 부딪히고 소멸되었다.

일석이조의 필살기인가?

"오오! 제법이구나, 라프타리아."

에클레르가 근처에 있던 사역마를 검으로 꿰뚫고 칭찬이 담긴 탄성을 흘린다.

"네. 에클레르 양에게 배운 기술을 쓸 수 있게 됐어요."

"나도 질 수 없지. 가자!"

"네!"

에클레르의 공격에 라프타리아의 검격이 조합되어 발생한 상승 효과에, 영귀의 사역마들이 산산조각 난다.

제법 괜찮은 연대 실력인데!

"쁘띠퀵!"

필로는 가속을 멈추지 않은 채로, 마물들을 잇달아 걷어찬다.

"아뵤—!"

필로가 놓친 사역마는 할망구가 쓸어버린다.

"패, 패스트 워터 샷!"

리시아가 민망한 듯 결계 뒤에 숨은 채 사역마를 향해 물 마법을 내쏜다.

응. 해치우지는 못했다. 그래도 움직임은 둔하게 만들었다.

“이거. 가능성이 있을지도 모르겠는데.”

뭐, 사역마 정도를 식은 죽 먹기로 해치우는 건 당연한 거지만.

문제는 본체. 아마 다른 용사들도 본체를 상대하는 데 애를 먹었을 테고, 행방불명이라는 걸 보면 어쩌면 몸속에선 전투 중일 가능성도 있다.

“어쨌거나, 한번 싸워 보자!”

“네!”

“네에.”

“후에에에에에에!”

영귀에게 가까이 갈수록 더 강해져 가는 사역마들을 물리치며, 우리는 이윽고 영귀 바로 앞까지 도달했다.

가까이서 보니 역시 거대하다. 얼굴만 해도 마을 하나 크기 정도는 될 거 같다.

자, 이제 어쩐다.

영귀의 시선이 우리에게로 향한다.

“――――――――――――――――――!”

너무나도 우렁찬 포효에 귀를 틀어막는다. 이건 우호적인 태도는 절대 아니군.

효과 시간이 다한 듯 깜박거리는 유성방패를 재전개해서 사역마를 튕겨내고, 영귀의 상태를 확인한다.

영귀가 우리를 향해 앞발을 내뻗는다.

"이런!"

강력한 발길질이다. 재빨리 방패를 들어서 공격에 대비한다.

유리창이 깨져 나가는 것 같은 소리와 함께 유성방패가 쪼개졌다. 직후, 영귀의 발이 나에게 격돌한다.

충격이 온몸을 관통한다.

"크……."

나는 몇 발짝 뒤로 물러섰다. 역시 유성방패 정도로는 못 버티는 건가.

그 틈을 노리기라도 한 듯, 영귀의 사역마들이 몰려든다.

"비키세요!"

라프타리아와 동료들이 재빨리 내 앞으로 뛰쳐나와서, 각자의 기술로 사역마들을 쓸어낸다!

리시아는 내 망토 속에 숨어 있느라 상황을 파악하지 못한 채 "후에에에."하는 소리만 내고 있다.

"또 온다!"

영귀의 발길질이나 전진에 휘말리더라도 부상을 당하는 일은 없을 것 같다.

이건 불행 중 다행이군.

"하아아아아아이이이이이잇!"

"아뵤! 성인님, 조심하십시오!"

"알았어! 너희도 상황이 위험해지면 꼭 내 뒤에 숨으라고!"

할망구와 에클레르는 영귀의 사역마들을 쓰러트리는 동시에, 영귀의 머리에 공격을 날렸다.

약간 피가 튀기는 걸 보면 대미지는 들어간 것 같지만, 영귀는 끄떡도 하지 않는다.

……유성방패의 쿨타임이 다 됐다. 새 유성방패를 전개한다.

"응? 너희! 이리로 와!"

"알겠습니다!"

"알았다!"

그 직후, 상공에 비구름이 발생해서, 우리에게 몰려들려던 사역마들에게 벼락을 내리꽂는다.

파직파직 눈앞에서 감전되는 사역마들로부터 살점을 태우는 역한 냄새가 풍겨 나왔다.

번개는 연신 내리꽂히고, 명중당한 사역마는 감전당해 쓰러지고, 근처에 있던 사역마들에게까지 전기가 퍼져 나간다.

여왕과 연합군의 지원 사격이다.

타이밍을 잘 계산하지 않으면 내 동료들까지 말려들 수도 있는 공격이다.

내가 유성방패를 전개한 직후에 쏘다니, 머리 좀 쓸 줄 아는데그래.

“좋아! 모두들, 공격 재개!”

지원 마법이 끝나는 동시에 소리친다.

저런 괴물에게 통할지 어떨지가 문제지만, 생김새에 비해 약할 가능성도 있다.

여왕과 연합군의 공격이 통했는지, 사역마들의 수가 상당히 줄어들었다.

우리는 적은 수의 사역마들은 무시한 채 영귀의 얼굴을 향해 내달린다.

“타아아아아아앗!”

필로가 다리에 힘을 가득 주어서, 영귀의 거대한 턱을 걷어차 올린다.

“————————?!”

영귀의 고개가 위로 젖혀졌다.

“와아아아아……. 너무 무거워!”

“아직 안 끝났어요!”

라프타리아가 젖혀진 영귀의 목을 수평 방향으로 긋는다.

야채를 써는 것 같은 서걱 하는 소리가 나는가 싶더니, 영귀의 목에 균열이 생겨났다.

분수처럼 피가 솟구친다.

하지만 그 이상의 대미지는 들어가지 않았고, 영귀의 목에 난 상처는 곧바로 재생되었으며, 분노에 찬 영귀가 라프타리아와 필로를 짓밟으려 든다.

"저도 제자들에게 지고 있을 수만은 없죠! 변환무쌍류 극의! 초승달!"

할망구가 발차기를 날리자, 초승달 모양을 한 무언가가 영귀에게 적중했다.

영귀의 얼굴이 발길질에 파이고, 움푹 파인 부분에서 작은 폭발이 일어난다.

나를 제외한 용사들과 그 동료들은 수련 때 바위에 구멍을 뚫는 훈련을 했었는데, 그걸 응용한 것이리라.

라프타리아와 필로의 공격보다는 약한 위력이지만, 영귀의 시선을 유인하기에는 충분하다.

"바로 지금입니다!"

"마원(魔円) 찌르기!"

에클레르가 검에 힘을 담아서 힘껏 내질렀다.

마력이 담긴 빛이 검에 깃들고, 검 끝이 충격파가 되어 영귀의 머리에 명중한다.

할망구보다 훨씬 약한 위력의 공격이었지만, 영귀의 피부에 상처가 생긴다.

"후에에에에!"

리시아도 나름대로 마법을 내쏘고 있지만 계란으로 바위치는 수준……. 가장 약하다.

……그렇다고 아주 못 싸우는 건 아니군.

그나저나 라프타리아와 필로가 엄청나게 강해져 있잖아……. 아니, 곰곰이 생각해 보면 라르크 일당이 비정상적으로 강했을 뿐, 파도 때 나오는 보통 마물들은 그렇게까지 강하지는 않았지. 만약에 이 영귀가 상당히 강한 마물에 해당한다고 해도, 우리의 현재 실력이라면 그렇게까지 고전할 필요는 없는 것 아닐까?

"――――――――――――!"

영귀 앞에 거대한 마법진이 전개된다.

……불길한 예감이 엄습한다.

직후, 내 결계 밖에 있던 녀석들이 지면에 쫙 달라붙듯이 고꾸라진다.

"그으으으으으으……."

"이, 이건 도대체…… 뭐죠……?"

"으윽……. 몸이 무거워…… 짓눌리겠어."

"기를 불어넣어야 합니다!"

서 있을 수 있는 건 할망구뿐인 모양이다. 변환무쌍류는 무슨 만능이라도 되는 거냐!

"무슨 일이 일어난 거야?!"

"저, 저도 모르겠어요. 그냥 몸이 땅바닥에 달라붙어서……. 너, 너무 무거워요."

큰일이다! 뭐가 큰일인지는 모르지만, 이러다가는 라프타리아와 동료들이 위험하다!

"후에에?"

리시아는 내 망토 속에서 얼빠진 소리를 흘리고 있다.

이 녀석은 멀쩡한…… 건가?

유성방패에 의해 발생한 결계가 진동하고 있다. 뭔가를 보호하려는 것이라고 봐도 좋으리라.

나는 모두가 결계의 범위 안으로 들어올 수 있도록 그들 쪽으로 다가간다.

"아, 이제 몸이 가벼워졌어요."

가까이 다가가기만 했는데도 세 사람 모두 일어설 수 있게 되었다.

상황으로 미루어 보아, 영귀가 중력 마법을 사용한 것이라는 추측이 가능했다.

하지만 영귀의 마법은 내 마법 방어까지는 돌파하지 못한 것이다.

"――――――――――――――――!"

"크윽?!"

영귀가 입을 벌리고 울부짖는다.

아니…… 번쩍이는 무언가가 몸통으로부터 목구멍을 통해 솟구치고 있는 것이 보인다.

등골이 오싹해진다.

나는 재빨리 전원의 앞으로 나서서 유성방패를 재전개한다.

영귀의 입에서 파직파직 하는 뇌전의 형상이 새어 나온다.

……번개?

이런! 지금 내가 장비하고 있는 건 물속성 방패였잖아!

곧바로 방패에 손을 얹어서 급이 한 단계 낮은 소울 이터 실드로 변화시키고, 실드 프리즌을 발동시킨다.

영귀의 입에서 고농도의 번개가 뿜어져 나오고, 일직선의 브레스가 발사된다.

브레스는 영귀 자신의 사역마들까지 모조리 쓸어 버리며 내게 날아온다.

이쯤 되면 애니메이션에서 나오는 하전입자포 같은 수준이다.

"크……윽……."

"나, 나오후미 님?!"

"와앗!"

"후에에에에에에?!"

결계도 맥없이 돌파당하고, 피부가 타들어 가는 냄새가 내 코를 간질인다.

하지만 그것보다 전신을 꿰뚫는 고통이 워낙 강렬해서 도리어 의식을 잃을 수도 없는 상황이었다.

나에게 있어 그 순간은 영원처럼 느껴지기도 했고, 찰나처럼 느껴지기도 했다.

"하아…… 하아……."

몽롱한 의식 속에서, 나는 영귀의 공격이 멈추었다는 것을 깨닫는다.

살점 속 깊은 곳이 그을려 있음을 느낄 수 있었다.

블러드 새크리파이스를 사용했을 때 이래로, 이렇게 큰 대미지를 입은 건 처음이었다.

아니, 그 이상인가…….

위험했다……. 고래 마법핵 방패를 그대로 쓰고 있었더라면, 난 이미 즉사해서 증발해 버렸을지도 모른다.

“주인님?!”

“나오후미 님?!”

크윽……. 회복마법을 사용하고 싶지만 정신 집중이 좀처럼 안 된다.

그 순간, 내 몸 중심에 따스한 빛이 쏟아진다.

내 부상이 눈에 띄게 회복되어 간다. 다만, 완치하려면 아직 시간이 더 필요하다.

“쯔바이트 힐!”

스스로에게 회복마법을 걸고, 숨통을 끊으려는 듯 우리를 향해 내뻗는 영귀의 발을 막아낸다.

좋아, 이제 정신이 되돌아왔다. 아마 여왕이 후방 지원 마법을 걸어 준 것이리라.

덕분에 살았다. 소울 이터 실드로는 견뎌낼 수 없을 만큼의 공격이었다.

불행 중 다행으로 영귀의 필살기도 재장전에 시간이 걸리는 모양이다.

뒤를 돌아보니, 내가 막아서고 있던 방향을 제외한 인근 지역이 모조리 날아가고, 뒤쪽에 있던 산이 흔적도 없이 사라져 있었다.

"필로, 마력을 회복시켜 둬."

"응."

이런 상황에 대비해서 챙겨 온 마력수를 필로에게 던져줘서 마시게 한다.

영귀는 우리가 움직이지 않는 걸 확인하고, 마법진을 전개시키면서 거대한 발로 짓밟아 버리려 한다.

어림없다!

"실드 프리즌!"

유성방패와 함께 감옥을 만들어내서 대비한다.

쩌억 하는 요란한 소리가 감옥 안에 울려 퍼진다. 그리고 감옥이 부서지자 유성방패가 발을 막아냈다.

……일단, 영귀의 체중을 버텨내는 데는…….

결계가 삐걱삐걱 소리를 낸다. 이러다간 부서지겠는데.

"이동할 테니까 따라와. 결계 밖으로 벗어나지 않도록 정신 똑바로 차리라고."

이대로 계속 발밑에 깔려 있을 이유는 없다.

"네!"

“네에.”

“후에에……. 알았어요.”

다섯 명 모두가 납득하자, 우리는 내달려서 영귀의 발밑으로부터 빠져나온다.

쿠쿵 하며 지축이 뒤흔들리고, 흙먼지가 일었다.

아, 유성방패는 흙먼지도 막아 주는 모양이다.

“일단 버텨 내기는 한 것 같은데…….”

“흙먼지 때문에 우리가 있는 위치를 파악하지 못하고 있는 것 같아요.”

“필로를 해치웠다고 생각하고 있는 것 같은데? 마법이 끊어졌어.”

그렇군. 마력 같은 걸 감지하는 건 아니라는 건가.

흙먼지 때문에 우리의 위치를 파악하지 못하고 있다는 건, 눈으로 보고 있다는 증거겠지.

아마 사역마들과도 눈이 연결되어 있어서, 그걸 바탕으로 움직이고 있는 것이리라.

“흐음……. 공격 기회이기는 한데…….”

우글우글 일대에 사역마들이 낙하해 온다.

상당히 경계하고 있는 듯, 완전히 해치운 건지 확인할 심산인 모양이다.

시간이 없다. 어쩌지?

“뭔가 결정타가 될 만한 거 없어?”

"……있어요. 한 번밖에 못 쓰지만."

"응. 한 번 쓰면 해롱해롱해져."

보아하니 뭔가 방법이 있는 모양이다.

쏠 수 있는 횟수가 딱 한 번이라는 게 좀 걸리는데. 일격에 못 해치워서 녀석이 도망쳐 버리면 어떻게 손쓸 수가 없으니까.

"라프타리아, 그걸 쓰려는 거야?"

"네……. 에클레르 양과 함께 고안해 낸 필살기를 쓸 거예요."

"알았어. 실패할지도 모르지만 한번 잘해 봐."

"네!"

"저는 신조(神鳥)님의 기를 활성화해 드립지요!"

할망구가 필로의 몸을 향해 뭔가 주먹을 내지른다.

"아야야야야, 그만~!"

"할망구…… 괜히 방해하지 마."

필로가 아파서 발버둥 치고 있잖아, 할망구.

"어라? 어쩐지 몸이 가벼워졌어, 주인님~."

"그래? 그건가……? 뭔가 혈을 짚는다거나 하는 거."

대단한 유파의 사범이라는 모양이고, 여기는 이세계다. 그런 기술이 존재할지도 모른다.

뭐, 그렇다면 다행이지만…….

"라프타리아, 필로, 부탁해도 될까?"

아까도 거북이의 목에 생채기를 냈었다. 마음먹고 공격하면 헤치울 수 있을 가능성도 있다.

"맡겨 주시길."

"응."

라프타리아와 필로가 각각 필살기를 쓰기 위해 자세를 가다듬는다.

필로의 자세는 눈에 익은 것이었다.

날개를 상하로 펼치는 자세다.

뒤쪽에 바람의 흐름이 생겨나는 것을 내 육안으로도 확인할 수 있을 만큼, 마력이 응축되어 있다.

"필로는 좀 있으면 준비 끝나, 라프타리아 언니."

"조금만 더 기다려요."

라프타리아의 꼬리도 부풀어 올라 있다.

꼬리의 털이 평소보다 한층 더 부풀어 오르고, 여러 개의 마법진이 잇달아 나타났다. 저건 분명 상당한 마법이 응축돼 있을 게 틀림없겠는데.

"――――――――――――!"

그 움직임을 눈치챘는지, 영귀가 움직이기 시작했다.

크윽……. 흙먼지가 옅어져서 알아챈 건가?

아까 그랬던 것처럼 입을 크게 벌린 채 포효하고 있다.

몸통도 번쩍이고 있다. 척 봐도 아까 그 공격임이 분명하다.

연사할 수 있는 거였나?!

“적의 공격이 날아올 거야! 아직 멀었어?”

“죄송해요. 조금만 더…….”

“알았어. 저건 내가 다시 한 번 막아 볼게. 그 대신 너희는 만반의 준비가 갖춰질 때까지 기다리고 있어.”

“응. 알았어~.”

“알았어요!”

좋아, 저 공격을 견뎌내려면 다시 한 번 유성방패를 사용해야겠군.

그 순간, 최근 1주일 동안의 수련이 뇌리를 스친다.

아직 미완성이고, 사용할 수 있을지 어떨지 모르지만, 한 번 해 볼까.

몸에서 만들어낸 마력을 손끝에 집중시켜서 내쏜다.

“유성방패! 에어스트 실드! 세컨드 실드! 드리트 실드! 실드 프리즌!”

전방에 방패 세 개, 그 뒤에 방패로 이루어진 감옥 하나, 눈앞에 방어막을 전개시켰다.

완전한 방어 태세다. 아까는 유성방패와 실드 프리즌이 순식간에 격파당했지만, 이번에는 어떨까?

스킬을 사용하는 동시에 마력도 상당히 소모되었다.

의미가 있을지 어떨지는 나도 잘 모르겠다.

나는 할망구가 얘기한 기라는 개념도 이해하지 못했으니,

쓸 수 있을지 어떨지 확실치 않다.

하지만— 한 번쯤은 더 막아낼 수 있을 것이다!

"————————————!"

영귀의 입에서 고농도의 입자가 방출된다.

그 일격을 에어스트 실드가 막아냈다가 깨져 나가고, 세컨드 실드가 막아냈다가 붕괴되고, 드리트 실드가 관통되었다.

강력한 일격이지만, 그 과정에서 서서히 약해진다.

이윽고 다음 방어벽인 실드 프리즌에 명중했다.

몇 초 정도 막아낸 끝에 감옥 한쪽 면에 구멍이 나고, 입자가 안으로 빨려 들어간다.

방패 감옥에서 빛이 쏟아져 나오고, 기어이 실드 프리즌도 부서져서 붕괴되었다.

나는 양손으로 방패를 움켜쥐고 충격에 대비한다.

"——윽!"

유성방패의 방어막을 관통하려는 빛의 힘에 신음이 흘러나온다.

묵직하다……. 하지만 아까보다는 약하다.

그런 생각을 하는 순간에 유성방패가 유리처럼 깨져 나갔다.

온다!

손끝에 깃들인 마력을 끌어올린 채, 방패를 움켜쥔 손에 힘을 준다.

"큭!"

입자가 방패에 전도되어, 몸의 외부뿐만 아니라 내부에까지 고통이 몰려온다.

터져 나오려는 비명을 턱을 악물어 되삼키고, 방패를 앞으로 앞으로 밀어낸다.

몇 초였는지 몇 분이었는지는 모르지만, 비텨냈다.

영귀의 공격이 끝났을 때, 방패에서는 모락모락 연기가 피어오르고 있었다.

하지만 나도, 내 뒤에 있는 라프타리아 등도 멀쩡하게 서 있다. 위력 자체가 아까보다 약해서 다행이군.

"준비 다 됐어요. 필로, 시작해요!"

"응!"

라프타리아는 필로의 등에 올라타서 마력을 해방한다.

"스파이럴……."

"팔극진(八極陣)……."

흙먼지가 일어나고, 주위에 빛이 모여든다.

그 빛이 태극 모양의 구체를 이루었다가 여덟 갈래로 갈라진다.

어쩐지 라프타리아의 공격 중에는 동양의 냄새가 풍기는 게 많은 것 같단 말이야.

"스트라이크!"

"천명검(天命劍)!"

라프타리아와 필로는 한 줄기 빛이 되어 영귀의 목을 꿰뚫었다.

영귀의 눈이 경악으로 물든다.

아니……. 이미 머리가 몸에서 분리되어 버려서 미처 반응하지도 못했다.

그렇다. 영귀의 거대한 목이 완벽하게 관통되어 날아가 버린 것이다.

영귀의 목에서 선혈이 뿜어져 나오고, 일대에 피가 빗발처럼 쏟아진다.

쿵 하고 영귀의 몸통이 땅바닥에 고꾸라진다.

"해치웠군."

목이 떨어져 나갔으니, 제아무리 영귀라도 살아남지 못하겠지.

생각보다 싱겁게 쓰러졌다.

몸속에 들어가서 심장을 봉인해야만 물리칠 수 있을 만큼 강적은 아닌 것 같군.

아득히 뒤쪽에서 환호 소리가 들려온다.

"흐아아……."

착지한 필로가 주저앉는다. 라프타리아 역시 마찬가지다.

"성공했네요."

"그래. 너희, 잘했어."

이 정도 위력의 필살기를 쓸 수 있을 정도라면 패배할 일

은 없다.

다른 용사 놈들보다 압도적으로 강해졌음을 직감할 수 있었다.

"그래, 정말 잘했다. 같이 고안한 나도 놀랄 만큼의 위력이었다, 라프타리아."

"에클레르 양이 잘 가르쳐주신 덕분이에요."

"별말을……. 그나저나 경이적인 공격력이군. 다른 용사님들보다 더 강한 것 아닌가?"

렌과 비교해서도 말이지……. 뭐, 녀석들은 솔직히 말해 약해도 너무 약한 차원이지만.

그래도, 그보다 네 배는 더 강해질 수 있는 여지가 있는 것이다.

그나저나…… 그 장본인들은 어디서 뭘 하고 있는 거야?

"방패 용사님…… 이와타니 님도 대단했다. 절망적일 만큼 강력한 그 일격을, 한 번도 아니고 두 번이나 막아내다니……. 방패 용사라는 이름이 허명이 아니었군."

"뭐, 할 줄 아는 게 그것밖에 없으니까."

지난번 파도 때 싸운 글래스의 필살 공격도 대단했지만, 영귀의 공격도 장난이 아니었다.

언제까지 버텨낼 수 있었을지 장담할 수 없다.

……만약에 내가 버텨내지 못하면, 나뿐만이 아니라 내 뒤에 있는 동료들까지 죽는다.

그것만은 단단히 명심해 둬야 한다.

나는 혼자 마음속으로 그렇게 결론을 지었다.

“이제 한숨 돌릴 수 있게 됐군요.”

“굉장해요.”

우리를 솔직하게 칭찬해 주는 리시아.

나는 마음속에 떠오르는 생각이 있어 입을 연다.

“리시아, 너도 저렇게 될 수 있도록 열심히 노력하라고.”

“후에에에에에에! 저는 못해요오!”

“못하긴 뭘 못해. 꼭 해야 해!”

“저 같은 건 절대로 못해요오오.”

리시아는 영귀처럼 머리가 떨어져 나가는 게 아닐까 싶을 정도로 붕붕 고개를 가로저으며 부정하고 있다.

이 녀석, 역시 정신부터 단련해야겠는데…….

그런 문답을 주고받으며, 우리는 영귀를 물리친 여운에 잠겨 있었다.

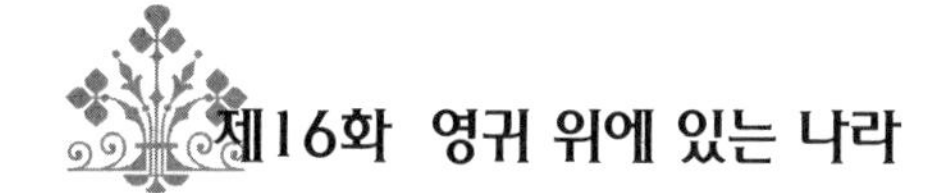

제16화 영귀 위에 있는 나라

“이와타니 님, 이번 싸움에 대해, 이루 말로 표현하지 못할 만큼의 감사를…….”

연합군 회의장에 가니 여왕을 비롯한 각국 수뇌진들이 내게 감사의 말을 건넸다.

여기에 오는 동안에도 연합군 녀석들이 각각 감사의 말을 건넸었다.

나쁘지 않은 기분이다.

오히려 지금까지 싸우면서 이런 말을 들어 본 적이 없는 게 더 이상하지만 말이지.

물론 파도에 의해 피해를 입었던 녀석들은 감사의 말을 하곤 했지만, 이런 진심 어린 축하는 맛본 적이 없었다.

카르밀라 섬의 파도 때는 감사를 받기 이전에, 앞으로의 일들을 고민하느라 정신이 없었고 말이지.

지금, 연합군은 한창 승리 무드에 잠겨 있는 상태다.

라프타리아와 필로는 어째 이번 싸움의 MVP 취급을 받고 있는 듯, 연합군 소속의 강자들 사이에서 헹가래를 받고 있다.

"와앗! 나오후미 님!"

"와아~! 필로 칭찬받고 있어~."

나는 용사이다 보니 아무래도 가볍게 접근하기 힘든 것이리라.

연합군 녀석들은 경례를 붙이며 회의장으로 가는 길을 터 주는 정도에 그쳤다.

에클레르와 할망구, 그리고 리시아는 그 모습을 지켜보고만 있을 뿐이다.

뭐, 중진들이 모여 있는 이런 자리에 오는 건 나 하나면 충분하겠지.

"칭찬은 이 정도면 됐어."

승리에 대한 달성감이 없는 건 아니다.

회의장 텐트로부터, 전장이 되었던 곳에 드러누워 있는 영귀의 시체를 바라본다.

옴짝달싹도 하지 않는 영귀가 조용히 전장에 남아 있을 뿐이니…… 승리했다는 건 의심의 여지가 없을 것이다.

"하지만…… 문제가 하나 있어."

"무슨 문제인지요?"

여왕은 아직 알아채지 못하고 있다.

아무래도…… 그걸 확인할 수 있는 건 용사뿐일 테니까.

시야에 떠 있는…… 파란 모래시계가 사라지지 않고 있는 것이다.

지금까지의 파도 때는, 파도가 사라지는 동시에 다음 파도의 도래 시간이 표시됐었다.

하지만, 그쪽 아이콘도 여전히 보이지 않는 상태……. 파란 모래시계만이 조용히 존재감을 과시하고 있다.

"파란 모래시계의 원인은…… 영귀가 아닌 모양이야."

무슨 일이 일어나고 있는 거지?

전승 속에 전해지던 모습에 비해 영귀가 너무 쉽게 쓰러진 것도 이상하고, 파란 모래시계의 존재도…….

내 직감이, 해결된 건 아직 아무것도 없다고 경고하고 있다.

"그럴 수가……."

내 말에, 회의장에 있던 자들이 서로의 얼굴을 마주 보며 술렁거린다.

당초에 문제가 되었던 영귀는 잠재웠다. 하지만 아직 뭔가가 남아있다.

"그러니까 여러모로 조사를 좀 해 줘. 아직 감춰진 비밀이 더 있을 것 같아."

"이와타니 님의 말씀은 잘 알겠습니다. 계속해서 경계를 강화하면서…… 원인 조사를 병행하도록 하죠."

"부탁하지."

"그럼 현재 이쪽으로 오고 계신 칠성용사분들을 원래 영귀가 잠들어 있던 곳으로 보내서 조사를 부탁하도록 하지요. 이와타니 님보다 빨리 현지에 도착하실 수 있을 것입니다."

칠성용사라는 게 어떤 녀석들인지는 모르겠지만, 일손이야 많으면 많을수록 좋은 법이다.

나도 여러모로 조사해야 할 것이 많으니까.

"영귀에 대한 조사는 저희에게 맡겨 주십시오."

"알았어. 그럼 우리는 행방불명된 세 사성용사를 찾으러 가 볼까……. 그리고 피해를 입은 지역에서 연합군과 함께 구조 활동도 해야겠고."

"뜻대로 하시길."

영귀 시체에 대한 조사는 여왕 쪽에서 해 줄 것이다. 영귀가 봉인되어 있던 나라에 대한 조사는 칠성용사……. 그렇다면 우리가 해야 할 일은, 영귀가 지나온 길을 되짚어 가면서 용사 놈들을 찾는 것이겠지.

뭐, 방패 용사인 내가 구조 활동에 나서면, 나에 대한 평판도 한층 더 올라갈 테고.

아무것도 안 하고 있었던 어떤 녀석들과의 차이를 확 벌려 두는 거다.

용사 네 명이 힘을 모아서 싸워야 할 마당에, 혼자서…… 라프타리아를 비롯한 동료들과 연합군도 있었지만, 용사는 나 혼자밖에 없는 상황에서 싸운 것이다. 그 정도 권리는 있을 것이다.

밤새도록 펼쳐진 잔치에 적당히 끼어 주었다가, 라프타리아 등을 집합시킨다.

"그러니까 우리는 앞으로 용사들에 대한 수색과 구조 활동을 하게 될 거야."

무슨 일이 생기면 여왕이 나에게 소식을 전하게 되어 있다.

물론 영귀에 대해서 조사하는 것도 중요한 일이지만, 지금의 내게는 그것 말고도 용사들의 신병을 확보할 필요가 있는 것이다.

어딘가 싸돌아다니고 있다면 붙잡아 와야 하고, 부상을

당해서 움직이지 못하는 상태라면 구해 줘야만 한다.

죽지는 않았다는 것 같으니까, 내 쪽에서 찾아보는 수밖에.

보나 마나 영귀를 당해낼 수 없을 거라 생각하고 어딘가로 내뺀 거겠지.

악운 하나만은 좋은 놈들인 것 같으니까.

"겸사겸사 영귀의 등도 조사해 봐야겠어."

"죽은 영귀의 몸에 가 보시는 건가요?"

"그래, 등에 있는 산……. 등딱지에 올라가서 마을과 산을 조사할 예정이야."

"알겠어요."

지금 이 틈에 조사해 두는 게 제일 좋을 것이다.

몸속도 들어가 볼 계획인데, 용사 놈들이 그 안에서 싸우고 있었다고 믿고 싶다.

맞붙을 엄두가 나지 않을 만큼 거대한 놈을 내가 정면 대결 끝에 해치울 줄은, 아무리 용사 놈들이라도 생각하지 못했을 테니까.

혹시 지금도 영귀 속에서 한창 싸우는 중인 것 아닐까?

그래 놓고 왜 너만 그렇게 칭송을 듣는 거냐? 라면서 발끈할지도 모른다.

녀석들은 원래 그런 놈들이다.

그렇게 해서 우리는 영귀의 등딱지 위로 이동했다.

주위를 둘러본다. 우리가 올라탄 곳 근처에 도시가 있다.

이런 괴물 위에 도시가 있었던 것이니, 주민들도 보통 놀란 게 아니었을 것이다.

……성처럼 보이는 것까지 있잖아.

뭔가 중국풍의 느낌을 풍기는 거리다. 하긴, 영귀는 원래 봉래산을 짊어지고 있는 거북이니까.

신선이라도 살고 있는 건가, 하고 생각했지만 그건 아닌 것 같다.

연합군 녀석들도 우리 뒤를 따라서 영귀 위로 올라왔다.

……폐허로 변한 도시에 무수한 시체들이 나뒹굴고 있다. 직접적인 사인은 영귀의 사역마들에 의한 공격이리라.

썩은 내가 코끝을 스쳐서, 취할 정도는 아니지만 속이 울렁거린다.

하지만…… 영귀의 사역마는 거의 보이지 않는다. 그나마 있는 건 나뒹구는 시체뿐이다.

다만, 영귀의 사역마에게는 기생 능력이 있다. 어쩌면 사람들의 시체를 숙주 삼아 숨어있을 가능성도 있었기에, 우리는 경계를 풀지 않은 채 조사를 개시했다.

한동안 조사하다 보니 사원 같은 건물을 발견할 수 있었다.

흔히 이런 곳에 힌트가 숨겨져 있곤 한다니까. 게이머로서의 흥미가 들끓는다.

"저 건물에 한번 가 보자."

"네."

"네에."

"저기, 저건 아마…… 이 도시에 있는 유명한 사찰이었을 거예요오."

"리시아는 아는 것도 많군."

에클레르가 주위에 나뒹구는 시체를 향해 기도를 올리면서 뇌까린다.

"옛날 여행기에서 읽은 것뿐이에요."

"저도 예전에 한 번 여기에 온 적이 있습니다만, 차마 눈 뜨고 볼 수 없는 광경이라 놀라울 뿐이올시다."

할망구의 지리 감각도 이번엔 별 도움이 되진 않을 거란 말이군.

그래도 아예 모르는 것보다는 낫다.

사원에 다가가서 안쪽을 들여다본다. 영귀가 걸어 다니는 바람에 반파 상태가 되어 있다.

일단 사원 안을 조사해 보았지만…… 영귀의 그림이 그려진 벽면밖에 찾아낼 수 없었다.

"이건……!"

벽면 구석에서 낯익은 문자를 발견했다.

일본어다.

"어디 보자……."

만약 일본에서 소환된 —가 이 문자를 읽고 있다면, 기억 —줬으 —한다.

이 —물은 아무리 엄 —한 봉인을 해도 종 —의 날에 7 —째 —파 ——
것이다.

조사해 본 결과, 목적은 ———————— ——이며, 세계의 ——— 다.

바라건 —, 의 —적으로 봉인을 깨지 말기를 기원한다.

희생자의 발생은 어쩌면 세계를 위한 것일 가능성도 있다.

그 대가에 걸맞은 보상이 있으니까.

하지만…… 오만 —하지 —는다. 종말 — —에 이 글을 —는 자가 있다
면, 세 —보다 인 —을 위해 최대한 —리 해치 —주길 바란다.

—괴물을 물리치는 방법은 ————————————————.

—의 8 —제 — ——케이이치로부터.

……여기저기 떨어져 나가서 제대로 읽을 수가 없다.

하지만 대충 연결해 보면 내용을 상상할 수는 있다.

'7번째 봉인이 파괴될 것이다.' 라는 내용일까.

파란 모래시계의 숫자와 들어맞는군. 그나저나 봉인 숫자를 이때 이미 예측하고 있었던 건가?

목적 같은 중요한 부분이 보이지 않는다니, 꼭 일부러 그런 것처럼 벗겨져 있잖아.

희생자를 내는 게 세계를 위한 일이라……. 피트리아가 한 얘기와 부합하는군.

애초에 이게 무슨 애니메이션이나 만화도 아니고, 필요한

정보만 쏙 빠져 있다니, 너무한 거 아냐?

피트리아가 없었더라면 해독하기는 불가능에 가까웠을 정도잖아.

그나저나…… 물리치는 방법 부분만 부자연스럽게 잘려 나가 있군.

영귀가 움직이는 바람에 부서진 거라고 보기에는, 떨어져 나간 흔적이 너무 오래됐다. 꽤 오래전에 떨어져 나간 것 같고, 구체적으로 설명할 수는 없지만 뭔가 석연치가 않다.

그 밖에 알아낸 게 있다면, 이름 정도일까.

성은 모르겠지만, 케이이치라는 이름의 용사가 있었던 모양이군.

원래 워낙 오래된 글자이기도 해서, 그가 어떤 인물인지는 알 길이 없다.

나나 용사들처럼 이세계의 일본에서 왔을 가능성도 높다.

이 벽면이 만들어진 게 어느 정도 전이었는지도 불명확하고, 어쩌면 세계 간의 시간이 제각각일지도 모른다.

뭐, 렌 같은 예도 있으니 시대에 대해 생각해 봤자 무의미한 짓이겠지.

그나저나, 8? 칠성용사라면 숫자가 안 맞는 거 아닌가?

뭔가를 의도하고 있는 건지도 모르겠지만, 이렇게 무너져 있으니 읽을 수가 없다.

으음…….

"주인님, 읽을 수 있어?"

"어느 정도는."

"헤에, 이 글자, 특이하게 생겼네."

"하긴, 메르로마르크에서 쓰는 글자는 아니니까."

"이건 나오후미 님 세계의 글자인가요?"

"그래. 전에 내가 번역한 걸 읽어 본 적 있었잖아?"

"그러고 보니…… 그랬었죠."

"용사 문자인가."

에클레르가 자세히 보려는 듯 문자 위에 손으로 차양을 만들면서 뇌까린다.

용사 문자라니…… 어쩐지 오타쿠의 마음을 자극하는 단어인데.

"용사 문자?"

"그래. 리시아도 알고 있겠지만, 용사들이 남긴 용사 세계 문자의 명칭이지."

"흐음……. 평범한 일본어에 거창한 이름이 붙었군."

"용사들마다 문자의 의미가 다른 것도 있어서 해독하기가 아주 힘든걸요."

아아……. 무슨 뜻인지 나도 어렴풋이 짐작이 간다.

예를 들어, 내 세계와 렌의 세계는 같은 의미라도 서로 다른 문자를 사용할 가능성을 부정할 수 없는 것이다.

일본어에서 '전혀(全然)' 라는 말은 현재는 부정의 의미로 사용되지만, 예전에는 긍정의 의미로 사용됐었다고 한다.

'전혀 괜찮아.' 라고 하면 지금은 오용이라는 지적을 받지만, 옛날에는 아무 문제없는 표현이었다……고 한다.

용사 문자에는 같은 글자가 서로 다른 의미로 사용되는 경우도 있다는 거군.

같은 글자인데 뜻이 다르면 연구하는 입장에서도 골치 아프겠지.

"이건 해석돼 있던 거야?"

"저기…… 이 나라는 100년 이상 전부터 쇄국 정책을 펼치는 바람에 입국하기가 힘들어서, 뭐라고 확실히 말하기가 힘들어요."

"그래?"

"네. 독자적인 문화를 지키기 위한 일이라면서……. 우리나라 쪽 자료도 전쟁 통에 소실된 것들이 많아서……."

으음, 현재 이걸 해독할 수 있는 사람은 나밖에 없다거나 하는 건가?

아니, 용사 문자의 전문가쯤 되면 읽을 수 있을지도 모르지.

잠깐만, 모든 용사가 반드시 일본에서 왔다는 보장은 없는 것 아닌가.

영어라면 그나마 낫지만, 다른 나라 말로 적혀 있다면 나도 읽을 길이 없다.

그나저나…… 문자라.

방패에는 언어 번역 기능도 갖춰져 있으니 어느 정도는 대처할 수 있지만, 문자까지는…….

"이것 말고 눈에 띄는 건 없는 것 같군."

"그런 것 같네요."

"여행기에 나오는 유명한 사원도 영귀가 부활하는 바람에 이 꼴이 된 건가……."

"후에에……. 가슴 아픈 일이네요."

그런 감상을 늘어놓는 두 사람을 내버려 두고 탐색을 속개한다.

"다음은 어디로 갈까요?"

"성 쪽으로 가 볼까? 보물 창고에 좋은 물건이 잠들어 있을지도 모르잖아."

"잠깐, 이와타니 님, 보물 창고의 보물을 어쩔 셈이지?"

에클레르가 나를 향해 눈매를 치켜 올리며 따진다.

라프타리아도 황당해하는 얼굴이다.

"어차피 주인은 죽었을 테니, 내가 접수해 줄까 해서."

"불난 집에서 도둑질하는 것과 뭐가 다르지?"

뭐, 다를 게 없긴 하지.

하지만 현재 상황을 보아하니 도둑질보다는 재건을 위해 사용하는 편이 여러모로 편리할 것 같군.

"영귀에 의한 피해로 신음하는 지역의 복구 자금으로 쓰면 되겠지."

"으음……. 그게 좋겠군."

"아니면 연합군 녀석들에게 비워 줄까? 앞다퉈서 그쪽으로 달려가고 있는데."

"뭐야?!"

에클레르가 성으로 달려가는 연합군 녀석들을 노려본다.

군대라는 곳은 어느 부대건 이런 면이 있단 말이지.

요즘 들어서는 별로 의식하지 않았지만, 원래부터가 천성이 쓰레기 같은 놈들이다. 나도 남 말 할 처지는 아니지만.

"그런 만행을 용납할 수는 없어! 이와타니 님, 우리가 나서서 저지해야겠다."

"그래, 마음대로 하셔. 필로, 에클레르를 데리고 가."

"응! 그럼 가자, 빨간 야채 머리."

"빨간 야채?!"

아, 필로의 호칭에 에클레르의 말문이 턱 막혀 버렸다.

하긴, '빨간 야채 머리'라는 건 사람의 호칭으로서 꽤 심한 분류에 속한다.

나를 그런 호칭으로 불렀다면, 뭐라고 한마디라도 해 주지 않고는 못 배겼을 것이다.

"잘 들어라. 내 이름은 에클레르다. 필로 님, 똑똑히 기억해 두도록."

"에, 에클레……어 언니?"

"아냐! '어'는 생뚱맞게 어디서 튀어나온 거냐!"

정말이지 얼빠진 광경이다.

기왕 약탈을 막기로 한 김에, 여왕한테도 연합군의 행동에 대해 보고해 둘까.

"할망구는 여왕한테 가서 이 상황에 대해 전해줘."

"그렇게 하겠습니다. 그런 다음에 에클레르 문하생과 합류해서, 약탈의 손길로부터 보물을 지켜내도록 하옵지요."

말이 끝나기가 무섭게, 할망구는 고속으로 내달려 사라졌다.

남은 건 나와 라프타리아와 리시아뿐.

"그럼, 우리는 조사를 속개하도록 할까."

"그렇게 해요."

"후에에……. 너무 조용해서 어쩐지 무서워요."

사원은 어떤 의미에선 무섭긴 하지. 유령 같은 게 튀어나올 것 같기도 하고.

이 세계에서는 유령도 마물의 부류에 속하지만.

"언데드나 고스트 같은 게 튀어나올 것 같은 분위기군."

"후에에에!"

날까지 저물어 가고 있어서 한층 더 음산한 느낌이다.

"나오후미 님, 리시아 양이 무서워하잖아요. 적당히 좀 놀리세요."

"알았다니까. 그럼 시내 쪽은 연합군 녀석들한테 맡기고 산 쪽을 조사해 볼까."

"네."

그렇게 우리는 산 쪽을 어느 정도 조사해 보았지만, 이렇다 할 결과물은 얻지 못한 채 조사를 중단할 수밖에 없었다.

일단 전승 속에 등장하는, 영귀의 몸속으로 통하는 길 같은 동굴을 발견하고 다음 날 날이 밝은 뒤에 조사해 보았지만, 전승은 어차피 전승……. 몸속으로 들어갈 수는 없었다.

아무것도 없는 음침한 산속, 대량의 시체가 잠든 도시 등, 정신 건강에 안 좋은 곳투성이인 영귀 조사는 이렇게 끝났다.

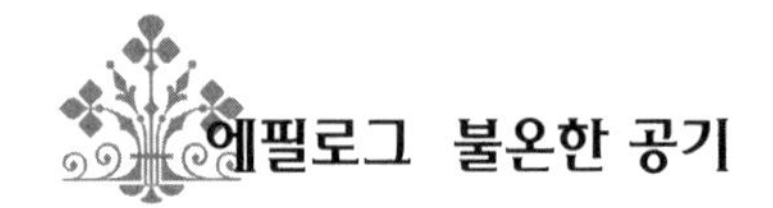

에필로그 불온한 공기

결국 영귀의 시체에서 용사들을 찾아내지 못한 우리는, 용사들의 소식이 끊어졌다는 도시까지 찾아왔다.

에클레르와 할망구에게는 따로 용사들을 수색해 달라고 부탁해 두었다.

리시아도 따라오고 싶어 했으나, 그녀의 박식한 지식을 활용하기 위해 메르로마르크의 도서관으로 보내서 영귀나 전승에 대한 조사를 하도록 지시했다.

이 일대도 피해를 입기는 했지만, 생존자가 어느 정도 존재했기에 피해로부터의 재건 활동을 진행하고 있는 모양이었다.

그리고 또 하나…… 영귀의 본체 주변에서는 사라졌건만, 여기에서는 아직 영귀의 사역마들이 활동하고 있다.

길거리에서 이따금 눈에 띄었다. 본체가 죽은 뒤에도 활동을 계속하는 타입인지도 모르겠다.

"어이! 렌—, 모토야스—, 이츠키—, 있으면 대답해—. 영귀를 못 이긴 게 너희 잘못은 아니니까—."

"이와타니 님, 좀 진심을 담아서 말씀하세요."

"하지만, 이게 벌써 며칠째인지 알기나 해?"

영귀를 물리친 지도 벌써 사흘째다.

어디를 싸돌아다니고 있는 건지는 모르지만, 용사 놈들을 찾아내 두고 싶다.

용사의 동료들도 소식 불명 상태이고……. 이렇게 수색을 했는데도 그 많은 동료들 중 한 명도 나타나지 않는다는 건, 아무리 생각해도 섬뜩한 일이다.

"그런데 말이야, 듣자 하니 이번 싸움에 참가한 건 방패 용사님 혼자였다지 뭐야?"

보급을 위해 잠시 들른 도시에서, 모험가가 영귀 사건에 대해 애기하고 있다.

라프타리아와 필로는 마차에서 휴식 중이고, 나는 인근 지역에서의 목격 정보를 알아보기 위해 혼자 모험가 길드를 돌며 탐문 조사를 하던 중이었다.

이번 사건은 이제 세계적인 관심의 대상이 돼 있으니까.

"호오…… 다른 용사님들은? 사성용사니까 방패 용사님 말고도 세 명이 더 소환됐을 거 아냐?"

"그게 말이야, 폼 잡으면서 영귀한테 덤볐다가 그대로 행방불명 상태라나 보더라고."

"진 건지 도망친 건지. 가짜일지도 모르겠지만 꼴사납게 그게 뭐야."

나는 그런 얘기를 엿들으면서, 길드 카운터에 있는 접수원 녀석들에게 사성용사들의 초상화를 내보이며 목격 여부를 묻는다.

결과는 신통치 않아서, 목격 정보는 전혀 들을 수 없었다.

정말이지, 그 녀석들은 어디서 뭘 하고 있는 거람.

"그 애기가 사실이라면…… 용사도 믿을 게 못 되겠는데."

"그러게 말이야. 그럼, 난 이만 가 봐야겠어. 오늘이 초면인 사이지만, 당신도 몸조심하라고."

"알았어. 이것저것 가르쳐줘서 고마워."

모험가들의 잡담은 여기서 끝난 것 같았다.

사성용사에 대한 평판이 형편없지만, 세간의 뜬소문이라

는 건 원래 다 그런 건지도 모른다.

일일이 정정하기도 짜증 나니까. 그냥 한 귀로 듣고 한 귀로 흘려보내면 그만이다.

나도 접수원 녀석들과 대화를 마치고, 다음 도시로 가야 할지를 고민하고 있는 중이었다.

"얼간이 사성용사 중 최강이라는 방패 용사……. 아직 끝난 게 아냐. 다음에는 더 많은 희생자가 나올 테니 각오해 둬."

"?!"

홱 뒤돌아보았지만, 거기에는 아무도 없었다.

다만…… 몇 장의 종이가 흩날리듯 사라진 것 같은…… 그런 느낌이 들었을 뿐이다.

방금 그건 뭐였지? 조금 전에 얘기하던 모험가 중 한 명의 목소리였던 것 같긴 한데…….

나는 방패를 지니고 있긴 하지만, 현재 들르고 있는 도시에서는 방패 용사라는 신분을 밝히지도 않았고, 내 얼굴을 아는 녀석도 없을 터였다.

길드 녀석들에게도 여왕의 서찰을 내보였을 뿐, 나 자신의 신분은 밝히지 않았다.

그렇건만…… 내가 방패 용사라는 걸 어떻게 알아본 거지? 그냥 다 내 착각인가?

"환청……인가? 아니, 그냥 혼잣말이었을지도 모르지

만…….”

불길한 예감, 그리고 방금 그 목소리가 내 몸에 질척하게 달라붙어 있는 것 같은 불쾌감이…… 여전히 남아있다.

단순한 착각으로 치부하기에는 너무나도 불길하다.

시야에 아직도 파란 모래시계가 떠 있는 것도 있고 해서, 찜찜한 느낌이 도무지 사라지지 않는다.

뭐랄까……. 영귀에는 아직 수수께끼가 남아있는 것 같은 느낌이 든다. 하지만 우리는 이미 영귀에 대해 어느 정도 조사했고, 현재도 여왕과 연합군이 영귀에 대한 수사를 계속하고 있다.

지금 우리가 해야 할 일은, 행방불명 상태인 용사들의 발자취를 쫓는 것이다.

만약에 녀석들을 발견했을 때…… 이렇게 표현하면 좀 얕잡아 보는 것 같지만, 그들이 스스로의 나약함을 통감하고 있다면, 강해질 수 있는 방법을 머릿속에 받아들여 줄지도 모른다.

그렇다면 다음에 무슨 일이 일어난다 해도 이겨낼 수 있다.

그깟 실패 좀 한 게 뭐 어쨌다는 거냐? 살아만 있다면 어서 나타나 줬으면 하는 게 내 본심이다.

"용사분들은 찾아내셨나요?"

마차에 돌아오자 라프타리아가 물었다.

"별 수확은 없었어."

"그러셨군요……."

라프타리아의 표정도 어둡다.

그야, 세계가 위기에 처해 있는 상황이니까. 밝게 굴기는 힘들지도 모른다.

"있잖아, 주인님~."

"왜 그래, 필로?"

필로가 마차 손잡이를 움켜쥐면서 시내의 포장마차를 가리킨다.

"저기서 처음 보는 음식을 팔고 있어~! 필로도 먹어보고 싶어."

나 참……. 필로 녀석은 이런 상황에서도 먹을 생각밖에 없군.

"어디 보자……."

이 지역의 명물인가? 볶음국수 같은 음식을 팔고 있다.

예전에 라프타리아와 같이 정식집에 갔을 때 먹었던 나폴라타처럼 생겼군.

나폴라타는 일본 기준으로 따지면 파스타 같은 음식이었다.

철판 위에서 파스타면 같은 걸 독특한 소스에 버무려 볶고 있다.

"저 정도라면 나도 만들 수 있겠어. 좀 참아."

"에~!"

그렇게 노골적으로 싫어하는 티 좀 내지 말라고, 나 참!

포장마차에서 팔고 있는 음식은 재해 때문에 가격이 올랐다고.

필요한 식재료는 배급받을 수 있을 것 같고, 굳이 배급이 아니더라도 현재 마차에 싣고 있는 식재료만 가지고도 재현할 수 있을 것 같아서 기각한 것이다.

"먹을래먹을래!"

"필로, 조금만 참으면 나오후미 님이 만들어 주실 거예요. 그렇죠?"

"그래……. 오늘 밤에 비슷한 걸 만들어 줄 테니까 지금은 참아."

"정말? 약속한 거야~."

"그래, 알았어, 알았다고."

문제는 소스 조달인데, 대충 조미료로 얼버무리면 되겠지…….

그런 얘기를 하는 와중에, 필로가 마차를 끌기 시작한다.

흐음…….

"나오후미 님? 무슨 일 있었어요?"

"응? 뭐가?"

"아까 돌아오셨을 때, 뭔가 생각에 잠겨 있는 것 같은 표정이셔서…….”

“아아……. 아무래도 이번 사건은 뒷맛이 영 찜찜해서 말이지.”

“하긴, 그러네요.”

내 말에, 라프타리아도 뭔가 짐작 가는 게 있는 모양이었다.

“나오후미 님.”

“왜 그래?”

라프타리아는 고개를 들어 나를 똑바로 응시하며 말한다.

“무슨 일이 일어나든, 지금까지 해 왔던 것처럼 극복해 나가면 된다고 생각해요. 그러기 위해서라도, 우리 같이 단련을 계속해 나가요.”

“……그래야지.”

생각해 보면, 지금까지 우리는 예상치 못한 사태에 대비해 준비하고 단련해 온 것이다.

다음에 무슨 일이 일어날지는 모르겠지만, 적극적이고 긍정적으로, 내가 해야 할 일을 해 나가는 수밖에 없다.

“좋아. 일단 당초에 예정했던 대로 용사들에 대한 수색을 계속하자.”

“네.”

“네에!”

뭐, 일단은 그 게으름뱅이 바보 용사들을 찾는 여행을 계속해 나가자.

딱히 모토야스가 그랬던 것처럼 추적해서 처형하기 위한 게 아니다.

이 세계에 필요한 용사는 나뿐만이 아니기 때문에…….

번외편 활의 용사의 암행 활동

제 이름은 카와스미 이츠키.

학원에서 돌아오는 길. 시험 결과에서 평소와 같이 E학점이 나오는 바람에, 저는 풀이 죽어 있었습니다…….

오늘 같은 날은 늘 그랬듯이 게임, 디멘션 웨이브라도 하면서 울분을 풀어야겠다고 생각하며 밤길을 걷고 있었죠.

게임 속에서는 악당을 물리쳐서 자신의 정의로움을 증명할 수 있습니다. 하지만 여기는 현실 세계.

힘이 없으면 자신의 정의를 관철하는 것도 불가능합니다.

저는 게임에라도 몰입하지 않으면 스스로를 유지하기가 힘든 상태였어요.

만약에…… 게임이 없었더라면 저는 죽었을지도 모릅니다. 이야기를 즐기는 방법을 몰랐다면 미쳐 버렸을지도 모릅니다.

"오늘은 어떤 제한 플레이를 하면서 클리어까지 가 볼까요?"

별 생각 없이 혼잣말을 중얼거리면서, 횡단보도의 신호가 파란불로 바뀐 걸 보고 길을 건너려 했을 때였습니다.

부와아아앙—.

요란한 소리와 함께 강렬한 빛이 저를 비추었습니다. 제 기억은 거기서 끊어졌습니다.

정신이 들었을 때, 저는 낯선 석조 제단 위에 제 또래의 젊은이 세 명과 나란히 서 있었습니다.

손에는 활을 들고 있었는데, 처음에는 무슨 일이 일어난 건지 도통 이해가 가지 않았죠.

하지만 이건 마치 제가 자주 읽던 소설 속에 나오는 상황 같다고 생각하고 있으려니, 마법사 같은 차림을 한 사람이 세계를 구해 달라고 부탁하는 게 아니겠어요?

다짜고짜 고개를 끄덕였다가는 불리한 조건을 뒤집어쓸지도 몰랐고, 무엇보다 몰래카메라일 가능성……은 없겠죠.

십중팔구, 저는 아마 트럭에 치였을 테니까요.

그렇게까지 공을 들인 몰래카메라를 찍는다고 해서 무슨 이득이 있겠어요?

무슨 연구자 같은 사람들이 반응을 관찰하기 위해서 일을 벌였을 가능성도 완전히 부정할 수는 없지만…….

어쨌든 그런 우여곡절 끝에, 저는 꿈에도 그리던 디멘션 웨이브의 세계에 오게 된 것 같습니다. 게다가 강력한 무기인 활을 가진 용사로서 소환된 것입니다.

지금까지 저를 무능한 놈으로 취급했던 사람들은 싹 잊고, 게임에 대한 지식을 바탕으로 강해져서 세상에 만연한 악을 물리치는 거죠.

저는 남들 눈에 띄는 걸 좋아하지 않습니다.

정의란 남들 보지 않는 곳에서 악을 물리치는 것.

창작물 속의 히어로들은 다들 그렇게 하잖아요.

칭찬이나 받으려고 싸우는 짓은 절대 안 한단 말이죠.

그런 신조를 바탕으로, 저는 제가 활의 용사라는 사실을 최대한 감추고 있습니다.

제가 활의 용사라는 걸 알면 악이 숨어 버릴 테니까요.

검의 용사인 렌 씨나 창의 용사인 모토야스 씨는 그 점에 대해 잘 모르는지, 그냥 기분 내키는 대로 설치고 있는 것 같지만요.

언젠가, 렌 씨나 모토야스 씨의 힘만 가지고는 감당하지 못할 악이 나타날지도 모릅니다.

강간범인 악당 나오후미처럼.

그런 생각을 하면서, 저는 동료인 마르드 등과 함께 악당을 물리치는 여행을 계속했습니다.

그날, 저는 지나가는 길에 들른 도시에서 정보를 수집하고 있었습니다.

악덕 귀족이며 악덕 상인, 자신의 사리사욕을 위해서 약자를 괴롭히는 사악한 존재에 대한 조사를 하기 위해 술집에서 정보 수집 활동을 하는 것은, 저희의 중요한 일과 중 하나입니다.

물론 국가로부터 의뢰를 받아 수상한 귀족을 처단하는 일도 있지만요.

악이란 숨는 데에 익숙한 법이니까요.

"이츠키 님, 아무래도 이 도시 귀족에 대해서 수상쩍은 소문이 은근히 돌고 있는 모양입니다."

들어오는 데에도 수수료를 내야 하는, 경비가 엄중해 보이는 도시였습니다.

물론, 저는 그것만 가지고 악이라 단정 짓지는 않습니다.

원래 치안이 불안한 도시의 관리를 떠맡은 귀족은, 치안 유지를 위한 자금을 필요로 하는 경우도 있곤 하니까요.

"그렇군요……. 조금 조사를 해 보는 편이 좋겠네요."

하지만 제 직감이 알리고 있습니다. 여기에 악이 있노라고.

저는 도시의 귀족이 사는 저택을 정찰하러 갔습니다.

"부탁입니다! 제발 딸을 만나게 해 주십시오."

"끈질긴 놈!"

"돈은 분명히 가져왔지 않습니까! 다 함께 모아 온 돈이란 말입니다!"

귀족의 저택 앞에서 뭔가 실랑이가 오가고 있는 모양이네요.

문지기들 앞에…… 보통 마을 사람들보다 훨씬 말끔한 복장을 한 부부가 있습니다.

나이는 부부 모두 40대 정도일까요? 고생을 많이 했는지, 자세히 보니 옷이 약간 해져 있는 것 같습니다.

"돈은 잘 받았다. 하지만, 그건 이자밖에 안 된다고 하신다."

"얘기가 다르잖소!"

"돌아가!"

"와악!"

떠밀려서 나뒹구는 남자. 문지기는 곧바로 문 안쪽으로 돌아가 버렸습니다.

쾅 하는 소리와 함께, 엄중해 보이는 두툼한 금속제 문이 닫힙니다.

"으으……."

"리시아……."

부부가 문에 기대다시피 하며 고개를 푹 숙이고 있습니다.

"저기요."

저는 그 부부에게 말을 걸었습니다.

그러자 부부는 고개를 돌려 우리를 돌아봅니다.

"무슨 일로 이러시는 거죠?"

"다, 당신들은 누구시기에……."

"참견하기 좋아하는, 그냥 평범한 나그네 모험가예요."

용사라는 걸 감추는 편이 여러모로 편리할 때가 많으니까요.

순순히 사실대로 얘기했다가, 상대방이 저의 용사라는 지위를 이용하려 들기라도 한다면 정말 짜증 나는 일 아니겠어요?

"아닙니다……. 신경 쓰지 마십시오, 친절한 모험가님."

"너무 그러지 마시고, 기왕 이런 장면까지 보고 말았으니……. 얘기라도 들려주시면 안 될까요?"

저의 정의감이 물씬물씬 솟구쳐 오르기 시작했습니다.

며칠 만에 정의를 집행할 수 있을 것 같습니다.

악정을 펼치는 이웃 나라 왕을 물리쳤을 때의 흥분은 지금도 제 가슴속에서 불타오르고 있었습니다.

"아무런 이득도 없을 텐데요?"

"이득이 있을지 없을지는 저희가 판단할게요."

"여보……. 조금이라도 사정을 설명해 드리지 않으면 물러나시지 않을 것 같은데요."

"……그렇군요."

부부는 깊은 한숨을 짓고는, 내 안내에 따라 술집으로 발걸음을 옮겼습니다.

그리고 저는 부부에게 마실 것을 대접합니다.

"그래서…… 대체 무슨 일이 있었던 거죠?"

"……사실은……."

부부는 이웃 도시 귀족이었습니다.

이웃 도시라고는 해도 보잘것없는…… 도시라기보다는 마을이라는 표현이 어울리는, 평화로운 분위기를 가진 곳입니다.

거기서 이 부부는, 몰락한 귀족으로서 가까스로 마을을 관리하고 있었습니다.

형식상으로는 귀족이지만, 집은 저택이라기보다는 거의

민가에 가까울 정도.

몇 번인가 메르로마르크의 방침을 거역하는 바람에 권력은 모조리 잃고, 막대한 위약금을 떠안는 바람에 몰락했다는 모양입니다.

항상 돈에 쪼들렸지만, 마을 사람들과는 친밀한 관계였다고 합니다.

가난하지만 정다운 사람들 속에서 행복하게 지냈습니다.

그런데 최근 들어, 부부가 통치하는 영지의 주민들이며 밭에 대해, 정체불명의 방해 공작이 가해지기 시작했습니다.

도둑이 들기도 하고, 악덕 상인에게 당하기도 하는 등, 수단은 각양각색.

그 피해액을 보전해 주다 보니, 부부가 모아 두었던 돈은 순식간에 바닥이 나고 말았습니다.

"백성은 보물입니다. 저희는 주민 여러분을 위해서 뼈를 깎는 심정으로 돈을 냈습니다……. 거기까지는 좋았습니다만……."

어느 날부터, 부부의 영지에는 상인들조차 드나들지 않게 되었습니다.

상거래가 이루어지지 않는 상황이 되면 영지민들은 살아갈 수 없습니다.

파도 때문에 작물의 작황이 좋지 않은 데다…… 마물 피해에 의한 약의 보급까지 필요한 상황.

살아남는 것만도 급급한 상태였습니다.

그때…… 이웃 도시 귀족이 찾아와서 이렇게 말했습니다.

"당신들 딸을 담보 삼아 우리 저택에 보내서 식모살이를 시킨다면…… 자금 원조는 물론 도시를 지킬 경호원도 보내주도록 하지."

"웃기지 마라! 그런 짓 안 해도 우리는 이겨낼 수 있어!"

그렇게 쫓아낸 것까지는 좋았지만, 그다음 날, 어째선지 도적 떼가 마을을 습격하는 사태까지 일어나는 지경이 되었습니다.

도적 떼에 대한 공포에 질려 지내고 있을 때, 모험가가 도적을 퇴치해 주었습니다.

그리고 어째선지 모험가 길드로부터 부부에게 보상금 청구서가 날아들었습니다.

그만한 돈도 없고, 퇴치를 요청한 기억도 없었는데 말입니다.

어찌 된 일인가 알아봤더니, 이웃 도시 귀족이 제멋대로 부부의 명의를 도용해서 의뢰를 하고 돈을 청구해 온 것이었습니다.

"자! 내놓을 건 내놓으시지!"

"아빠! 엄마! 후에에에!"

"리시아!"

"후후후후후……. 뭐, 원조는 해 줄 거요. 너무 섭섭하게 생각할 것 없다니까 그러네."

그리고…… 이웃 도시 귀족이 원조하겠나고 한 금전의 절반과 함께, 불량해 보이는 경호원들이 도시에 찾아왔습니다.

이쯤 되면 논리고 뭐고 따질 가치도 없는 상황인데, 이 경호원들이 도적 떼 패거리에 속해 있던 자들과 비슷하다는 얘기가 떠돌았다고 합니다.

"그 점에 대해서 따지자 경호원들은 도리어 화를 내고는 도망쳤습니다. 저희는 황급히 이웃 도시 영주에게 얘기했습니다만…… 딸을 되찾고 싶으면 돈을 내놓으라고……."

"국가에 보고는 안 해 보셨나요?"

"국가에 의뢰하기도 전에 흐지부지 넘어가 버리고 만 상태입니다……. 할 수 없이 저희는 요구대로 금전을 지불하기로 했건만…… 이렇게 문전박대를 당한 겁니다."

"아아, 리시아! 으으……."

부부는 하염없이 흐느껴 울었습니다.

아무래도 수상한 일이죠. 도적 떼가 도시를 습격하는 것부터가 이상하고, 물자 유통이 중단되는 것도 이상합니다.

"얘기해 주셔서 고마워요."

저는 자리에서 일어서서 마르드 등의 동료들에게로 시선을 보냅니다.

제 의도를 파악한 동료들이 꾸벅하고 고개를 끄덕였습니다.

"걱정 마세요. 저희가 기필코 따님을 여러분 곁으로 돌려 보낼 테니까요."

저는 부부에게 그렇게 말했습니다.

자, 가장 먼저 할 일은 증거 확보와 증거 수집입니다.

악덕 귀족이 악행을 저지르고 있다는 증거를 모아야만 하니까요.

증거도 없이 용사로서의 권한만 갖고 다그쳤다가는 악덕 귀족이 빠져나가 버릴지도 모릅니다.

"이츠키 님!"

우리는 술집을 거점 삼아 정보를 수집했습니다.

저와 마르드가 시장 쪽으로 걸어가고 있을 때, 수상한 차림새의…… 그러면서 난폭한 태도로 걷고 있는 단체와 조우했습니다.

상점에서 팔고 있는 음식을 무단으로 먹고 있습니다.

"뭐야 이게! 이런 맛대가리 없는 음식을 팔다니 정신머리가 어떻게 돼먹은 거야?"

"히이이이이익!"

"그만둬!"

마르드가 앞으로 나서서 제지합니다.

"넌 또 뭐야?!"

"네놈들의 악행은, 이 두 눈으로 똑똑히 봤다! 그냥 놔둘 수는 없지!"

"이앙?! 나랑 한판 붙어 보자 이거냐? 우리한테 대들었다가 따끔한 맛을 보는 수가 있어!"

저는 마르드 뒤에서 활시위를 당겨 상대를 겨냥합니다.

마르드가 인상이 험악한 사람 둘을 상대하고, 나머지는 제가…… 벽에 옷을 꿰어 버리는 식으로 입을 다물게 만들었습니다.

"흥!"

"이, 이런 짓을 하고 무사히 넘어갈 수 있을 것 같아?!"

"그건 이쪽이 할 말이다. 덤빌 테면 언제든지 덤벼 보라고!"

몇 명을 놓쳐 버리기는 했지만 그건 어쩔 수 없죠.

퍼뜩 주위를 둘러보니 분위기가 이상하네요. 시장 분들이 파랗게 질린 얼굴로 우리를 쳐다보고 있었습니다.

"당신들, 목숨이 아깝거든 당장에라도 마을을 떠나는 게 좋을 게야!"

"걱정 마세요! 우리 몸 정도는 우리가 지킬 수 있으니까요."

조사해 보니 여러 가지 증거가 나왔습니다.

우리는 다시 술집에 모여 의견을 교환했습니다.

이 도시의 귀족은 국가에서 정한 것 이상으로 무거운 세금을 걷고, 인근 상인들로부터도 뇌물을 받고 있다고 했습니다. 그리고 부부의 딸은, 가까운 시일 안에 팔려갈 예정이라고 합니다. 팔아넘길 여자를 강탈하려고 그런 음모를 꾸몄던 거겠죠.

"그 얘기들이 전부 사실인가요?"

"네. 그런 것 같습니다."

"흐음……."

"이의를 제기하는 자는 엄벌에 처해지고, 터무니없는 누명을 뒤집어써서 재산을 몰수당한 자들도 있었습니다."

"그렇게 해도 수긍하지 않는 자는 경호원들을 시켜 처분했다고 합니다. 아까 거만한 얼굴로 거리를 활보하던 자들이 바로 그 녀석들이라고 합니다."

우리가 여기 오는 동안, 시장 거리를 거만한 태도로 활보하고 있던 무리가 있었습니다.

아마 이곳 악덕 귀족이 고용하고 있는 경호원들이겠지요.

이제 증거도 다 모였습니다. 이곳의 귀족은 틀림없이 악일 것입니다.

"이건 살짝 따끔한 맛을 보여줄 필요가 있겠네요."

제가 그렇게 말하자, 바로 근처 자리에 앉아있던 분이 갑자기 의자에서 나뒹굴 뻔했습니다.

하지만, 지금은 그게 중요한 게 아닙니다. 제가 멋진 대사로 출전을 선언했으니까요.

"네, 이츠키 님."

"이제부터 쳐들어가시는 거군요, 이츠키 님."

"네. 그럼 여러분, 그만 가죠. 정의를 집행하기 위해!"

"""넵!"""

우리는 자리에서 일어서서 술집을 나섰습니다.

귀족의 저택은 두꺼운 금속제 벽에 둘러싸여 있고, 보초들이 있습니다.

하지만 내부 구조는 이미 사전에 파악해 두었습니다.

저는 활시위를 당겨서 문을 향해 스킬을 내쏩니다.

습득한 강력한 스킬을 시험하기에 딱 적당한 기회겠지요.

"유성궁!"

화살이 별똥별처럼 날아가서, 요란한 소리와 함께 두꺼운 금속제 문을 날려 버렸습니다.

삐—익!

저택의 부지 안에 째질 듯한 경보가 울려 퍼집니다.

우리는 정면으로 쳐들어가서, 저택 부지 안으로 발을 들여놓았습니다.

"웬 놈이냐! 해치워라, 해치워!"

악덕 귀족이 2층 건물 위에서 우리를 보며 호통쳤습니다.

그 말에, 우리 주위로 경호원들이 우르르 몰려들었습니다.

"어디서 온 멍청한 모험가들인지는 모르지만, 내 저택에 쳐들어오다니 괘씸하기 짝이 없군! 목숨으로 그 대가를 치러라!"

"무슨 소리를 하나 했더니……. 증거는 이미 충분히 모였어요. 귀족이라는 권력을 이용해서 상인과 유착하고, 돈으로 고용한 경호원을 동원해서 못된 짓만 골라 하고, 심지어는 연약한 소녀를 감금하기까지 하다니……. 악질 중의 악질이군요! 제가 심판을 내리겠어요!"

제 대답을 들은 악덕 귀족은 새빨갛게 달아오른 얼굴로 부하에게 명령합니다.

"잠자코 듣고 있자니까, 한낱 모험가 놈이 못하는 말이 없구나. 봐줄 것 없다. 한 놈도 빠짐없이 저세상으로 보내 줘라!"

악덕 귀족의 명을 받은 경호원들이 저마다의 무기를 이쪽으로 겨누었습니다.

"마르드, 로지르, 여러분, 악을 징벌해 주세요!"

""넵!""

제 명령에 따라, 동료들이 저마다 무기를 뽑아 들고 경호원들을 쓸어내기 시작합니다.

뒤쪽에서 마법으로 우리를 공격하려는 자들을 발견한 저는 활시위를 당겨 화살을 날려서 저지합니다.

고작 이 정도 적을 상대로 온 힘을 다한다면 정의의 이름이 울 일이니, 물론 적당히 힘을 빼서 쐈죠.

"으억!"

"이 자식들! 엄청 강하잖아!"

"보통 모험가가 아냐!"

"""내가 맡겠다!"""

몇 명의 경호원들이 앞을 막아섭니다.

마르드 등의 공격을 막아내고 반격할 정도의 힘은 있는 모양입니다.

하지만 이대로 제가 잠자코 있더라도 제 동료들이 이길 수는 있을 것입니다.

그것도 나쁘지는 않습니다.

아니면, 패배할 것 같은 상황이 되면 제가 멋지게 나서서 구해주는 것…… 그런 것도 때로는 필요하겠죠.

"이, 이츠키 님!"

이 귀족이 고용한 모험가니까 클래스 업은 이미 마친 상태라고 봐도 될까요.

상관없습니다.

"유성……궁! 애로우 샤워!"

저는 강력한 스킬을 내쏘아서, 마르드 등과 싸우고 있던 모험가들을 일소해 버립니다.

유성궁은 단순히 위력이 높은, 별똥별 같은 화살을 내쏘는 공격. 애로우 샤워는 화살을 빗발처럼 퍼부어서 적에게 부상을 입히는 스킬입니다.

"""끄아아아아아아아아아아아아아!"""

경호원들 대부분이 쓸려 나가고, 상황이 불리함을 깨달은 나머지 경호원들은 당장에라도 꽁무니를 뺄 태세입니다.

"그, 그 활은?!"

……아무래도 알아챈 것 같군요.

제가 마르드에게 시선을 보내자, 마르드는 고개를 꾸벅 끄덕이고 우렁차게 외쳤습니다.

"모두 입을 다물라! 이분의 활이 안 보이는가?!"

제가 조용히 활을 들어 보입니다. 그러자 경호원들과 악덕 귀족은 말문이 막힌 채 넋이 나가 버립니다.

"여기 계신 분이 누구신지 알고나 있느냐? 황공하옵게도 활의 용사, 이츠키 카와스미 님이 납시었단 말이다."

아까 그 공격의 위력을 보기도 한 상황이라, 이 자리에 있는 자들 모두가 고개를 조아립니다.

제 권력 앞에서 다들 설설 기는군요.

"그럼…… 저는 용사로서, 이번 소동의 전말을 국가에 직접 통고하도록 하죠. 머지않아 엄중한 벌이 내릴 거예요."

"너, 너무하십니다! 저희는 악행이라고는 손톱만큼도 한 적이—."

"증거 수집은 이미 끝났다. 변명이 통할 거라 생각지 마라!"

"크흑!"

변명하려 드는 악덕 귀족을 마르드가 걷어차고, 연신 구타합니다.

뭐, 이 귀족 때문에 눈물 흘린 사람들이 한둘이 아니니까요. 그 죗값을 치르게 하는 것쯤은 괜찮겠죠.

"자, 붙잡아 둔 소녀를 풀어주세요."

제 명령에 악덕 귀족이 비틀비틀 일어서서는, 흉기를 들고 달려듭니다.

은근히 빠르군요. 추측건대, 레벨은 65쯤 될 것 같네요.

어쨌거나 귀족이니만큼, 자신의 능력도 어느 정도는 있다는 걸까요.

마르드에게 그렇게 얻어맞고서도 치명적인 대미지 없이 버텨낸 것도 이해가 갑니다.

"이제 다 끝났다! 아니, 활의 용사를 사칭하는 가짜 자식! 천벌을 내려 주마!"

"어리석은 놈!"

마르드와 동료들이 끝장을 내고자 저마다의 무기로 귀족을 공격했습니다.

"끄아아아아! 으억! 그만— 주, 죽겠—."

어리석긴……. 저에게 거역하려고 들다니 정말 구제 불능이네요.

"으, 으아아아아아악!"

경호원 노릇을 하던 사람들이 앞다투어 도망쳤습니다.

이제 남은 건 패배한 귀족뿐이었습니다.

마르드와 동료들의 징벌을 받아, 이제 완전히 꼼짝도 못하는 지경이 됐지만요.

"이걸로 한 건 해결!"

어느덧 저만의 특징적 대사가 되다시피 한 제 말에, 마르드와 동료들의 얼굴에도 웃음꽃이 피었습니다.

"후에에에에……. 아빠, 엄마아……."

악덕 귀족이 갖고 있던 열쇠를 가지고, 저는 감금되어 있던 이웃 도시 귀족의 딸…… 리시아 양을 구출하러 갔습니다.

찰칵하고 문을 열자, 여자아이가 화들짝 놀라며 구석 쪽으로 도망가서 쪼그려 앉습니다.

나이는…… 몇 살 정도일까요?

부모님 얘기로는 열일곱 살이라고 했지만…… 얼핏 보기에는, 그보다 훨씬 어려 보입니다.

하지만 악덕 귀족이 탐을 내는 것도 이해가 갈 만큼, 확실히 귀여운 아이이기는 하네요.

"누, 누구세요오?"

"걱정 마세요. 당신 부모님에게 얘기를 듣고 구해주러 온 사람이니까요. 악당은 이제 사라졌으니까 안심하세요."

"저, 정말이에요?!"

"네. 자, 이쪽이에요."

제가 다가가서 손을 내밀자, 리시아 양은 쭈뼛쭈뼛 떨면서도 제 손을 붙잡습니다.
리시아 양을 일으켜 세우고, 저택을 나서서…… 그길로 리시아 양을 부모님이 계신 방에 데려다주었습니다.
"아빠! 엄마!"
"리시아!"
"저, 너무 무서웠어요……. 저분이 절 구해주셨어요."
"방금 정부에서 사자가 와서, 활의 용사님이 이곳 영주를 벌주었다는 소식을 전해줬단다. 임시로나마 이곳 관리를 위탁받으실 거라는구나, 리시아."
"후에에에, 그랬어요?!"
리시아 양이 놀라서 저를 봅니다.
"네. 이제 더 이상 감추지 않아도 되겠지요. 그렇습니다. 제가 바로 활의 용사인 카와스미 이츠키예요."
"후에에에에에에에!"
리시아 양은 엄청나게 경악한 듯 그런 비명을 질렀습니다.
특이한 말버릇을 가진 아이인 모양이군요.
"자, 자, 이제 그만 눈물을 닦고, 당신은 가족들과 즐거운 시간을 보내시면 돼요. 오늘 밤은 푹 쉬도록 하세요."
그렇게 말한 우리는, 리시아 양을 부모님께 맡기고 휴식을 취하러 갔습니다.

이튿날, 숙소 앞에서 기다리고 있으니, 리시아 양 가족이 나왔습니다.

"아, 활의 용사님!"

"쉬잇."

저는 입 앞에 손가락을 세워서 리시아 양 가족들을 조용히 시켰습니다.

왜냐하면 우리가 하는 일은 남몰래 정의를 집행하는 것이니까요.

이렇게 하지 않으면 악이 냄새를 맡고 도망쳐 버리지 않겠어요?

"죄, 죄송합니다!"

"후에에에! 어제 일은 정말로 감사드립니다아."

"별말씀을요. 그렇게 대단한 일도 아닌걸요. 그리고 이번 일은 비밀로 해 주셔야 해요."

"아, 네!"

이야아! 산뜻할 정도로 완벽하게 정의를 실현하고 나니까 속이 다 시원하네요.

응? 근처에서 특이한 마물이 마차를 끌고 있네요?

저런 마물이…… 디멘션 웨이브에 나왔던가?

필로리알인 것 같긴 한데…… 뭔가 다른 것 같기도 하고?

"그럼 마르드, 로지르, 여러분, 그만 가 볼까요."

뭐, 그건 중요한 게 아니죠. 우리는 다음 임무를 수행하기 위해 걸음을 내디뎠습니다.

"다음은 마르드의 본가가 있는 도시에라도 가 볼까요?"

"그, 그러실 것 없습니다! 제 본가의 영지에 악은 없습니다!"

"그런가요?"

"물론입니다! 원래 살던 곳이라 잘 압니다!"

"정말이지 훌륭한 분들이시구나."

"후에에……. 네. 저도, 저분들처럼 되고 싶어요."

무력하게 유괴당할 수밖에 없었던, 나약한 저…….

저는, 활의 용사님인 저 이츠키 님처럼 강해져서, 사람들을 구할 수 있는 정의의 사자가 되고 싶어요.

……저 사람에게 힘이 되어주고 싶어요.

"아빠, 엄마……. 이제 막 풀려났는데 죄송해요. 저는……."

떠나가는 이츠키 님 일행의 뒷모습이 한 발짝, 또 한 발짝 멀어져 갈 때마다 제 마음이 옥죄어드는 것만 같습니다.

"리시아……."

"너는 어떻게 하고 싶니?"

"저는…… 저분을 따라가고 싶어요."

제 결심은, 신기하리만치 단단해져 있었습니다.

저분을 따라가면 나는 더 강해질 수 있다……. 그런 예감이 강렬하게 느껴졌어요.

"용사님의 싸움은 아주 험난하단다."

"그래도 괜찮겠니?"

"네. 만약에, 싸우다가 죽는 한이 있어도…… 저는 후회 안 해요."

"넌 옛날부터 평소에는 우리 말을 고분고분 듣는 애였지만…… 이렇게 한번 결정하면 물러나지 않는 아이였지."

"그랬었죠. 여보, 사랑하는 자식은 여행을 시키라는 말도 있잖아요."

"리시아, 네 마음대로 하려무나. 하지만 우리가…… 항상 너를 소중히 여기고 있다는 걸 잊지 마라."

아빠와 엄마는 고개를 끄덕이고, 제 손에 약간의 금전을 쥐여 주셨습니다.

"그럼 다녀올게요! 아빠, 엄마! 있는 힘껏 노력할 테니까 지켜봐 주세요."

저는 손을 흔들어 엄마 아빠에게 작별을 고하고 이츠키 님의 뒤를 쫓았습니다.

그 후, 이츠키 님은 약간 곤혹스러워하는 얼굴로…… 일이 힘들 거라면서도 동행을 허락해 주셨습니다.

제가 해야 할 일이 많을 거라고 마르드 씨도 얘기했습니다.

신참의 일은 고되지만, 저는 포기하지 않을 거예요.

이츠키 님이 그랬던 것처럼, 저는…… 곤경에 처해 울고 있는 사람들을 구해주는 정의의 사도가 되고 싶다고 염원했습니다.

활의 용사인 카와스미 이츠키가 정의 달성에 집착하는 건, 그가 가진 칭찬에 대한 강렬한 욕구 때문이다.

진정한 정의를 아는 날이 올 것인가…… 혹은 독선적인 얼치기 정의로 끝나고 말 것인가.

그건 훗날의 역사를 통해 알아볼 수밖에 없다.

다만, 단 하나 확실한 결과가 있다.

그녀—리시아 아이비레드가 그 정의감에 피해를 입고, 부당한 이유로 해고당하는 건…… 그로부터 얼마 후의 이야기.

자신에게 유리한, 자극 넘치는 이상적 세계……. 이세계에 온 그는 자만하고 있었다.

사성무기서에서 언급된 활의 용사가 가진 특징은, 정의로운 행동.

정의와 독선의 차이를 이해하지 못한 채로 나아간 길 끝에는, 어떤 운명이 기다리고 있을까.

지금의 그는 진정한 용사가 아니다.

스스로의 욕구를 채우는 것밖에 안중에 없던 그는, 훗날 커다란 장해물과 맞닥뜨리게 된다.

그의 행동에 의해 구원받은 소녀는 활의 용사 이야기로부터 한 번 사라진다.

이 이야기를 이어받는 것은 근처를 지나가던 마차의 주

인, 방패 용사이다.

그것조차 거대한 파도를 멈추는 데에는 이르지 못했으니.

이윽고 모든 것이 멸망의 파도에 삼켜져 간다…….

방패 용사 성공담 6

2015년 03월 13일 제1판 인쇄
2019년 10월 31일 제6쇄 발행

지음 아네코 유사기 | **일러스트** 미나미 세이라 | **옮김** 박용국

펴낸이 임광순
제작 디자인팀장 오태철
편집부 황건수 · 이병건 · 이경근 · 이홍재
디자인팀 한혜빈 · 김태원
국제팀 노석진 · 엄태진

펴낸곳 영상출판미디어(주)
등록번호 제 2002-000003호
주소 403-853 인천광역시 부평구 평천로 132 (청천동)
전화 032-505-2973(代) | **FAX** 032-505-2982

ISBN 979-11-319-0580-7
ISBN 979-11-319-0033-8 (세트)

노블엔진(NOVEL ENGINE)은 영상출판미디어(주)의 라이트노벨 및 관련서적 브랜드입니다.